소설로 읽는 역사 **4**

비요

秘窯

강남주 장편소설

秘窯

초판 1쇄 발행 · 2021년 11월 5일
초판 2쇄 발행 · 2021년 12월 20일

지은이 · 강남주
펴낸이 · 한봉숙
펴낸곳 · 푸른사상사

주간 · 맹문재 | 편집 · 지순이 | 교정 · 김수란
등록 · 1999년 7월 8일 제2-2876호
주소 · 경기도 파주시 회동길 337-16 푸른사상사
대표전화 · 031) 955-9111(2) | 팩시밀리 · 031) 955-9114
이메일 · prun21c@hanmail.net
홈페이지 · http://www.prun21c.com

ISBN 979-11-308-1831-3   03810
값 16,800원

비요
秘窯

강남주 장편소설

푸른사상
PRUNSASANG

작가의 말

역사는 과거의 사실을 기록한 것이라고 한다. 그러나 그 과거는 절대 과거가 아니다. 해석된 과거다. 그런 기록 속에 미시적인 참된 가치는 매몰되어버리기도 한다. 현재의 역사는 그런 것들을 다시 조명한다. 그리고 해석의 연역적 방법을 발굴하기도 한다. 구름 속의 흐릿한 빛을 통해 읽었던 과거의 역사는 현재와 대화하면서 다시 빛을 발하기도 한다. 그러면서 미래에 편입된다.

장편소설 『비요』는 4백여 년 전 정유재란 직후 일본으로 납치된 조선의 사기장(도공)들을 소환한다. 그들은 거기서 세월에 한을 새겨놓고 시나브로 사라져갔다. 도자기를 굽는 비밀의 가마, 비요에 갇혀 평생을 세상과 단절된 채 명품 도자기만 굽다가 역사의 연기가 된 그들의 발자취를 찾아낸다.

임진왜란을 둘러싼 명나라와 일본 간의 강화협상이 결렬된 직후, 1597년에 정유재란이 터지면서 조선은 일본의 재침을 받게 된다. 전쟁의 소용돌이 속에서 왜(倭)는 그들에게 부역하는 조선인 순왜(順倭)를 앞세워 사기장(도공)을 잡아내기에 혈안이 됐다. 도요토미 히데요시는 급사하고 침략전은 막을 내렸지만 왜는 퇴각선에 오르며 조선의 사기장들을 끌고 간다. 죽을 고비를 넘기며 돌고 돌아 들어온 길 외에는 나갈 곳도 없는 산속, 도자기를 만들 흙조차 없는 이곳에서 사기장들은 최고 품질의 도자기를 빚으라고 강요당한다. 흙을 찾고 도자기를 빚기에 혼신을 다하며 순정한 도자기를 빚었던 조선 사기장이 유일하게 갈 수 있었던 곳은 어디인가?

한일관계가 극단으로 치닫고 있는 이 시점에, 일본의 깊은 산속에서 평생 도자기만 빚다가 쓸쓸하게 생을 마감한 그때의 사기장을 다시 만나고 싶었다. 그들은 오늘의 한일관계를 어떻게 보고 있을까. 또 이름조차 남기지 못했던 그들의 생애를 지금 우리는 어떻게 보고 있는가. 그것이 궁금했다. 그들을 다시 소환한 이유다.

2021년 가을 부산에서
강남주

차례

작가의 말 4

1. 초저녁에 일어난 일   11

2. 퇴로를 틔워주다   21

3. 포로가 된 사기장들   31

4. 어디로 끌려가는가?   37

5. 피로 물든 사천벌   49

6. 최후의 일전   57

7. 낯선 땅은 북새통   67

8. 또 다른 배를 타고   75

9. 아름다운 항구, 지옥의 입구 85

10. 다시 한 묶음으로 옮기다 93

11. 흙과 불의 극적인 만남 109

12. 신기의 눈과 손   115

13. 순왜들이 사는 길   131

14. 악운과 행운 사이　　　　　　　145

15. 흙 속과 바람 속을 돌다　　　　153

16. 남는 사람과 떠나는 사람　　　167

17. 오름가마　　　　　　　　　　179

18. 바위가 태토로　　　　　　　　197

19. 산속에 들어선 가마단지　　　203

20. 닫힌 산속에서　　　　　　　　213

21. 정교하게, 더욱 정교하게　　　227

22. 달항아리를 만들다　　　　　　253

23. 비밀이 외출하다　　　　　　　269

24. 비요의 명품들, 수출선을 타다　279

25. 바람으로 된 비석　　　　　　　287

秘窯

1 초저녁에 일어난 일

사기골은 그렇게 조용하게 저물었다.

날이 저물자 산 그림자가 연꽃 밭을 스쳐 지나고 아랫마을 백련리는 노을빛으로 물들기 시작했다. 다시 전쟁이 터졌다고는 하지만 백련리 위쪽 사기골은 고요로운 하루가 그렇게 저물어간 것이다.

날이 저물자 아랫마을 어디에선가 개 짖는 소리가 들렸다. 그러나 그 소리는 이내 잠잠해졌다. 고요가 내려앉은 사기골은 안식의 시간을 준비하기 시작했다.

박삼룡은 이날도 여느 때처럼 아침에 일찍 가마를 둘러봤다. 가마는 밤 동안에 완전히 식어 있었다. 낮에는 가마 안에 아직 남아 있는 잘 익은 도자기 몇 개까지 다 끄집어냈다. 그리고 그것을 가마 옆 창고로 옮겼다. 십 년 가깝게 이런 일을 해온 그였다. 그러니 끄집어낸 도자기를 선별하는 데는 어려움이 전혀 없었다. 시원찮은 것들은 모두 왼쪽으로 밀처 내놓았다. 돈을 살 수 없는 것들은 미련 없이 버리기 위해서였다. 쓸 만한 것들만 따로 모으느라고 하루해가 이울어버린 것이다.

전쟁이 다시 터지자 아랫마을 백련리에서 사기장 몇 명이 왜병 앞잡이 순왜(順倭)들에게 끌려갔다. 순왜는 왜병에게 순순히 부역하는 조선 사람에게 붙여진 이름이다. 그들에게 끌려간 사기장은 모두 솜씨가 좋다고 알려진 청년들이었다. 지난 임진란 때도 이 산기슭 언덕배기는 순왜가 한 번 훑고 지나간 일이 있었다.

그러나 그때나 이번에도 삼룡이에게는 아무 일도 없었다. 요행이라면 요행이었다. 십 년을 한자리에서 일해왔고 솜씨도 어지간하다는 소문이 났는데도 그랬다. 그러나 다시 전쟁이 터지고, 아랫마을 만석이가 잡혀 갔다는 소문에는 결코 무심할 수가 없었다.

"한 번 왔다 갔는디 순왜놈들이 여꺼정은 또 안 오것제……."

하루 일을 모두 끝낸 삼룡이는 손을 씻고 방으로 들어와 방바닥에 허리부터 펴고 누웠다. 그러다가 문득 얼마 전에 아랫동네 만석이와 석암이가 끌려갔다는 생각이 나서 아내에게 중얼거리듯 낮은 소리로 한마디 했다.

"안 올끼요. 머 허로 여꺼정 또 올라오것소?"

별 걱정도 다 한다는 듯 한마디를 던진 아내가 갑자기 문을 탁 밀어 열었다. 방정맞은 생각이 후딱 머리를 스쳤기 때문이다.

"어— 저어기서 도깨비불이 가물거리는 거 겉네. 어둑헌디서 흔들거리는 저거 말이요."

허리를 펴고 누웠던 삼룡이는 자리에서 벌떡 일어났다. 불길한 생각이 그의 머리를 후렸다. 문 쪽으로 기어 나와 아내의 어깨를 짚고 밖을 내다봤다.

"저어기 저것 말이제? 어둑헌 디서 흔들거리는 저 호롱불 같은 거?"

수상쩍은 마음에 삼룡이는 방문 앞 축담으로 내려섰다. 목을 뽑아 동구 밖으로 이어지는 오르막길을 살폈다. 저쪽 아래서 분명 흐릿한 불빛이 흔들거리고 있었다. 섬뜩한 예감이 다시 뒷골을 훑어내렸다.

"아아들 춥을라, 문 닫으소."

삼룡이는 문밖으로 나오며 방 안을 힐끗 쳐다본 뒤 축담 아래로 내려섰다. 방문을 탁 닫고는 목을 빼고 아래쪽을 다시 살폈다.

동구 밖에서 샛길을 따라 흔들리며 올라오는 불빛은 모양새로 봐 확실히 사람이 든 등불이다. 그것이 흔들릴 때 사람의 몸이 불빛에 가렸다가 다시 보이는 것까지도 어렴풋이 알 수 있었다.

"어두워지고 썰렁헌디, 누가 이리 올라오고 있실꼬? 희한한 일이제……."

불길한 예감이 다시 삼룡이의 뒷머리를 훑었다. 며칠 전 만석이가 순왜에게 끌려갔다는 소문까지 그의 머릿속을 스쳤다. 가까운 승마산 아래서도 몇 명이 끌려갔다는 소문도 있지 않았던가.

"저놈들이 우리 가마로 올라오는 거 아이가?"

아래쪽에다 눈을 고정시킨 채 군소리처럼 한마디를 내뱉었다.

"혹시 날 잡으러 오는 건 아니것제?"

"설마─, 무슨 씰데없는 그런 소리를 다 허요. 머 땜시 잡으로 올끼요?"

마누라도 말은 그렇게 했지만 역시 불길한 생각에 끌려 방 밖으로 나왔다. 칼날 같은 달이 눈에 들어왔다. 그것은 접시가 깨졌을 때처럼 파르르 떨고 있었다.

희미한 불빛이 이쪽을 향해 흔들리며 올라오고 있는 것이 분명했다.

삼룡이가 살고 있는 사기골은 경상도 하동현 진교 백련리에 붙어 있는 비스듬한 언덕 위의 작은 동네다. 원래는 숲이 우거지고 이름도 없었던 곳이다. 그러나 도자기 원료인 백자토가 옥봉산을 비롯, 멀지 않은 곳 여기저기서 발견되면서 가마가 한둘씩 들어서기 시작했다. 자연스럽게 가마 수가 늘어나고, 물레를 잘 차는 사기장들도 몇 명이 모여들었다.

왜병들은 사기장을 도공이라고 불렀다. 그러나 조선 사람들은 도공이라는 말은 쓰지 않았다. 어딘지 사기장들을 하대하는 말처럼 들려서였다.

"보소, 내 저고리 이리 좀 주소. 내빼야 되것소."

등불이 올라오면 어떤 일이 일어날지 알 수 없었다. 삼룡이는 우선 몸부터 숨겨야겠다고 생각했다. 마음이 바빠졌다.

"불이 얼추 다 올라온 거 같은디 어디로 내뺄라카요?"

다급해진 삼룡이에게는 마누라 말이 제대로 들리지 않았다.

"잔소리 말고 어서!"

등불은 마침내 인적을 낌새 차릴 수 있는 곳까지 올라왔다. 등불을 든 사람은 옷차림으로 봐 조선 사람이 분명했다. 삼룡이는 급하게 저고리 한쪽 소매에다 한 팔을 쑤셔 넣었다. 그리고 목소리를 잔뜩 낮췄다.

"나 끌목칸에 숨어 있을끼니 저놈들이 와서 물으믄 진제포에 그륵 내로 갔다꼬 그러소. 양포에도 일이 있어 오늘은 안 온다꼬……."

그는 목소리를 낮춰 바쁘게 한마디 내뱉고는 발뒤꿈치를 들고 고양이

걸음으로 오름가마 쪽으로 달려갔다.

오름가마란 평지가 아닌, 비스듬하게 오르막을 따라 만든 가마다. 가마 하나에 그릇 굽는 칸이 많으면 예닐곱 개나 된다. 불길이 불통을 따라 아래에서 차례대로 다음 칸으로 올라가게 한 것이 오름가마는 평지 가마와 다르다.

삼룡이는 오름가마의 맨 끝에 있는 끌목칸 안에다 급하게 몸을 숨겼다. 끌목칸의 벽은 두꺼웠다. 맨 끝에 있는 칸이어서 작업 때는 곧잘 비워두는 칸이기도 했다. 그 안은 그을음 냄새가 거의 나지 않았다. 들어가자 바깥 공기와는 다르게 온기가 그를 감싸주었다.

삼룡이는 쌕쌕거리는 숨소리를 한껏 죽였다. 그리고 쭈그리고 앉아서 바깥 동정을 살폈다. 밖에서는 아무 기척이 없었다. 이상했다. 바깥 공기가 통할 수 있도록 벽돌 한 개 크기만 하게 뚫어놓은 개불구멍에다 귀를 댔다. 역시 조용했다. 눈을 대고 개불구멍 밖을 살폈다. 칼달은 보이지 않고 캄캄함 저쪽의 희미한 별빛만 보였다.

'이놈들이 왔다가 내가 없어 그냥 돌아갔나? 그라믄 마누라가 나를 데리러 올긴디─'

고요하던 밖에서 갑자기 두런거리는 소리가 들렸다. 삼룡이는 귀를 쫑긋 세우며 숨을 죽였다. 그러나 이내 두런거리던 소리가 사라져버렸다. 사위는 다시 조용해졌다.

시간이 깜빡 흘렀다. 아니, 끌목칸 안 어두운 공간에는 적요만 가득했다. 극도로 긴장한 그는 개불구멍 밖의 시간을 제대로 가늠할 수가 없었다.

'저놈들이 여기까지 뭐 하려고 왔을꼬? 날 잡으러 온 기 틀림없것제.'

바깥이 궁금해졌다. 나가볼까 어쩔까 망설였다. 그때였다.

"아이구! 사람 살리라!"

마누라의 비명 소리가 칼끝이 되어 개불구멍을 뚫고 들어왔다. 끌목칸 작은 구멍을 비집고 들어오는 소리여서 날카로웠다. 그렇지만 크게 들리지는 않았다.

삼룡이는 망설일 것도 없이 밖으로 뛰쳐나와 집으로 향했다. 활짝 열린 방문 안의 등잔 불빛이 환했다. 놀라 잠에서 깨어난 아이 둘이 울지도 못하고 부들부들 떨며 한쪽 구석에 쭈그리고 앉아 있었다.

치마가 반쯤 벗겨진 채 쓰러진 마누라 위에 웬 놈이 엎어져 있는 것이 아닌가. 몸부림치는 마누라의 허벅지가 허옇게 선명했다. 순간 삼룡이는 눈이 뒤집혔다. 앞뒤 가릴 것 없이 손에 잡히는 대로 물레 옆에 있는 목가새를 집어 들었다. 물레에서 흙을 뗄 때 쓰는 칼같이 생긴 좁고 기다란 널판자가 목가새다.

이놈의 대갈통을 내려쳐 박살을 내기 위해 그것을 어깨 위로 쳐들었다. 순간 어둠 뒤에서 어느 놈인가가 그의 팔목을 느닷없이, 그리고 힘껏 낚아챘다. 삼룡이는 중심을 잃고 비칠했다. 어둠 속에 숨어 있던 다른 놈이었다.

"니깟 놈이 도망을 가면 어디로 갈 거라고. 숨어봤자 통 안에 든 개구리 새끼지!"

방 안에서 벌어지고 있는 일에는 아무 관심도 없다는 듯 큰 소리로 웃는 놈은 삼룡이의 팔목을 잡은 놈이 아니었다. 옆에 숨어 있다가 나타난

다른 놈이었다. 그놈은 조선말을 거침없이 지껄이고 난 뒤,

"고노야쓰다요. 마치카이나이데스."

금방 조선말을 하던 놈이 이번에는 일본말로 지껄였다. '이놈이오. 틀림 없어요'라는 뜻이었다. 그놈은 일본말을 할 줄 아는 순왜였다. 바로 그놈이 왜병들을 끌고 이곳까지 올라온 것이 분명했다. 밤이 이슥하면 사기 장들이 집에 있다는 것을 미리 염탐하고 왜병들을 안내해 올라온 것이다.

삼룡이가 붙잡히자 마누라를 타고 엎어져 있던 놈은 부스스 자리에서 일어났다. 그놈은 바지 허리춤을 추스르며 방 가장자리로 쏟아진 춘난 화분을 발로 툭 찬 뒤 자리에서 일어났다. 삼룡이가 근처 어딘가에 숨어 있다면 비명소리를 듣고 반드시 나타날 것이라고 계산하고 있던 놈들이었다.

"도망가면 어디로 갈 거라고. 네놈이 나타날 줄 알았어."

이놈도 순왜였다. 왜병이 둘인 데다 순왜도 둘이었다. 힘깨나 쓰는 삼룡이지만 대적할 도리가 없었다. 기가 막혔다. 한 놈이 그의 팔을 비틀었다. 그리고 옆으로 끌고 갔다.

"생사람을 머 땜시 잡아갈라카요? 멀 잘못했소. 보소! 야? 사람 좀 놔 주소. 놔조!"

마누라는 치마끈을 움켜잡고 방 밖으로 기어 나와 이미 포승줄에 묶여 버린 삼룡이의 허리춤을 잡았다. 정작 왜병은 가만있는데, 순왜가 사정 없이 마누라의 팔을 낚아채 삼룡이로부터 잡아뗐다.

방 안에서 아이들의 울음소리가 터져 나왔다. 삼룡이는 이미 팔이 뒤

로 비틀린 채 포승줄에 묶이고 난 뒤였다. 반항해도 소용없다는 듯, 그들은 삼룡이를 끌고 아래로 가는 길로 내려섰다.

멀리서 개 짖는 소리가 들렸다.

마누라가 끌려가는 삼룡이의 허리춤을 다시 움켜잡았다. 순간 한 놈이 사정없이 마누라의 손을 잡아뗐다. 그리고 마누라에게 발길질을 했다. 삼룡이는 죽기를 각오하고 순왜에게 덤벼들었다. 그러나 팔이 뒤로 묶여 전혀 힘을 쓸 수가 없었다.

거센 사내의 발길질에 마누라는 속수무책이었다. 중심을 잃고 쓰러져서 코에서 검고 끈적한 피를 쏟아냈다. 일어설 수가 없었다. 거듭된 발길질로 마누라를 완전히 저항할 수 없게 만들어버린 것이다.

"보소, 안 되것소. 들어가소. 잽혀갔다가 도망쳐 올끼니, 아아들이랑 좀 기다리고 있으소."

그러면서 한마디 했다. 그 순간 삼룡이의 뒤통수에서 번갯불이 번쩍했다. 몽돌 같은 주먹이 날아온 것이다.

"도망이라도 쳐서 오겠다고? 어림없는 소리. 죽어도 못 와, 이놈아. 도망쳤다가는 그날이 네 제삿날이야."

전신을 발에 차이고 주먹에 맞은 마누라는 주저앉은 채 꼼짝을 못 했다. 순왜 한 놈이 삼룡이를 묶은 줄을 끌었다. 다른 한 놈은 등불을 들고 길을 이끌었다. 다리를 질질 끌며 순왜가 끄는 대로 삼룡이는 백련리 쪽으로 내려섰다.

평소에는 눈 감고도 다니던 길이다. 그런데 갑자기 이 길이 서툴기만 했다. 계속 헛디뎌 엎어지고는 했다. 팔이 뒤로 묶인 채 엎어져 그때마다 얼굴이 길바닥에 먼저 처박히며 긁혔다.

"다른 놈들은?"

얼마쯤 걸어오던 왜병이 생각난 듯 순왜에게 물었다. 다른 곳에도 사기장들을 잡아둔 모양이었다.

"걱정 맙쇼. 거기는 갯가여서 도망갈 곳이 없으니 안심해도 됩니다."

갯가란 진제포를 가리킨다. 사기골에서는 제법 떨어진 곳의 작은 포구다. 그 포구는 큰 바다로 연결돼 있어 배들의 출입이 잦았던 곳이다. 승마산 아래 있는 사기마을, 특히 백련리나 새미골 등지에서 구워낸 고급 도자기는 물론 동네에서나 쓰는 막사발이나 옹기까지도 이웃 큰 동네나 멀리 일본까지 내다 파는 배가 들락거렸던 포구다.

그랬던 이곳이 몇 년 전 임진란이 터지면서 한적한 포구로 변해버렸다. 재주 있는 사기장 여러 명이 이때 순왜에게 잡혀가버렸다. 사기장들이 잡혀가버린 가마터에서는 연기가 올라오지 않았다. 진제포는 그때부터 고깃배마저도 거의 들락거리지 않는 적막한 갯가로 변하고 말았다.

사기골이나 그 주변 가마터 몇 곳에서는 분청사기, 상감백자, 철화백자 같은 고급품 도자기도 구웠다. 그래서 이 일대는 일본까지도 소문이 났었다. 희한하게도 왜병들은 값싼 막사발에 특히 사족을 못 썼다. 그런 것은 백련리 가마를 비롯해서 이 근처 아무 데서나 언제든지 쉽게 구워낼 수 있는 것들이었다. 평소에는 잘 굽지도 않는 것들이기도 했다.

이번에 새로 터진 정유년 난리에서는 지난번 임진란 때보다 왜병들이 별나게 가마터를 더 샅샅이 들쑤시고 다녔다. 정보에 밝은 순왜들을 앞세워 숨어 있는 사기장들까지도 찾아내 모조리 잡아갔다.

지난번 임진란이 덮친 뒤 얼마쯤 지나고 나서야 이곳은 겨우 조용해졌었다. 전쟁이 멎었다는 소식에 피해 있던 사기장들도 가족을 찾아 돌아오기 시작했다. 그러나 조용했던 것도 잠시, 이번에 또다시 난리가 터졌다. 그런 판에다 순왜들이 더 설쳐댄다는 소문도 나돌았다.

끔찍한 소문이 나돌자 사기장들의 그림자는 이번에도 또 가마 주변에서 사라져버렸다. 진제포도 고깃배 몇 척만이 겨우 들락거릴 뿐 다시 조용한 갯가로 변하고 말았다.

"가자, 이 새끼야!"

등불을 들었던 순왜가 그것을 길가에 집어던지며 버럭 소리를 질렀다. 그 소리에 놀라 삼룡이는 정신이 번쩍 들었다. 상보 못 근처를 지난 것 같았다. 항아리 같은 보름달이 떴을 때면 언제나 어렵잖게 이곳을 지났었다. 그러나 지금은 칼달마저 희미해져 도무지 방향을 알 수가 없었다.

진제포를 벗어나면 곧바로 술상리 방아섬, 거기서 좀 더 내려가 왼쪽 비토섬을 비키면 삼천포 마도가 곧 나온다. 신수도를 지나 동남쪽으로 이물을 틀면 쓰시마로 가는 바닷길이 열린다. 삼룡이가 훤히 감을 잡고 있는 뱃길이다.

그러나 그렇게 자주 들락거렸던 뱃길이건만 끌려가고 있는 그로서는 방향을 제대로 알 수가 없었다. 목을 비틀고 날개를 떼놓은 풍뎅이처럼 방향감각을 잃어버렸기 때문이다. 그저 퉁퉁 부은 눈두덩 사이로 길 저쪽에서 희미한 불빛이 비칠 뿐이었다. 순왜들은 왜병과 뭔가를 수군거렸다.

2　　　　　　　　　　　　　　　　　　퇴로를 틔워주다

임진왜란이 숙지근했다. 그랬다가 다시 난리가 터진 것은 1597년 정유년 8월이었다.

명나라 부총병 양원(楊元)은 이때 불과 4천 명의 군사를 이끌고 와 남원성에 주둔하고 있었다. 그러다가 다시 쇄도해오는 왜군과 맞닥뜨렸다. 양원은 고니시 유키나가(小西行長), 우키다 히데이에(宇喜多秀家)와 시마즈 요시히로(島津義弘) 등이 이끄는 5만 왜병들에게는 도무지 적수가 되지 못했다.

산악전에 경험이 많은 조선군은 지형의 이점을 들어 가까운 교룡산성에서 방어전을 펴자고 했다. 그러나 평지전에 익숙한 양원은 사각형으로 반듯한 평지 남원성을 수성으로 하자고 우겼다. 그 결과 불과 사흘 만에 수성 작전은 허망하게 깨져버렸다. 남원성이 쑥대밭이 되고 만 것이다.

조선 병사는 물론 승려, 장사꾼, 노비, 백정 등 평범한 백성까지 이 전쟁에 참전했다가 몰살됐다. 그때 희생된 1만 명의 무덤이 만인총이다.

당황한 명나라는 군사 5만과 함께 병부상서 총독 형개(邢玠)를 조선에 급파했다. 정유년 10월의 일이었다. 명나라 최고위 장군이 조선에서 전투에 직접 나선 것은 일본의 재침이 명나라에도 큰 위협이었기 때문이다.

명나라는 임란 때부터 조선의 처지는 크게 중요하게 생각하지 않았다. 그들이 군사를 파견한 것은 명을 치기 위해서라는 도요토미 히데요시(豊臣秀吉)의 말에 놀라 오로지 자기 나라를 지키기 위해서였을 뿐이다.

단박에 끝날 줄 알았던 지난 임진왜란에서는 밀고 밀리기가 되풀이되었다. 벽제전투에서 참패한 명나라는 조선을 제쳐두고 일본에 강화회담을 요청했다. 1593년 5월의 일이었다. 그러나 그때 그 협상은 일본이나 명나라가 뜻했던 대로 그렇게 쉽게 끝나지는 않았다.

협상이 진행 중인데도 곳곳에서는 산발적인 충돌이 계속되었다. 회담 결과를 기다리면서 남쪽으로 물러난 왜군은 그 틈에도 남해안 곳곳에다 성을 쌓았다. 다시 터질지도 모르는 전쟁에 대비하기 위해서였다.

명나라 황녀를 도요토미 히데요시의 후처로 삼겠다. 조선 8도 가운데 남쪽 4도를 일본에게 할양해라. 조선 왕자와 대신 등 열두 명을 인질로 삼겠다. 무역에 우선권을 달라. 왜가 내민 이런 터무니없는 조건들이 강화협상에서 통할 리가 없었다. 그래도 명나라 대표 심유경(沈惟敬)은 중간에 서서 이런 조건들을 밀고 당기며 강화협상을 질질 끌었다. 3년 이상 끌던 회담은 끝내 완전히 깨져버리고 말았다.

협상이 깨지자 정유년인 1597년 도요토미 히데요시는 기다렸다는 듯 재침을 명령했다. 고니시 유키나가가 1만 4천 5백 명 병사로 침략군 선봉에 섰다. 병력이 계속 증가되어 제2 선봉장 가토 기요마사(加藤清正)가 이끄는 군사 등 모두 14만 1천 5백 명의 일본군이 파죽지세로 다시 반도의 남쪽부터 유린하기 시작했다. 힘없는 조선은 속수무책이었다.

기습전은 편 쪽이 우선은 유리하다. 서쪽으로 진군한 왜군은 남원성을 완파한 뒤 한양의 턱 밑 직산까지 치고 올라왔다. 그리고 반도의 중간을 세로로 진군한 부대와 합쳐 한양을 넘봤다. 문약하고 당쟁에 정신이 없었던 조선의 운명은 다시 태풍 앞의 촛불이 되고 말았다.

일본의 정세에 캄캄했던 조선 지도자들의 무능, 부패한 관리의 가렴주구, 가혹한 세금, 허술한 방위 대책은 조선이 아니라 어느 시대, 어느 나라라고 해도 자살로 몰고 가기에 충분한 것이었다. 조선이 바로 그 지경이었다.

조선 남부 바닷가 일대의 왜성에 대기해 있던 왜군은 동쪽 길과 중간 길, 그리고 서쪽 길을 뚫으며 협공을 강화했다. 이런 기세라면 얼마 뒤 한강, 대동강, 압록강을 건너는 것쯤이야 식은 죽 먹기 같아 보였다. 서해를 건너 요동반도나 산동반도로 기어올라 명나라를 짓밟는 것도 손바닥 뒤집기로 보였다.

전황이 이렇게 돌아가자 명나라는 순망치한의 위기를 느꼈다. 입술이 없어졌는데 어찌 이가 성할 수 있으랴. 평양이 무너질 지경에 이르렀는데 요동반도나 산동반도가 어찌 탈 없기를 바라겠는가. 그다음 왜군들이 명나라의 심장으로 향하는 길은 고속도로가 될 것이 뻔했다. 그렇게 되면 지금껏 조선에서 흘린 명나라의 피는 다 헛것이 되어버린다.

정유재란이 이렇게 전개되자 병부상서 총독 형개가 총병이 된 명나라 군사가 조선에 급파됐던 것이다. 형개에 한 발 앞서 양호(楊鎬)는 이미 한양에 도착해 있었다. 그는 9월 7일 직산에서 구로다 나가마사(黑田長政) 등과 부딪쳤다. 이 전투에서 처음으로 왜군에 승리한 그는 명나라 군사를 이끌고 의기양양하게 한양에 입성했다.

기세를 몰아 총병관 마귀(麻貴), 제독 유정(劉綎) 등이 파병군을 이끌고 와 전선을 담당했다. 거기에다 명나라 해군참모총장 격인 도독 진린(陳璘)까지 조선에 파견됐다. 이순신과 협력해 해상 방어를 강화하기 위해서였다. 그 결과 정유재란의 전황은 역전되기 시작했다.

그래도 도요토미 히데요시는 끝까지 조선 침략에는 아무런 문제가 없다고 확신했다. 강화협상을 위해 휴전 중인 때에도 남해안 일대에 구축해놓았던 서른을 헤아리는 크고 작은 왜성은 가공할 요새가 되었다. 거기서 출진하면 재침에는 이길 자신이 있다고 믿었던 것이다.

침략군 제1선봉장 고니시 유키나가가 바닷가에 구축해놓은 순천 왜교성은 철옹성이었다. 그 성을 거점으로 그는 군량미 보급에 절대 없어서는 안 될 전라도 평야 일대에 지배력을 철저히 굳히고 있었다.

그들의 노략질은 심했다. 거기에다 선심 공세와 협박 등 방법을 가리지 않았다. 안 되면 현지 사람들을 매수까지 해서 왜에 부역하게 했다. 거부하거나 저항하면 사정없이 목을 날렸다. 불쌍한 백성들은 살기 위해서 더러는 부역하지 않을 수가 없었다.

성을 쌓는 기술이 뛰어난 제2선봉장 가토 기요마사도 장기전에 철저히 대비했다. 강화협상이 길어지자 울산에 튼튼한 왜성을 쌓았다. 거기에 만족하지 않고 울산의 서쪽 서생에다 또 다른 성을 하나 더 쌓았다.

두 성에다 병력을 배치한 그는 보급품도 부족하지 않게 비축했다. 이쯤 되면 조선의 동남부는 모두가 제 땅이나 다름없다고 생각했다. 그는 두 성을 오가면서 공격과 수비 훈련을 되풀이했다.

이 밖에도 남해안 일대 30여 곳에서도 나베시마 나오시게(鍋島直茂), 구로다 나가마사, 시마즈 요시히로, 소 요시토시(宗義智) 등 이름만 들어도 소름 돋는 왜장들이 이미 쌓아놓았던 성에서 공격과 방어, 후퇴 훈련까지 마친 뒤 정유재란에 참전했던 것이다. 그들의 재공격 속도는 빨랐다. 점령지도 계속 확장되었다. 조선은 또다시 깊은 수렁에 빠지게 되고 말았다.

이런 가운데 다행스럽게도 이번에는 조명연합군이 직산전투에서 전황을 바꿀 수 있게 되었다. 그 여세를 몰아 남진 작전을 수립하고 장기전에 지친 왜군을 향해 반격을 시작했다. 쇄도하는 왜군의 공격 차단은 물론 탈주로까지 틀어막아 그들을 독에 든 쥐로 만들겠다는 것이 반격 작전의 내용이었다. 이른바 사로병진(四路竝進) 작전이 그것이었다.

동로군은 마귀와 김응서(金應瑞)의 조명연합군이 동쪽으로 진격해 울산의 가토 기요마사군을 무력화시키기로 했다. 중로군은 동일원(董一元)과 정기룡(鄭起龍)이 반도의 한가운데를 치고 내려와 사천 선진성에 포진하고 있는 시마즈 요시히로를 작살내고 남해 섬까지 진격해 소 요시토시를 묶는 것이 작전의 내용이었다. 이와 함께 권율(權慄)과 유정(惟征)으로 짜여진 연합군은 서쪽으로 내려와 고니시 유키나가의 철옹성인 왜교성을 깨는 작전을 펼치기로 했다.

바다에서는 이순신과 진린의 연합 수군도 서해를 남진을 위한 길로 삼았다. 서남해 고금도와 장사도를 거쳐 역시 순천 왜교성을 바다 쪽에서 고립시킨 뒤 공격함으로써 사로병진을 완성하는 것이 작전의 핵심이었다.

1598년 10월 21일. 마귀와 김응서의 연합군 4만 명은 정유재란을 매듭짓기 위해 경주를 거쳐 울산성을 공격하기 시작했다. 지난번에 있었던 1차 공격의 실패를 만회하기 위한 2차 공격이었다.

성안에는 1만 6천 명에 이르는 가토 기요마사군을 포함해 조선인 사기장과 포로들도 함께 있었다. 그들은 지난해 전투에서 죽음 직전까지 갔었다. 이번 공격전은 연합군의 수적 우세만으로도 조선인 포로들까지 구해낼 수 있는 전투가 분명했다. 열세에 놓여 포위망을 뚫을 수 없는 왜군이 보급 때문에라도 두 손을 들지 않을 수 없는 상황을 만들기로 했다.

그러나 울산성 축조 공사에 강제로 끌려가 일했던 동네 사람의 울산성 공격에 대한 전망은 예상과는 달랐다.

"바깥 성벽을 넘어 안으로 들어가도 성안에 이중으로 돼 있는 또 다른 성벽을 타고 넘기는 쉽지 않을 겁니다요."

공격이 있기 전에 정탐병이 숨어들어 간신히 찾아낸 주민의 증언이었다.

"내성은 성벽을 튼튼한 지붕처럼 만들어놓았고요, 벽을 간신히 타고 오른다고 해도 처마 끝을 잡아타고 몸을 날리듯 내성의 성벽을 돌아 넘어가기는 억수로 어려울 겁니다요."

그는 공기 단축을 다그치는 채찍에 맞아 아직도 얼굴이며 어깨며 성한 곳이 없었다. 원한에 사무친 그는 조금도 거리낌 없이 성의 내부를 소상하게 설명해주었다.

"그렇다면?"

"성안에는 우물이 많지 않고요, 그동안 비가 오지 않아 상당히 말랐을 수도 있어요. 또 먹을 식량도 얼추 바닥이 났을 겁니다요. 저놈들은 성벽을 넘어 다른 곳으로 도망치지 못하게 단단히 포위만 하고 있어도 절로 손을 들고 나올지도 모르고요."

작전만 제대로 되면 가토 기요마사는 독 안에 든 쥐가 분명했다.

"성안에는 잡혀온 사기장들과 포로들이 많이 있습니다요. 먹을 것이 없어지면 입을 덜기 위해서라도 혹시 잡아둔 사기장과 포로들부터 먼저 해치려고 할 것이 아닌가가 큰 걱정입니다요."

이 말에 조명연합군은 다시 진퇴양난에 빠졌다. 결국 적의 보급로를 차단한 뒤 때를 기다렸다가 단기전을 치를 수밖에 없었다.

"몇 마리나 되는지 알 수 없으나 성안에는 말도 제법 많이 있습니다요. 겨울이 되면 풀이 말라 그 말들을 어떻게 먹일 수 있을지도 모르겠네요. 민가에서 몰고 온 소도 있고요."

막상 작전을 펴자니 이 같은 철옹성을 치기는 그렇게 쉬운 일이 아니었다. 그런 가운데 가을이 바쁘게 지나갔다. 왜성 안의 병사들도 전쟁의 피로도가 극에 달했다. 보급도 원활하지 않아 진중에는 위기감마저 돌았다.

조명연합군은 계절이 바뀌자 총공격의 기회를 노려 포위망을 다시 조였다. 조선 병사들은 자원해서 전선의 앞장에 섰다.

성안의 가토 기요마사는 시간이 지나면서 사태의 절박감을 읽어냈다. 성격이 바튼 그는 승산 없는 전쟁이 각일각 자신의 목을 죄어오고 있다는 위기감에 빠졌다. 임진왜란이 있기 전 전국시대의 일본에서 겪은 수많은 내전 경험을 바탕으로 조선반도를 완전히 휘저으려 했던 것이 그의 꿈이었다. 그러나 그 꿈이 무산되는 순간에 이르렀음을 그는 직감했다.

패장으로 조명연합군에게 수급을 바쳐 울산성 성문 앞에 효수되는 것을 상상하자 그는 도무지 견딜 수가 없었다. 인내심이 마침내 바닥을 드러내고 말았다.

'차라리 무장답게 죽자.'

절체절명의 순간이 다가오는 것 같았다. 수많은 죽음의 고비를 넘겨온 그였지만 패전이 분명해지자 그는 마침내 할복을 결심했다.

무사가 할복할 때는 죽음의 의식이 있다. 할복과 죽음의 고통을 덜어주기 위해 할복하는 순간 동료나 부하가 등 뒤에서 목을 쳐주는 것이다. 가토 기요마사는 그런 죽음을 택해서 장군의 자존심을 지키기로 했다. 그리고 할복하는 순간 뒤에서 자신의 목을 쳐줄 충성스러운 부하를 불렀다.

그때였다.

"장군님, 성 밖이 갑자기 소란합니다. 먼 곳으로부터 북소리가 들립니다. 저 북소리는 조선 북소리가 아닙니다. 분명 우리 다이코(太鼓)의 소립니다. 이게 어찌 된 일입니까?"

할복을 결심했던 가토 기요마사는 깊이 들이마셨던 숨을 멈췄다. 그리고 길게 내쉬며 북소리가 요란하게 들리는 쪽으로 귀를 기울였다.

"분명히 다이코 소리지?"

다이코는 일본 북의 명칭이다.

"그렇습니다. 성을 포위하고 있는 조명연합군도 우렁찬 다이코 소리에 술렁거리고 있다고 합니다."

"어떻게 된 일이냐?"

죽음의 의식은 거둬졌다.

"일본으로 퇴거하려던 남해안 일대의 아군인 것 같습니다. 그들이 전원 장군님을 구출하기 위해 조명연합군을 맹렬하게 공격하며 이쪽으로 진격해오는 것 같습니다. 우리 군은 수적으로도 열세가 아닙니다."

서쪽 하늘 멀리 저쪽에서 먼지가 뿌옇게 솟아올라 해를 가렸다. 맑은 날을 택해 반격을 시작한 것이다. 가토 기요마사를 구하려고 진군하는 왜군들의 북소리는 점점 가까워졌다.

성을 향해 공격 자세로 진을 치고 있던 조명연합군은 공격 태세를 방어 태세로 바꾸지 않을 수 없었다. 때맞춰 등 뒤 조용하던 성안에서는 왜병들의 함성과 함께 역공이 시작됐다.

가까워진 북소리도 갑자기 함성으로 변했다. 칼을 뽑아든 기병과 조총을 든 보병이 개미처럼 새까맣게 밀려들었다. 성안에 갇혀 있던 왜군들도 힘을 얻어 함성을 지르며 성문을 밀고 밖으로 뛰쳐나왔다. 사로병진 공격에 밀리던 왜군의 반격 쓰나미를 막아내기에는 조명연합군은 역부족이었다.

절체절명의 순간에 가토 기요마사를 구하기 위한 구원군이 이렇게 들이닥친 것이다. 가깝게는 기장 죽성에 진을 치고 있던 구로다 나가마사를 비롯해서 김해의 나베시마 나오시게, 남해안 일대 각 성에서 퇴각을 대비하고 있다가 함께 몰려온 왜군들의 수는 조명연합군의 수를 넘을 것 같았다.

승전의 순간을 조여가고 있던 연합군은 중과부적을 어쩔 수 없었다. 독 안에 든 쥐를 두고 경주 쪽으로 퇴각할 수밖에 없었다.

3

포로가 된 사기장들

울산성에 대한 조명연합군의 두 번째 공격은 건곤일척의 일전이었다. 이 전쟁에서 이긴다면 천하무도하고 포악한 가토 기요마사의 수급을 거두고 전세를 완전히 바꿔버릴 수 있었을 것이다.

여세를 몰면 남해안의 왜성은 모두 태풍 앞의 촛불이 될 것이 분명했다. 사로병진이 이렇게 완성되면 순천 왜교성의 고니시 유키나가 역시 가토 기요마사와 함께 목을 내놓을 수밖에 없을 것이라고 생각했다.

조명연합군은 임진왜란과 정유재란의 제1번대장과 제2번대장의 수급을 차례로 베어내면 두 차례의 전쟁은 깔끔하게 매듭지을 수 있을 것이라고 확신했다.

그러나 천하를 가르게 될 일전이라고 생각했던 조명연합군에게 울산성 2차 공격의 실패는 뼈까지도 저리게 했다. 영문도 모른 채 성안에 억류돼 있던 조선인 사기장들까지도 자유인이 될 수 있는 천재일우의 기회를 놓치고 말았다.

이 전쟁에서 이기면 귀가 잘렸어도, 또 코가 도려내어졌어도 살아만 있다면 누구라고 할 것도 없이 조선인 포로는 모두 구출해낼 계획이었다. 사로병진 전략의 중요 목표 가운데 조선군에게 절대로 빼앗릴 수 없는 것 하나가 바로 이 포로의 구출이었다.

그들이 포로가 된 이유는 그릇 만드는 기술을 가졌거나 젊다는 것뿐이었다. 그리고 힘없는 나라의 대책 없는 군주 아래서 죄짓지 않고 산 순한 백성이었다는 것뿐이었다.

거의 모든 왜성에는 수십 명, 많으면 백 명도 넘는 사기장과 포로들이 잡혀 있었다. 이들은 그냥 잡혀만 있는 것이 아니었다. 어느 곳에 따라서는 밧줄에 묶인 채 도망가지 못하도록 짐승처럼 가둬져 있었다. 이들 가운데는 학식 높은 유학자들과 기술자들도 함께 뒤섞여 있었다.

사기골은 임진란 때 왜병이 순왜를 이끌고 올라와 한 번 뒤지고 간 곳이다. 눈이 충혈되어 사기장들을 찾는 순왜들에게는 조선 사람의 모습은 어디에서도 찾아볼 수 없었다. 마치 아귀와도 같았다.

일본 말을 한마디라도 할 수 있고 도자기에 상식이라도 좀 있는 포로들에게는 그나마 그들의 칼끝 감시는 덜했다. 푸짐한 보상으로 회유의 손길을 내밀어 앞잡이로 써먹기 위해서였다. 거기에 놀아나는 머저리 사기장도 없지는 않았다. 그들은 혼이 없는 놈이라는 눈총을 받기도 했지만 한 번 순왜짓에 맛을 들이면 눈총쯤은 오불관언이었다.

강화회담이 깨지자 다시 일으킨 이번 전쟁에서는 지난번 전쟁 때보다 더 가혹하게 순왜들이 설쳤다. 도요토미 히데요시의 재침 목적부터가 지난번 침략전과는 달라서였다. 쉽지 않은 명나라 침략보다 조선에서 실속을 차리자는 것이 이번의 그의 중요한 책략 가운데 하나였기 때문이다.

재침 명령을 받고 침략전에 나서는 제1번대에서부터 제9번대에 이르는 전투번대에 도요토미 히데요시는 특별 명령을 내렸다. 번대마다 각각 6개 특수부대를 만들라는 것이었다. 그리고 그런 부대에서 해야 할 특별 임무까지 구체적으로 명시돼 있었다.

학식이 높은 학자, 뛰어난 사기장, 각종 문화재, 소와 말 등 쓸 만한 가축, 금은보화, 각종 무기, 심지어는 조선의 활자, 불경과 불상, 불화까지 가는 곳 어디서나 보이는 족족 쓸어 오라는 것이 특별 임무의 내용이었다.

특히 이 명령을 집행할 때 반항하는 사람은 그 자리에서 즉결처분하라는 지시도 했다. 반항하다가 죽임을 당한 피살자는 그의 코를 베어 증거물로 보내라는 명령까지도 곁들여져 있었다.

일본 청년들 상당수가 두 번에 걸친 침략전 때 병사가 되어 조선에 끌려왔다. 일할 청년이 없어 농촌은 크게 피폐해졌다. 이를 해결하기 위해 조선의 젊은 청년들을 끌고 가 부족한 노동력을 메우라는 지시도 내려졌다. 그래서 건강한 조선 청년이면 눈에 띄는 대로 무조건 포로로 잡아들였다. 심지어 여자까지도 일본으로 끌고 가 농촌에서 험한 막일에다 부려먹었다.

이런 참상을 보다 못한 왜군 종군승 게이넨(慶念)은 『조선 일기』에다 이런 처참한 사실들을 자세하게 기록해놓기도 했다. 참으로 눈을 뜨고 볼 수 없는 광경이라는 것이었다.

잡혀온 포로들의 일부는 나가사키나 히라도 같은 항구로도 끌려갔다. 거기서 서양 노예상들에게 짐승 팔리듯 팔려 나갔다. 건강, 나이, 성별에 따라 각각 다른 값을 불러 비싸게도 팔렸고 헐값에 넘겨지기도 했다.

건장한 남자의 경우 노예로 팔아넘길 때 기본값으로 한 사람에게 쌀 네 가마를 지불했다. 높은 값의 경우 쌀 네 말 정도가 더 보태졌다. 흥정이 끝나면 밧줄에 묶인 채 그들은 짐짝처럼 노예선 선창에 내동댕이쳐졌다. 그리고 인도 고아항을 거쳐 네덜란드, 스페인, 포르투갈 등에서 찾아온 중간 노예상의 손에 넘겨졌다.

건장한 아프리카 노예는 맥 빠진 조선인 노예보다 유럽에서는 훨씬 비싼 값에 팔렸다. 현지 값으로 환산해서 쌀 열두 가마에 팔렸으니 조선에서 포로로 잡혀와 값싸게 팔리는 노예를 더 좋아할 수밖에 없었다.

항해 중에도 묶어놓은 쇠사슬을 풀어주는 일은 없었다. 도중에 바다로 뛰어내리지 못하게 하기 위해서였다. 갑판이나 선창은 온통 토사물과 배설물로 악취 덩어리가 되어 있었다. 몸에 엉겨 붙은 오물은 갑판을 넘는 파도에도 제대로 씻겨 나가지 않았다.

아비지옥 구렁텅이 속에 방치된 채 한 달이고 두 달이고 목숨만 부지하다가 더러는 도중에 병이 나서 죽기도 했다. 죽어야 비로소 바다에 던져져 해방을 누릴 수 있는 주검이 되었다.

조명연합군, 그 가운데서도 특히 조선 군사들은 이런 사정을 알고 있었다. 그랬기 때문에 명나라 군대 앞에서 목숨을 걸고 왜성 담벽을 넘어 공격하는 용맹을 부렸던 것이다. 울산성 전투에서 조선 군대가 명나라 군대를 제치고 전선의 앞줄에 서서 더 용감하게 싸웠던 것도 그래서였다.

조선인 포로가 잘 팔려 나가자 남해안 일대 왜성 부근에는 포로 장사들이 득실거렸다. 심지어 포로 암시장까지 생기기도 했다. 이런 일에는 순왜들이 앞장섰다. 그들은 번개치기로 포로를 일본인 장사꾼에게 팔아넘기고 바람처럼 어디론가 사라졌다. 돈 앞에서 악귀로 변해버린 이런 놈들은 피해자 가족의 눈에 띄면 작살이 나기도 했다. 그래도 막무가내였다.

왜병들은 사기장과 일반 포로들을 다르게 대했다. 사기장들에 대한 도요토미 히데요시의 관심이 특별히 높았기 때문이다. 사기장들을 함부로 다루지 못했던 이유다. 거기에다 그들을 일본으로 끌고 가다가 탈이 나게 해서는 안 된다는 엄명도 있었던 때문이다.

정유재란의 선봉에 섰던 나베시마 나오시게, 시마즈 요시히로, 구로다 나가마사 등 각 번대장들은 끌고 간 사기장들을 다투어 자신의 부대에 억류시켰다. 도요토미 히데요시에게 상납해 자신의 능력을 과시하기 위해서였다.

이들은 포로로 잡은 사기장들을 도요토미 히데요시에게 직접 상납했다. 그러면서 일부는 자신의 영지로 빼돌리기도 했다. 전쟁이 끝나면 자신도 가마를 지어 도자기를 만들겠다는 꿍꿍이셈이 있어서였다.

임진왜란을 일으킨 도요토미 히데요시는 처음에는 실제로 명나라까지도 치려고 했었다. 당시 세계적으로 가장 유명했던 명나라의 강서성 서북쪽에 있는 징더전(景德鎭)의 가마터를 접수함으로써 세계적인 도자기 기술을 흡수하겠다는 욕심에서였다. 그러나 명나라 침공이 어려워지자 시선을 돌려 조선 사기장들에게 눈독을 들이게 된 것이다.

순왜에게 끌려간 사기장이 돌아왔다는 곳은 아무 데도 없었다. 도대체 어디로 사라졌는지 행방을 아는 사람마저도 없었다. 죽었는지 살았는지 그것만이라도 알고 싶은 가족들은 사방으로 수소문했지만 왜성으로 끌려갔다는 것 외에 따로 알 수 있는 것은 아무것도 없었다.

순왜들이 설치면 설칠수록 사기장들이 가마에서 사라지는 수도 늘었다. 나중에는 겨우 흙을 분류해서 순하게 만드는 꼬막밀기(흙을 고르는 일), 그릇의 모양을 만드는 물레차기 정도를 겨우 할 줄 아는 사기장들까지도 보이는 족족 다 쓸어갔다.

주인이 없어 폐허가 되어버린 가마는 계속 늘어났다. 그런 폐허를 사기장의 가족들이 마냥 지키고만 있을 수는 없었다. 여기저기 주인 잃은 가마터에서는 적막마저도 허물어지고 있었다.

4   어디로 끌려가는가?

삼룡이가 끌려가고 난 뒤, 사기골은 밤의 깊은 수렁으로 가라앉고 말았다. 오직 주인을 기다리고 있는 그의 집만 가물거리는 등잔불에 눈을 감지 못하고 있었다.

전신이 묶인 채 끌려 나온 삼룡이는 알 듯 말 듯한 길을 따라 어디론지 한참 끌려갔다. 퉁퉁 부은 눈두덩에 후끈 달아올랐던 열기가 시간이 지나자 조금씩 빠져나갔다. 전신에서 힘도 함께 빠져나갔다. 흥분이 가라앉자 한기가 피부를 썰렁하게 했다.

한참 끌려가다가 정신을 차려 주위를 둘러보았다. 어둠 탓인지 도대체 어디가 어딘지, 어디로 끌려왔는지, 또 어디로 끌려가고 있는지 동서남북을 도무지 가늠할 수가 없었다. 한참을 걸어왔는데도 오그라든 몸이 제대로 풀리지 않았다. 순왜들이 걸음을 멈췄다. 불빛이 새어 나오는 집 앞이었다.

"너는 저기 앉아서 기다려!"

불 켜진 집은 주막이었다. 삼룡이는 밧줄에 묶인 채 더듬거리며 문턱 한쪽 구석에 웅크리고 앉았다. 순왜들은 왜병 둘과 함께 제 집에라도 찾아온 것처럼 익숙하게 주막 안으로 들어가 자리를 잡고 앉았다. 그들은 편안하게 뭔가 서로 이야기를 주고받으면서 여유를 보였다.

삼룡이에게도 어딘지 이 집이 낯설지 않다는 느낌이 들었다. 그러나 그뿐, 아직도 얼떨떨해서 어디가 어딘지 제대로 분별이 되지 않았다.

"한 잔 주소. 안주도 먹을 만한 것 좀 주고."

불빛은 화안하지는 않았다. 그렇지만 삼룡이는 희미한 불빛 속에서 비로소 그들의 얼굴을 설핏 살펴볼 수 있었다. 낯선 왜병들이야 모를 수밖에 없지만 순왜들도 어디서 본 얼굴인지 기억에는 없었다.

준비라도 해두었던 것처럼 음식이 금방 그들 앞으로 나왔다. 무슨 국물인지 막걸리인지 알 수는 없었지만 뭘 마시는 소리가 들렸다.

주막집 여주인은 그들과 서로 잘 아는 것 같았다. 삼룡이의 귀에도 여자의 목소리가 어디에선가 분명히 들었던 목소리 같았다. 여자는 한쪽 어둑한 곳에 묶인 채 웅크리고 앉아 있는 그를 거들떠보지도 않았다.

삼룡이도 비로소 허기를 느꼈다. 음식 먹는 소리를 듣자 슬그머니 돋아나는 식욕, 그것은 지금 그가 처한 상황과는 아무 상관이 없었다. 다만, 저녁도 굶은 그의 뱃속에서 식욕 같은 것이 가늘게 꿈틀거리고 있을 뿐이었다.

뭘 열심히 먹고 있던 순왜 한 명이 문득 말했다.

"가서 두 놈을 다 데리고 오겠습니다. 잠시 기다리세요."

왜병들은 아무 반응이 없었다. 다른 한 명의 순왜도 자리에서 함께 부스스 일어섰다. 알았다는 듯, 왜병들은 아무 대꾸도 없이 뭔가를 먹으면서 저들끼리 계속 이야기를 주고받고 했다. 때로는 웃는 소리도 들렸다.

주막 밖으로 나오던 순왜 한 명이 삼룡이를 보더니 생각이라도 난 듯

"여기도 국밥 한 그릇 주시오."

한마디를 던진 뒤 그들은 어둠 속으로 횡하니 사라져버렸다. 삼룡이는 비로소 고개를 들어 주위를 살펴봤다. 역시 잘 아는 주막이었다. 물론 여주인도 잘 아는 사람이었다. 좁은 바닥, 주막 여주인도 그를 모를 턱이 없었다. 그러나 그 여주인은 그를 아는 척하지는 않았다.

삼룡이 앞, 마루청 구석에다 음식과 숟가락을 놓던 그녀는 팔이 뒤로 묶여 있는 삼룡이를 보고는

"밥 먹을 때만이라도 좀 풀어줘야지요."

왜병에게 몸짓 손짓으로 밧줄 푸는 시늉을 하면서 조선말로 한마디 했다. 몸짓을 보고야 알았다는 듯, 한 명이 삼룡이의 바른쪽 팔목을 감고 있는 포승줄을 한 가닥만 풀어줬다.

막상 음식이 앞에 놓이자 생각보다 식욕이 크게 동하지는 않았다. 그러나 먹어야만 살 수 있다는 생각이 들었다. 숟가락을 들려고 했으나 제대로 들리지 않았다. 오랫동안 묶여 있어서 손마디가 굳어버렸기 때문이었다. 그래도 끙끙거리며 국물을 좀 마셨다. 건더기도 넘겼다.

얼마지 않았다. 왜병들은 약간 거나해진 것 같았다. 조금 높아진 목소리로 뭔가를 계속 떠들었다. 그러다가 삼룡이가 숟가락을 놓자 한 명이 자리에서 벌떡 일어나 밧줄을 다시 묶었다. 술 냄새가 코끝을 훅 스쳤다.

조금 있자 밖에서 인기척이 났다. 순왜들에게 잡힌 장정 두 명이 포승줄에 묶인 채 이쪽으로 끌려왔다.

"오래 기다렸습니다. 이제 갑시다."

순왜는 말투까지 왜병 흉내를 내고 있었다. 왜병들이 자리에서 부스스 일어섰다. 여주인은 음식값을 받을 생각은 아예 하지도 않는 것 같다. 순왜들이 미리 쌀을 푸짐하게 맡겨두고 근처를 싸돌아다니고 있는지도 몰랐다. 사기장들을 사냥하며 돌아다니다가 먹고 싶으면 수시로 와서 먹고 마시고 했는지도 알 수 없었다.

세상은 전쟁으로 먹을 것이 없어 아사자가 생기고 있는 판인데 부역해서 부른 배 두드리고 다니는 놈은 조선에서는 순왜뿐인 것 같았다.

끌려온 두 명은 멀지 않은 운암골 가마터에서 일하는 박 씨와 김 씨였다. 그동안 어둠에 길들여진 눈이라서 그런지 금방 그들이 누군지 알아볼 수 있었다. 그들도 삼룡이를 보자 어둠 속에서도 눈이 반짝했다. 엉뚱한 곳에서 예기하지 않았던 얼굴과 마주쳤기 때문이다.

그러나 그뿐, 그들은 시선을 곧 아래로 떨어뜨렸다. 놀라기는 서로가 마찬가지였다. 그러나 그 이상 서로가 아는 척할 수는 없었다.

"가자, 새끼들아!"

순왜들이 왜병들보다 더 거칠게 굴었다.

끌려간 곳은 진제포. 거기까지는 금방이었다. 샛강 하구에 있는 작은 포구이긴 해도 사기장들이 앞마당처럼 들락거렸던 곳이다. 갯가에 이르자 이곳 주막집에서도 흐릿한 불빛이 번져 나왔다. 멀리 어디에선가 개 짖는 소리가 들렸다. 그 소리가 잦아들자 주위는 다시 정적 속으로 가라앉았다.

주막은 배 닿는 곳 한쪽 구석에 자리 잡고 있었다. 들물에 떠 있는 돛배가 밧줄로 빗돌에 묶여 있는 것이 희끄무레하게 시야에 들어왔다.

순왜는 삼룡이와 운암골 박 씨, 김 씨를 그 주막 앞으로 끌고 갔다. 거기에는 또 다른 세 명이 포승줄에 묶인 채 싸늘한 맨땅 한쪽 구석에 쪼그리고 앉아 있었다. 어둠 속에서 보이는 일그러진 행색은 말이 아니었다.

그들은 어디서 본 것 같기도 했고 처음 보는 사람 같기도 했다. 순왜들이 들이닥치자 잠시 고개를 들었을 뿐 그들은 아무 반응이 없었다. 지쳐 축 늘어진 모습이 세상만사가 귀찮은 듯했다.

"어이, 가자!"

순왜가 주막 쪽을 향해 고함을 질렀다. 주막은 한쪽 기둥 둘을 얕은 바다에 박고 있어 물에 반쯤 떠 있는 것 같았다. 장년 두 명이 금방 그 안에서 뛰어나왔다. 추운 날씨가 아닌데도 두툼한 옷을 입고 있는 품이 밤배를 타고 갈 준비를 하고 있던 사공이 분명했다.

왜병과 순왜, 사공까지 합쳐 배를 탄 사람은 모두 열두 명이었다. 배는 크지 않았다. 그러나 열두 명이 타기에는 충분했다.

밧줄을 거둬들인 뒤 배는 이내 진제포를 벗어났다. 밤바다는 잔잔했다. 술상리 마을 앞바다에 떠 있는 방아섬을 돌아 배는 희뿌연한 바닷길로 접어들었다. 다시 월등섬을 내려서더니 비토섬 쪽으로 방향을 잡았다.

삼룡이에게는 매우 낯익은 바닷길이다. 함께 붙잡혀 어디론가 끌려가고 있는 다른 사기장들 역시 이 바닷길에 익숙하기는 마찬가지다. 그러나 지칠 대로 지친 데다 자포자기한 그들은 배가 어디로 가든 거기에는 관심을 보이지 않았다.

배는 이내 비토섬을 스쳤다. 토끼가 용궁에 잡혀갔다 나왔다는 전설의 섬이다. 토끼의 간을 뽑으려는 용왕에게 간을 뭍에 두고 왔으니 가서 가져오겠다고 속여 토끼가 도망쳤다는 섬이 이 비토섬이다. 그러나 토끼처럼 도망칠 궁리를 하는 사기장은 아무도 없었다.

밤바다는 잔잔했다. 바람도 거의 불지 않았다. 날이 뿌옇게 샐 무렵 배는 비토섬을 왼쪽으로 돌아 사천 용현 바닷가 선진이란 곳에 도착했다. 마음까지 식어버린 사기장들은 차가운 밤공기에 체온마저 빼앗기고 말았다. 온몸이 굳어 제대로 움직일 수가 없었다.

"다 왔어. 일어서!"

눈앞 언덕 위 저쪽에서 우뚝한 왜성의 천수각이 눈앞으로 다가왔다.

선진리는 임진왜란이 끝나자 침략군 제4번대장 시마즈 요시히로가 성을 쌓고 주둔해 있는 곳이다. 그는 규슈 남쪽 가고시마에서 병사를 이끌고 와 조선 사기장에게 눈독을 들이고 있던, 용맹을 자랑하는 왜장이다. 그도 일본 전국시대부터 수많은 전쟁을 겪은 백전노장이다.

그가 쌓은 선진리 왜성은 남쪽과 서쪽이 모두 바다로 열려 있다. 거기에다 나지막한 언덕 위에 있어 육지와 연결이 쉬운 왜군 보급의 요충지였다. 그 성에는 1만 4천여 명의 왜군이 주둔하고 있었다.

시마즈 요시히로는 휘하 6개 특수부대 군사들을 풀어 부대 주위를 휩쓸며 닥치는 대로 보물이며 도자기를 긁어모았다. 특히 기술이 뛰어난 사기장은 지역이나 거리와 상관없이 모두 잡아들였다. 약탈한 최상품 도자기는 도요토미 히데요시에게 직접 상납도 했다. 반대급부를 노려서였다.

남원 근처인지 김해 부근인지, 어디서 끌려왔는지 자신도 정확히 모르는 심수관과 같이 재주가 뛰어난 사기장들도 그의 성에 여러 명이 함께 갇혀 있었다. 그러다가 그 가운데 일부는 자신의 출전지 가고시마와는 다른 이웃 번대장들에게 나눠 넘기며 선심까지도 썼던 인물이다.

"모두 여기서 내려!"

선진리 왜성 앞까지 끌려온 삼룡이를 비롯한 사기장들에게 모두 여기서 내리라고 했다. 그러나 누구도 앉은 자리에서 쉽게 일어설 수 없었다. 밤이 새도록 묶인 채 배 안에서 그냥 쭈그리고 앉아 있어 오금이 엉겨 붙어버렸기 때문이었다.

"이 새끼들! 왜 엄살을 부려!"

왜병은 가만히 있는데 순왜 한 녀석이 사기장들을 차례대로 사정없이 걷어찼다. 두 명이 그 자리에서 앉은 채로 힘없이 고꾸라졌다. 그 녀석은 다시 사기장들을 향해 사정없이 발길질을 날렸다.

배가 기우뚱거렸다. 그래도 일어서지 못하자 멱살을 잡아 일으켜 세웠다. 포승줄에 묶인 사기장들이 일어서면서 중심을 잃자 배는 다시 뒤뚱거렸다. 왜병들은 힐끗 이 광경을 봤다. 그러나 못 본 척 외면해버렸다.

사기장들은 모두 왜성 안으로 끌려갔다. 끌려 들어간 곳은 성안 뒤쪽 구석에 있는 건물이었다. 그곳에는 이미 잡혀온 많은 사기장들이 맥을 놓은 채 웅크리고 있었다.

그들이 끌려간 방은 평지보다 약간 높고 비스듬한 축대 위, 긴 단층집이 어깨를 낮추고 서로 연결돼 있는 곳에 있었다. 천장 쪽에 창문이 옆으로 길게 난 꽤나 넓은 방으로 들어서자 먼저 잡혀온 사기장들의 맥진한 모습이 시야를 어지럽혔다.

"삼룡이 형!"

뜻밖에도 그 가운데서 누군가가 삼룡이의 이름을 불렀다. 움직일 기운도 없이 눈을 반쯤만 뜨고 있던 그는 놀라 눈을 크게 뜨며 그쪽으로 눈길을 돌렸다. 얼마 전 아랫마을에서 사라진 석암이었다. 만석이도 그 곁에서 퀭한 눈으로 이쪽을 쳐다보고 있었다. 순간 반가움보다 놀라움이 머리를 띵하고 때렸다. 그러나 드러내고 그를 반가워할 수는 없었다. 어수선하고 공포스러운 분위기가 허락하지 않아서였다.

밤새 배를 타고 함께 온 다른 사기장들도 쓰러질 듯 엉거주춤 옆에 서서 무거운 눈꺼풀을 밀어 올리느라고 눈을 껌벅거리고 있었다. 금방이라도 쓰러질 듯 서 있기가 힘든 그들은 앉을자리를 살폈다. 석암이도 다시는 입을 열려고 하지 않았다.

방 안에 죽치고 있는 사람들은 줄잡아 쉰 명은 훨씬 더 될 성싶었다. 그들 가운데 더러는 비스듬히 벽을 기대고 앉아 있었다. 알 듯한 얼굴들이 몇 명 눈에 들어왔다. 그러나 어디 사는 누군지, 또 사는 곳과 이름이 금방 제대로 맞춰지지는 않았다.

삼룡이는 입을 담은 채 틈새를 비집고 쓰러질 듯 한쪽으로 몸을 옮겼다. 더듬어서 빈자리로 들어간 그는 그 자리에 털썩 주저앉았다. 천근만근이나 되는 무거운 바위가 온몸을 짓누르는 것 같았다. 몸이 방바닥 아래로 축 처져 들어갔다. 삼룡이는 그 자리에 비스듬히 누워버렸다.

몽롱한 정신 속에서도 석암이에게 어떻게 여기까지 오게 됐는지 사정을 물어보고 싶었다. 석암이도 입을 닫은 채 횅한 눈으로 삼룡이를 보고만 있었다. 말을 걸 분위기가 아니라는 생각이 들었던지 누구도 먼저 입을 열지는 않았다.

비몽사몽간을 오락가락 헤매던 삼룡이는 얼마쯤 뒤 간신히 정신을 차리고 눈을 떴다. 온 전신이 쑤시고 우리했다. 시간이 얼마나 지났는지 해가 중천에 올라 밖은 완전히 대낮 같았다. 저 사람들은 다들 누구인지, 어디서 온 사람들인지가 갑자기 궁금해졌다. 그 가운데 더러는 삼룡이보다 생기가 훨씬 더 있어 보이기도 했다.

"어디서 왔소?"

삼룡이가 정신을 차린 것을 보고 옆에 누워 있던 사람이 힘없는 한마디를 건넸다.

"하동 백련리 사기골에서요."

"그라믄 진제포로 왔소?"

"야……."

"여기 있는 사람들도 다 겡상도 사람들이라요."

경상도 가운데서도 지리산 산록 일대 여기저기서 끌려온 사기장들이 대부분이라면 끌려온 곳이 어딘지 짐작하기는 어렵지 않았다. 하동을 비롯, 사천, 산청, 함양, 합천 등지에서 끌려온 사람들일 것이기 때문이다. 따져보면 서로 알 만한 사람들일 수도 있었다. 그러나 그는 그런 것을 헤아려보고 싶지는 않았다.

시간이 조금 지났다.

"밥 묵거로 나오너라!"

밖에서 고함 소리가 들렸다. 삼룡이는 옆 사람의 도움을 받으며 바위 같은 몸을 일으켰다. 식사시간은 오전과 오후, 하루 두 차례뿐이라고 했다. 모두들 취사장까지 갔다. 그러나 삼룡이에게는 입맛이 있을 턱이 없었다. 배가 고프지 않아서가 아니라 입안이 까슬까슬해서였다.

"안 묵으믄 안 돼요. 쪼맨이라도 묵어보소."

석암이의 권에 못 이겨 주먹밥을 겨우 반쯤은 뜯어 먹었다. 그리고 물을 마셨다. 물맛이 건건했다. 억지로라도 먹고 나니 눈이 조금 뜨이는 것 같았다. 정신을 가다듬자 옆구리며 허벅지며 어깨며 할 것 없이 온몸이 쑤시며 저리고 아팠다. 어제저녁 집에서 끌려올 때 다쳐 부풀어 오른 눈두덩이 아직도 시야를 반쯤 가려 여전히 앞이 뚜렷하게 보이지 않았다.

"계란이라도 있으믄 좀 밀어볼 낀디. 그르믄 좀 좋을 낀디."

안타까워서 석암이가 중얼거렸다. 삼룡이는 그냥 흘려듣기만 했다. 그런 가운데서도 조금씩 정신이 차려지자 엊저녁 장면들이 그의 눈앞을 가렸다.

마누라는 무사하고, 아이들도 아무 일이 없는지, 비로소 걱정이 그의 가슴을 짓눌렀다.

"오늘도 기왓장이나 손보라꼬 할 낀가?"

주먹밥 하나를 후딱 먹어치운 사람이 혼잣말처럼 옆에서 중얼거렸다.

"그라믄 우리한테 뭘 허라쿠것소?"

사기장들에게 내려진 명령은 매일 성벽의 기왓장을 살펴보라는 것이었다. 깨어진 것이라도 있는지, 아니면 이상한 흔적이라도 있는지 살펴보고 그런 것이 있으면 곧장 보고하라는 것이 명령의 내용이었다. 그러나 날마다 되풀이되는 그런 일이 볼 때마다 있을 턱이 없었다.

이 일을 되풀이해서 시키는 것은 밤사이에 혹시 누가 담을 넘어왔는지, 성안에 무슨 일이 있었는지를 확인하기 위해서였다.

사기장들은 이런 일을 하면서 서로 조금씩 얼굴을 익혔다.

옆쪽 다른 방에는 사기장이 아닌 일반 포로들만 갇혀 있었다. 그들에게는 성벽을 보수하는 등 사기장들보다는 조금 더 까다롭고 힘을 써야만 하는 일이 주어졌다. 때로는 성벽 사이에 끼어 있는 잔돌을 바꾸는 어려운 일들까지도 시켰다. 제대로 안 되면 그들에게 날벼락이 떨어지고는 했다.

어찌 된 셈인지 사기장들이 갇혀 있는 감방 안에는 별나게 바깥 사정에 훤한 사람도 있었다. 그는 가끔씩 남의 이야기처럼 바깥세상 일들을 슬쩍슬쩍 흘리기도 했다. 뒤에 안 일이었지만 사기장들 가운데는 일을 제대로 하지도 않고 빈둥대는 낯선 사기장이 한 명 더 있었다. 아무도 그들이 하는 짓을 알려고도 또 참견하려고도 하지 않았다.

어디 있는 가마에서 일하다 잡혀온 사람인지는 아무도 몰랐다. 또 알려고 하지도 않았다. 사기장을 가장해서 함께 들어와 있는 순왜거나, 아니면 사기장들의 동향을 염탐하려고 숨어든 첩자인지 의심하는 사람마저도 없었다.

한쪽에서는 전쟁이 한창 계속되고 있는 중에도 순왜들은 여전히 사기장을 잡으러 돌아다녔다. 그러나 숨어버린 사기장들의 행방을 뒤쫓기는 쉽지 않았다. 밖으로 자주 들락거리는 놈은 가끔씩 방 안에서도 사기장들의 행방을 수소문하려 했지만 대꾸하는 사기장은 아무도 없었다.

한쪽에서는 전쟁이 치열한데도 사기장을 더 잡아오려는 왜병들의 발광은 수그러들지 않았다. 왜병들끼리 붙은 사기장 잡아내기 실적 경쟁의 불똥은 이렇게 계속해서 순왜들에게까지 튀고 있었다.

사기장을 많이 잡아오고, 명품 도자기 약탈에도 실적을 많이 올린 왜병에게 주어지는 혜택은 한둘이 아니었다. 해당 번대장이 그 성과로 도요토미 히데요시로부터 상을 받으면 그것은 일본 천하 제일의 실력자로부터 신임을 받게 되었다는 징표가 되었다.

그런 번대장은 일본으로 돌아가면, 경우에 따라서는 넓은 영지까지도 내려 받을 수 있었다. 그렇기 때문에 남해안 왜성에 주둔해 있는 왜장들은 부하들을 들볶았다. 왜병이 순왜들을 다그치는 이유였다.

천황 다음으로 높은 자리인 다이코(太閤) 벼슬을 스스로 만들어 그 자리에 앉은 도요토미 히데요시, 그는 빨간 도장이 찍힌 '주인장(朱印章)'을 번대장들에게 한 번씩 내려보냈다. 주인장에는 고급 사기장들을 많이 잡아오라고 독촉하는 내용이 담겨 있었다.

때로는 바느질을 잘하는 여자까지도 잡아 보내라는 내용이 적혀 있기도 했다. 조선 여자들은 바느질 솜씨가 일본 여자들보다 좋아 자신의 옷을 만들 때 바느질을 시키겠다는 것까지 구체적으로 적어놓기도 했었다.

주인장을 받은 왜장 가운데는 그것을 벽에 걸어놓고 경례까지 하면서 명령 복종을 다짐하는 왜장도 있었다. 그러면서 사기장을 잡아 올리겠다고 주인장을 향해 큰소리로 복명 복창을 하기도 했다. 사기장이 숨어 있다는 소문만으로도 그 동네가 조용할 수 없었던 이유다.

5   피로 물든 사천벌

정유재란이 일어난 다음 해, 여름이 가고 가을이 어정거릴 무렵이었다.

사실 여부가 확인도 되지 않는 소문이 삼룡이가 갇혀 있는 왜성 안을 돌았다. 음력으로 팔월 열여드렛날 도요토미 히데요시가 급사했다는 소문이 그것이었다. 독살이라는 말도 떠돌았고 울화병이 원인이라는 말도 있었다. 이런 소문이 퍼지자 선진리 왜성 안은 삽시간에 분위기가 뒤숭숭해졌다.

소문은 사실이었다.

그가 죽자 그의 아들과 중신들이 모여 회의를 열었다. 전쟁을 계속할지 어쩔지를 논의하는 회의였다. 그 결과 더 이상 희생자가 늘어나는 것을 막자는 쪽으로 결론이 내려졌다. 그 결론에 따라 모든 왜군은 조선으로부터 철수하라는 비밀 명령이 내려졌다.

삼룡이를 비롯한 사기장들도 이런 낌새를 알아차렸다. 그들은 이제 자유의 몸이 될 수 있겠다고 생각하며 좋아했다. 그러나 그런 기대는 잠시 뿐, 잡혀 있는 사기장들은 모두 철수하는 왜군과 함께 일본으로 끌려가게 될 것이라는 소문도 함께 퍼졌다. 상황이 이렇게 급변하자 바깥 소식에 밝던 수상한 녀석들은 얼씬도 하지 않고 어디론지 사라져버렸다.

확인되지 않는 별별 소식이 나돌았다. 조명연합군이 울산성을 재공격한다는 소식도 나돌았다. 이때는 일본 장수 사야카(沙也可)까지 군사 3천을 이끌고 연합군과 합세해서 공격에 가담한다는 소문도 함께 돌았다. 사야카는 가토 기요마사의 부하 장군으로 조선 침략전 때 선봉에 섰던 인물이다. 그러나 명분 없는 침략전에 실망, 조선 병마절도사 박진에게 귀순했다.

도요토미 히데요시가 죽자 퇴로 확보를 위한 왜군들의 필사의 역습도 여기저기서 만만찮게 벌어졌다. 그런데도 조명연합군은 이미 기가 꺾인 왜병들의 역습은 두려워할 것이 없다고 사태를 낙관했다. 방심 속의 사로병진 작전은 예상 밖으로 여기저기서 허를 찔렸다. 죽음을 각오한 왜병들의 뜻밖의 과감한 역습에 안이한 연합군의 작전이 제대로 감당을 못했던 것이다.

하필이면 삼룡이가 잡혀 있는 선진 왜성을 공격했던 조명연합군도 뜻밖의 날벼락을 맞고 말았다.

사로병진 전략의 중로를 담당했던 명나라 장수 동일원이 이끄는 조명연합군은 전쟁에서 승기를 잡았다고 확신했다. 그들은 9월 28일 4만 군사로 맹장 시마즈 요시히로가 버티고 있는 선진리 왜성을 과감하게 공격했다.

이 성은 난공불락이라고 자처했던 성이다. 그렇더라도 겨우 1만 4천 명 정도의 왜병으로는 수성과 항전은 어림없을 것이라고 조명연합군은 승리를 낙관했다. 그런 판단에 따라 선발대만 먼저 공격을 감행하게 했다.

시마즈 요시히로는 죽음을 각오하고 최전방에 나서서 직접 독전하며 전원에게 항전을 명했다.

그런 와중에서도 갇혀 있는 포로들을 여차하면 후퇴하는 병력과 함께 끌고 갈 수 있도록 왜성 남쪽 바닷가에 퇴로까지 확보, 선박을 접안시켜 두는 치밀함까지 보이기도 했다. 퇴로가 확보된 그들은 최후의 일순까지 목숨을 걸고 싸우겠다는 각오로 응전에 나섰다.

시마즈 요시히로는 지금까지 볼 수 없었던 완강한 저항을 했다. 임진왜란 전 일본의 전국시대에서도 수없이 승전을 이끌어내 맹장이자 지장으로 널리 알려진 그로서는 지혜를 총동원한 이판사판의 일전이었다.

전세를 쉽게 판단했던 조명연합군 선발부대는 뜻밖의 엄청난 저항에 크게 당황했다. 절대 우세한 병력인데도 불구하고 그들은 공격에서 움칠하지 않을 수 없었다. 소수의 선발대만 먼저 공격하게 했던 것이 전술 면에서 허점을 드러내게 된 것이다.

하필이면 이때 연합군 병참기지에서는 지금껏 볼 수 없었던 대규모 폭발 사고가 거짓말처럼 일어났다. 병기와 보급품 대부분을 태워버려 거의 치명적인 낭패를 당하게 되었다.

왜군은 이 기회를 놓치지 않았다. 연합군의 허를 찌르며 소낙비 퍼붓듯 한 곳을 공격 목표로 해 집중적인 역공을 퍼부었다. 당황한 연합군은 마침내 갈팡질팡, 공격에 난조를 보이며 사기가 크게 떨어졌다. 산전수전을 다 겪은 시마즈 요시히로는 이 틈을 놓치지 않았다. 그는 잽싸게 연합군의 허술한 틈을 비집고 그쪽을 향해 길 뚫기 총공격을 감행했다.

외길을 뚫어낸 왜군은 잘 훈련된 송곳이었다. 그들이 뚫어놓은 송곳 구멍을 통해 결사대가 연합군 보급 창고에 숨어들었다. 결사대는 닥치는 대로 모두 불을 싸질렀다. 병참기지 폭발 사고에다 군량미 창고까지 불벼락을 맞은 연합군의 전의는 완전 바닥이 되고 말았다.

연합군의 약점을 최대로 활용한 시마즈 요시히로는 소수의 군대로 효과적인 공격편대를 짜서 연합군 지휘본부를 향해서도 과감한 역공을 퍼부었다. 지휘부를 교란시키고 전선을 흩트려 놓는 작전은 성공적이었다.

격전장이 된 사천벌은 피로 질펀하게 얼룩졌다. 사상자가 뒤엉기는 참혹한 장면이 펼쳐진 것이다. 수적 우세에도 불구하고 동일원이 이끄는 연합군은 마침내 물러서지 않을 수 없었다. 거기에다 퇴로마저 확보하지 못해 후퇴까지도 갈팡질팡하게 되고 말았다.

지휘관 동일원은 더 이상의 큰 희생을 막기 위해 공격을 포기하고 마침내 군사를 모두 진주 방향으로 후퇴시켰다. 그는 사로병진의 굴욕적인 중로군 패장이 되고 만 것이다.

이렇게 어처구니없는 연합군의 패전은 성안에 갇혀 있는 사기장들에게도 절망을 안겨주었다. 구원의 손길을 애타게 기다리고 있던 삼룡이에게도 왜성을 벗어나 자유의 몸이 될 수 있었던 길은 완전히 막혀버리고 말았기 때문이다.

시마즈 요시히로도 수성에는 성공했지만 비싼 값을 치른 승리라 더 이상의 지속적인 전투는 어려웠다. 재빨리 병력을 빼내지 않고 얼쩡거렸다가는 어떤 봉변이 또다시 그들을 기다리고 있을지 알 수 없었다. 전투에 동물적 감각을 가진 그는 계속된 전투는 무리라고 판단, 선진리 왜성을 포기하고 병사들을 안전하게 퇴진시키기로 결심했다.

전황이 갈대 같을 때도 시마즈 요시히로는 사기장들을 챙겼다. 병사들을 살릴 수 있는 길 역시 그들을 퇴각선에 무사히 태우는 것이라고 판단했다. 그러나 제 살기에 바빠서 그야말로 난장판이 된 퇴각의 현장 뱃머리에는 좌왕우왕하는 무리들 뿐, 무질서만 가득했다.

"자칫하다가는 다 죽어요. 빨리 배를 타시오!"

누군지 알 수도 없는 녀석이 나타나 이리 몰리고 저리 몰리는 사기장들 사이를 헤집고 다니며 조선말로 고함을 질렀다. 삶과 죽음의 경계선에서 허덕여야 하는 사기장들은 그가 누군지에는 관심도 없었다.

그런 속에서도 삼룡이는 무리 속을 뛰쳐나와 도망칠 생각을 했다. 사기골은 지척이었기 때문이다. 그러나 피범벅이 된 사천벌을 지나지 않고 뭍으로 도망갈 길은 없었다. 그에게는 목숨까지 걸어야 하는 필사의 도주를 감행할 용기는 없었다. 도주를 포기할 수밖에 없었다.

"나는 배를 몰고 갈 선두요. 저쪽 저 배가 도공들이 타고 갈 배요. 살고 싶으면 모두 저 배를 어서 타시오. 어서!"

사기장들은 곧 떠날 것 같은 배를 보자 그쪽으로 우르르 달려갔다. 어디로 가는 배인지 따질 겨를도 없이 우선 배부터 타서 살고 보자는 심사였다. 어떻든 전쟁터로 가는 배가 아니라는 것은 분명했기 때문이었다.

삼룡이도 다른 사기장들과 함께 떠나려고 서두르는 배에 올라탔다. 그마저 놓쳤다가는 어떤 위험이 들이닥칠지 알 수 없었다. 일본으로 가는 배라는 것은 배를 탄 뒤에야 확실하게 알았다. 살아야 한다는 생각에 앞뒤 가리지 않고 숨차게 배에 올랐던 것이다. 뒤돌아보니 만석이도 석암이도 죽자 살자 그의 뒤에 붙어 같은 배에 올라 있었다.

"이 배를 타믄 되는 기 맞나?"

"모리것는디요. 타라꼬 해서 얼른 탔어요."

그렇게 설쳐대던 순왜들의 모습이 배 안에서는 보이지 않았다. 이 판에서 설쳤다가는 본전도 찾을 수 없다는 것을 눈치채고 어디로 몸을 피했거나, 아니면 사기장인 척하고 슬쩍 배를 함께 탔는지도 몰랐다.

퇴각 명령이 내려진 곳은 선진성뿐만 아니었다. 얼마쯤의 시차는 있었지만 남해안 일대의 왜성에는 일제히 내려진 명령이었다. 명령을 받은 병사들은 모두 잽싸게 퇴각 준비에 들어갔다. 부대에 따라서는 퇴각이 쉽지 않아 주변 부대와 협력하면서 시기를 조율하기도 했다.

이런 판인데도 한쪽에서는 무장한 왜병들이 한 무리씩 전투복 차림으로 행렬을 지어 바쁘게 어딘가로 가고 있었다. 고립된 고니시 유키나가를 구출하기 위해서 순천 쪽으로 먼저 출동한다는 것이었다.

배가 접안지를 떠난 뒤에 보니까 사기장을 가장한 순왜들도 몇 명은 북새통을 틈타 배에 올라 있었다. 그들은 조선 사람이기는 했지만 혈색과 눈빛부터가 달라서 금방 표가 났다.

삼룡이와 함께 배를 타게 된 석암이와 만석이는 이웃에서 살다가 잡혀왔기 때문인지 흔들리는 배 안에서도 서로 기대며 가깝게 앉았다. 그러나 운암골 박 씨와 김 씨는 그동안 본 듯 만 듯했던 다른 사기장들처럼

함께 말할 기회도 많지 않았고 잘 섞이지도 않았다. 만석이와 섞일 기회
도 그렇게 많지 않았지만 그러나 요행히 모두들 같은 배는 타게 되었다.

선착장에서 떨어져 나온 배는 금방 바다 가운데로 나섰다. 물결이 일
렁이기 시작했다. 정신없이 배를 탔던 사기장들은 배가 흔들거리자 비로
소 속도 울렁거리기 시작했다. 더러는 메스꺼웠다. 거의 배에는 익숙하
지 않았던 탓이기도 했다.

일행이 탄 배는 쓰시마로 향했다.

함께 배를 탄 사기장이 몇 명이나 되는지 삼룡이로서는 알 수가 없었
다. 남해안 왜성 여기저기에 갇혔다가 함께 휩쓸린 사기장들은 모두 풀
이 죽어 있었기 때문에 더욱 그랬다. 이들이 여러 척의 배로 일본으로 다
끌려가면 조선에는 사기장들이 깡그리 없어지고 주인 없는 가마만 남을
것이 아닌가 싶었다.

6 최후의 일전

도요토미 히데요시의 급사는 고니시 유키나가에게도 청천벽력이었다. 전라도 일대를 마음대로 주무르려던 그의 꿈이 순식간에 순천 왜교성과 함께 검은 장막에 덮여버렸기 때문이다. 그가 살 수 있는 유일한 길은 그런 장막을 뚫고 나와 필사의 도주로를 찾는 길뿐이었다.

절박감이 그의 목을 조였다.

그런 상황 속에서는 오래 생각할 것도 없었다. 바닷길로 연결된 왜성의 뒷문을 빠져나와 패주의 바닷길을 뚫어내는 것이 그가 살 수 있는 유일한 길이었다. 그러나 이마저도 너무 기울어버린 마당이어서 무사 탈주가 녹록지는 않았다. 자신의 운명이 촛불처럼 간당거리고 있음을 어떻게 모르겠는가.

다급해진 그는 남해안 일대의 여러 부대에 자신의 퇴로를 뚫어달라고 목이 타는 구조 요청을 했다. 장수가 전의를 상실하면 영웅서사는 이렇게 초라해져 버리고 만다. 이런 판에서는 동네 조무라기들이 던지는 돌에도 맞아 죽는 웅덩이 속의 송사리 떼 신세가 되지 않을 수 없었다.

서슬을 시퍼렇게 세워 조선 남쪽의 성을 지키고 있던 남해안 일대의 번대장들도 모두 희생 없는 퇴거 작전에 골머리를 앓고 있었다. 그들은 전진 못지않게 후퇴도 어렵겠다는 것에 뼈가 저렸다. 서로 힘을 합치지 않으면 퇴로를 뚫는 것마저도 어림이 없을 것 같았다.

상황이 급박해지자 고니시 유키나가도 울산성의 가토 기요마사가 생각했던 것처럼 장렬한 마지막을 택하고 싶었다. 그러나 결행을 할 수는 없었다. 그의 종교 가톨릭의 교리가 스스로는 목숨을 끊지 못하게 하고 있다는 것이 이유였다. 무사의 최후를 맞는 결기가 이미 그에게서는 이렇게 사라지고 없었다.

안전한 탈주를 위해 그는 일본에 부역하는 중국인 순왜를 신분을 속여 명나라 장군 유정에게 은밀히 보냈다. 유정은 사로병진 서로군으로 순천을 공격하는 명나라 도독이었다. 그에게 자신이 무사히 도망갈 수 있도록 도와주면 전라도에서는 전쟁이 없게 된다는 말도 함께 전했다.

어느 쪽도 희생 없이 전쟁이 끝날 수 있다는 달콤한 그의 유혹은 명나라 군사들의 마음까지 흔들었다. 그는 유정에게 손아귀가 아플 정도의 뇌물까지 쥐여줬다.

이와 같은 상황 속에서 이순신은 고니시 유키나가를 박살 내는 전략을 세워 빠르게 움직였다. 그의 전략에는 다른 선택의 여지가 없었다. 작전의 핵심은 명나라 제독 진린과 합동 작전을 펴 고니시 유키나가의 퇴로를 차단하고 그를 생포하는 것이었다. 그러면서 잡혀 있는 사기장들도 함께 구출하는 것이었다.

왜교성의 퇴로는 오직 바닷길뿐이다. 육로를 택해도 결국은 바닷길을 거치지 않으면 일본으로 도망갈 길은 없다. 고니시 유키나가는 후퇴를 위한 바닷길 확보가 무엇보다 급했다. 중국인 순왜에게 돼지를 잡게 하고 술상을 차린 뒤 진린을 구워삶으려고 했다. 처음에는 진린의 마음이 흔들렸다. 그러나 결국 이순신의 애국심에 감동, 혼자서 변절할 수가 없었다.

이순신은 9월 하순 왜교성 뒷문 바다 길목에 떠 있는 섬, 왜군의 병참기지 장도를 발 빠르게 공격했다. 협공 작전을 펴고 있는 진린 역시 장도 공략에 합세했다. 이순신과 진린은 힘들이지 않고 장도 상륙에 성공했다.

이 작전에서 이순신은 대량의 왜군 보급품을 전리품으로 거두었다. 퇴로를 찾아 나서는 30척의 왜군 군선도 격침시켰다. 거기에다 도망가려던 왜선 11척까지도 나포했다. 퇴로를 찾아 갈팡질팡하던 고니시 유키나가 군 3천 명을 붙잡는 큰 전과도 함께 거뒀다. 그러나 사기장들을 구출해 내지는 못했다. 왜교성을 함락시키지 못했기 때문이었다.

치열했던 이 전투에서 아군 병력과 군선 30척이 격침되는 등 아군도 상당한 병력 손실을 보았다. 진린의 수군도 상당수가 이 전투에서 희생되었다. 장도 주위는 수심이 얕아 날물에 뱃길이 쉽게 막힐 수 있다는 것을 몰랐기 때문이었다. 이 치열했던 장도해전에서 탈출에는 실패했지만 살아남은 왜군은 결국 왜교성 안으로 다시 쫓겨 들어갈 수밖에 없었다.

이 전투가 이른바 장도대첩이었다.

이순신은 10월 19일 다시 순천 왜교성 공격에 화력을 집중했다. 왜군의 확실한 약점을 잡아 뜨거울 때 두드려야 승리를 쥐게 된다는 그의 전략은 병사들의 자신감까지도 부추겨주었다. 전투는 11월 6일까지 계속되었다.

성안에 간힌 1만 명이 훨씬 넘는 왜군은 진퇴양난이 되고 말았다. 막다른 골목에 이르게 된 것이다. 그렇게 되자 그동안 가둬두었던 사기장들을 인간 방파제로 저항을 시도했다.

판국이 이렇게 돌아가고 있는데도 전황이 까다롭지 않다고 느꼈던지 진린은 병력을 이끌고 슬그머니 순천만 아래쪽으로 철수했다. 장기전에 시달린 수군들의 보호를 위한 작전상 후퇴라는 것이 명분이었다. 쉬면서 물목만 틀어막아도 되는 어려운 전투가 아니라고 판단했던 모양이다.

그럼에도 불구하고 이순신의 압박 작전은 주춤하지도, 느슨해지지도 않았다. 왜군의 탈주로에다 군선으로 그물을 폈다. 여유 있는 한판 승부를 위해 왜군 탈주로의 물목을 틀어막았던 것이다. 이 전투는 그에게는 결코 까다로운 전투가 아니었다. 이 전투에서의 승리는 사지에 놓인 사기장들까지도 무사히 구출해낼 수 있는 전투여서 의미가 더욱 컸다.

왜군을 왜교성 안으로 몰아넣은 이순신은 유리한 국면에서 전투를 갑자기 소강상태로 끌고 갔다. 바다는 비바람이 너무 거칠고 악천후가 계속됐기 때문이기도 했다. 독 안에 든 고니시 유키나가를 더 쉽게 포박하기 위해 퇴로는 완전히 틀어막되 피로가 극심한 병사들에게도 비바람을 피하며 재충전할 수 있게 잠시 선상 휴식을 주기 위해서 취한 조치였다.

적에게 경계심을 풀어 전투 태세가 흐트러지게 만들어야겠다는 계산도 깔려 있었다. 계산대로 고니시 유키나가 병사들은 이순신 수군이 피로에 지치고 전투력이 바닥난 것으로 오판했다. 피 터지는 퇴로 뚫기 작전에도 약간의 여유가 생긴 것이다. 그런 틈을 이용해 고니시 유키나가는 민간 어선으로 위장한 배 한 척을 몰래 보내 남해안 각 부대를 돌게 했다. 구원을 요청하기 위해서였다.

이순신의 수군은 전쟁을 멈춘 뒤 잠시 휴식에 들어갔다. 이 짧은 기간을 이용해서 승자총통, 천자포, 지자포 등 병기를 바쁘게 손질하면서도 틈틈이 휴식을 취했다. 때맞춰 풍어가 들었다. 비축해두었던 많은 청어로 수군들을 배부르게 먹이며 이순신은 수군의 사기를 한껏 높여주었다.

그러나 대회전이 눈앞에 다가오고 있음을 생각하자 긴장은 더해졌고 불면의 밤도 잦았다. 5년 전 칠천량해전이 머리를 어지럽히기도 했다. 문득 『난중일기』에 기록해둔, 그때 썼던 시 한 편이 머리에 떠오르기도 했다.

쓸쓸히 바라보며

비바람 부슬부슬 흩뿌리는 밤
생각만 아물아물 잠 못 이루고
쓸개가 찢기는 듯 아픈 이 가슴
살을 에는 양 쓰린 이 가슴
강산은 참혹한 모습 그대로이고
물고기와 새들은 슬피 우네
나라는 허둥지둥 어지럽지만
바로잡아 세울 이 아무도 없네

이렇게 지난날에 썼던 시를 머리에 떠올리며 어지러워진 마음을 새롭게 다졌다. 그러면서 이순신은 결코 전쟁 준비를 게을리하지 않았다.

모두들 잘 먹고 충분히 휴식을 취하면서 경계도 늦추지 않고 있던 11월 18일, 순천 왜성으로 이어지는 바다 쪽에서 뜻밖의 정보가 날아들었다. 남해안 일대에서 철수를 준비하던 왜군들이 5백여 척의 대규모 연합함대를 구성, 고니시 유키나가 구출 작전을 펴려고 이쪽을 향해 출동했다는 정보였다. 인해전술로 이순신과 진린의 군선을 포위해 최후의 일전을 펼 준비를 끝냈다는 것이다. 그리고 이들은 이미 남해안에 운집해 함께 움직이기 시작했다는 것이 정보의 내용이었다.

막다른 골목으로 몰린 쥐가 고양이를 공격하려는 형국 같았다. 그러나 이순신은 당황하지 않았다. 충분한 휴식을 통해 피로는 풀렸고 사기가 높아진 수군들을 지휘하면 최후의 일전으로 긴 전쟁을 마무리할 수 있다는 자신감이 들었다. 진린에게도 임전을 촉구했다.

이순신 군선 80여 척과 진린 군선 3백여 척은 급히 노량수도 좌측 순천만 입구 쪽 바다로 출동했다. 아군의 군선은 왜군에 비해 수적으로는 불리했다. 그러나 휴식을 통해 높아진 사기, 잘 정비된 병기, 지리적으로 월등한 장점을 이용하면 왜군의 공격쯤은 두려워하지 않아도 될 것 같았다.

갑자기 편성된 오합지졸의 적군은 해전에서 결코 위협적인 상대가 아니라는 판단이 들었다. 익숙한 지형을 이용해 학이 날개를 펴 감싸듯 포위망을 좁히면 적들의 공격을 무력화시킬 자신이 있었다. 승전도 예감되는 일전이었다. 그러나 중과부적, 작전 중 포위될 위험성도 없지 않았다.

순천만으로 머리를 틀어 움직이고 있던 적선과는 이내 조우, 이순신은 공격력이 강한 판옥선으로 적선에 접근해 공방전의 불꽃을 터뜨렸다. 이와 함께 고니시 유키나가의 가담을 차단하는 데에도 소홀함이 없었다.

전투가 이렇게 전개되자 왜병에게는 운신의 폭이 좁아지고 말았다. 거기에다 지리에 서툰 그들로서는 수로가 확보되는 들물을 이용해서 전과를 올리지 않으면 어려운 전쟁이 되고 말겠다는 위기감마저도 느꼈다.

이런 상황을 파악한 이순신의 적시 공격은 그 정도를 더했다. 탈주의 기회만 노리고 있던 고니시 유키나가도 왜교성에 갇힌 채 난감하기만 했다. 어떻든 왜교성을 빠져나가야 하는데 전황이 좋다는 소식은 없었다.

역시 본격적으로 전투가 시작되자 위험한 순간도 없지 않았다. 그러나 진린과 함께 펼친 전투는 아군에게 불리하지는 않게 전개되었다.

19일 새벽 0시가 가까워지자 왜군 진영에서는 위기감이 팽배해졌다. 왜병들은 심리적으로 동요하기 시작했다. 날물이 된 데다 달빛마저도 흐릿해졌다. 방향을 놓친 채 탈주로를 뚫으려 안간힘을 다하던 일부는 관음포 쪽으로 밀렸다. 그러나 거기서는 더 밀려날 바닷길이 없었다. 노량포의 언덕과 야산이 성벽처럼 퇴로를 막고 있었기 때문이다.

갈 곳이 막히자 일부 왜병들은 무작정 산으로 도망쳤다. 그만큼 다급해진 것이다. 나머지 병사들은 갑판에서 이순신 군사들의 승자총통에 대응해 조총을 쏘면서 결사의 항전을 계속했다. 이미 전쟁을 포기하고 일본으로 철수하려다가 남해안 각 성에서 차출돼 고니시 유키나가 구출 전투에 참가한 왜병들은 오합지졸이었다. 거기에다 부실한 무기에 사기까지 바닥난 상태였다.

막다른 골목에 이르렀다고 판단한 왜병들이 이판사판, 목숨을 걸고 치열하게 저항해, 전투는 예상보다 쉽게 끝나지 않았다. 그런 판에 이순신 기선이 전투 중 한때 포위를 당하기도 했다. 진린의 도움으로 위기를 면했으나 이번에는 진린의 부장인 등자룡(鄧子龍)의 군선이 왜군에 포위되어 위기에 빠져버렸다. 승전을 독려하고 있던 이순신이 이 사실을 보고받았다.

그래도 그는 당황하지 않았다. 아군 군선 일부의 뱃머리를 등자룡의 모선 쪽으로 돌리라고 명했다. 그리고 왜군 지휘선에만 선택적이고 집중적인 반격의 화력을 퍼붓도록 했다. 지휘선만 완전히 묶어버리는 이 전술은 지금까지와는 또 다른 전술이었다.

적장의 지휘선을 향한 공격이 사방에서 동시에 펼쳐지자 이런 전투에 익숙하지 않은 왜병들은 공격과 방어의 방향을 잃고 주춤거렸다. 이 작전은 머리를 눌러버리면 꼬리를 내리지 않을 수 없는 짐승을 다루는 것과 마찬가지였다. 적이 이렇게 주춤거리는 틈을 이용, 등자룡의 지휘선은 진린과 함께 죽음의 구렁텅이에서 극적으로 빠져나왔다.

이 순간이 진린에게는 이순신이 생명의 은인이 된 결정적인 순간이 되었다. 한때 도움을 받았던 이순신은 완벽하게 도움을 되갚았다.

날이 서서히 밝아오면서 북서풍이 일기 시작했다. 북서풍은 왜군의 항로를 방해하는 불리한 바람이다. 갑판에서 전투를 하고 있던 수군 일부가 격군 자리로 내려갔다. 기회를 놓치지 않고 노를 더 빨리 저어 적선을 추격하기 위해였다.

바람까지 적에게 불리하게 불고 적을 완전히 식별할 수 있도록 날까지도 훤히 밝았다. 이순신은 승리를 확신했다. 여세를 몰아 갑판 선두에 서서 직접 독전고를 치며 전투를 지휘했다.

전세가 유리하게 돌아가자 이순신 수군들의 사기도 백배했다. 갑판 아래로 내려간 격군들은 노를 더 빠르게 저었다. 왜군들은 근접전을 싫어한다. 노량해협 관음포를 빠져나가려는 적을 바짝 뒤쫓아 이순신 군선은 아주 가까운 거리에서 근접전을 폈다. 거북선과 판옥선은 왜선의 진로를 막았다. 그들을 육지 쪽으로 밀어붙이기 위해서였다.

순간, 갑판에서 진두지휘를 하던 이순신이 갑자기 쓰러졌다. 적군의 총탄을 피하지 못했던 것이다. 11월 19일 날이 훤하게 밝은 뒤였다. 쓰러진 이순신은 상처가 우심하다는 것을 알아차렸다. 그리고 자신에게 운명의 순간이 왔음을 직감했다.

그는 자신을 돕고 있던 아들 회와 조카 완을 불렀다.

"상처가 깊다. 살아나기는 어려울 것 같다. 그러나 나의 죽음을 누구에게도 알리지 말라. 그리고 이 중요한 순간을 이용해서 공격을 늦추지 말고 나머지 왜군을 섬멸해라."

아들과 조카에게 이 같은 유언을 남긴 뒤 이순신은 얼마지 않아 숨을 거두고 말았다. 아들 회는 수건으로 우선 시신부터 덮었다. 조카 완은 이순신을 대신해서 독전고를 두드리며 전쟁을 그대로 지휘했다.

혼신으로 싸우고 있는 수군들은 공격에 몰두하느라고 이순신의 전사도 몰랐다. 수군들의 공격은 한층 더 가열되었다. 수세에 몰린 왜군은 마침내 전의가 바닥이 되고 말았다. 관음포를 빠져나가는 것만이 살 수 있는 유일한 길이었다. 그렇지만 그 길을 찾아내기는 그들에게는 쉽지 않았다. 아슬아슬하게 길을 찾은 그들은 겨우 도망은 칠 수 있었다.

살려고 하면 죽고 죽을 각오로 싸우면 산다고 믿고 있던 이순신의 사생관은 그 실천을 통해 드디어 전쟁을 승리로 이끌어냈던 것이다. 그리고 많은 군사들을 살려내는 계기를 만들었던 것이다.

노량해전은 이렇게 승리로 끝났다.

전투가 한창인 이때를 기회로 고니시 유키나가는 간신히 순천 왜교성을 빠져나왔다. 그리고 관음포 전투 현장을 피해 남쪽으로 멀리 내려가 남해섬 아래쪽으로 탈주로를 찾는 데 성공했다. 거기서 다시 뱃머리를 남동쪽으로 틀어 거제도 남쪽 방향으로 항로를 뚫었다.

이렇게 위급한 상황 속에서도 그는 잡아두고 있던 사기장들을 모두 끌고 가는 것은 잊지 않았다.

7 　　　　　　　　　　　　　　　　낯선 땅은 북새통

　도요토미 히데요시가 죽은 뒤 전쟁이 이렇게 끝나자 뒤죽박죽이 된 채 급히 남해안을 벗어난 퇴각선들은 모두 쓰시마로 향했다. 쓰시마는 조선과 제일 가까운 일본의 섬이다. 이 섬은 임진왜란 때도 조선 침략군이 집결했다가 부산으로 향했던 일본군의 최종 출발지이기도 했다.

　퇴각선이 일본을 향해 급하게 출발한다고 병사들은 그야말로 오합지졸이 되고 말았다. 그런데도 만선만 되면 무조건 출발부터 시켰다. 쓰시마에 도착하면 거기서 각자 소속부대를 찾아 다시 복귀하도록 했다. 상황은 그만큼 급했다.

　퇴각선이 떠날 때, 왜성에서는 여기저기서 검은 불길이 하늘로 치솟았다. 군량미, 전투용품, 가지고 가기 힘든 약탈품 등에 모두 불을 싸질러 버렸기 때문이다. 하늘로 치솟는 검은 연기를 보면서 눈물을 흘리는 병사들도 있었다. 그렇지만 전쟁의 공포에서 벗어나 홀가분해진, 밝은 표정의 병사들이 더 많았다.

낯선 전쟁터 조선을 향해 출발할 때 그들은 잔뜩 긴장하고 흥분했었다. 파도도 거의 느끼지 못했다. 그때는 그랬지만 퇴각선의 분위기는 사뭇 달랐다. 안도하는 병사도 많았지만 전쟁에 지치고 부상까지 입은 병사들은 전장으로 향할 때처럼 결코 흥분하거나 팔팔한 기분일 수는 없었다.

그들은 종일 파도에 시달렸다. 그러면서 마침내 쓰시마 해역에 이르렀다. 그러나 기항지는 한 곳만이 아니었다. 한꺼번에 퇴각선이 몰려 사스나, 사고미나토, 와니우라, 도마리와 같이 배가 닿을 수 있는 곳에는 배정된 순서대로 퇴각선이 뱃머리를 들이밀고 가야만 했다.

뒤죽박죽으로 뒤섞여 우선 출발부터 해야 됐던 그들은 쓰시마에 상륙하기가 바쁘게 진풍경을 연출했다. 전쟁이 끝날 때의 자기 소속부대를 찾느라고 허겁지겁했던 것이다. 흡사 난장판과도 같았다.

그러나 사기장과 포로들은 달랐다. 병사들과는 다른 배편으로 쓰시마에 도착했고 분위기도 병사들이 타고 온 배와는 달랐다. 배가 접안지에 가까워지자 안내선이 먼저 바다로 나와 도착하는 배를 기다리고 있었다. 경비도 겸한 그들은 미리 바다에 나와 있다가 입항하는 배들이 접안할 곳을 찾아 그쪽으로 유도했다.

도착하는 퇴각선 가운데는 번대장이 타고 오는 배도 있었다. 도자기, 보물 등 귀한 것을 싣고 오는 배는 따로 있었다. 이런 배의 경우는 경호의 정도가 달랐다. 입항을 유도하는 곳도 일반 병사와는 다른 곳이었다.

쓰시마의 북단 해변은 시간이 갈수록 점점 복잡하고 시끄러워졌다. 전국 160개 지역별 부대가 조선 침략을 위해 집결해 있던 규슈의 히젠 나고야성만큼은 못했지만 퇴각하는 70여 개의 크고 작은 부대가 한꺼번에 몰린 쓰시마 북단은 북새통이 될 수밖에 없었다.

병사들을 위해 마련된 병영의 임시 막사 주변에는 간혹 아이를 들쳐 업거나 안은 여자들이 서성거리는 모습도 보였다. 귀환병의 가족들이었다. 그러나 쓰시마 출신 병사들의 부대는 아직 출진 전으로 부대 복원이 되지는 않았다. 애써 아이까지 들쳐 업고 왔지만 찾고 있는 쓰시마 출신 귀환병이 어느 배를 타고 어디로 입항했는지조차도 알 수 없는 상황이었다.

전쟁 전과 후의 지역별 출정 군인 수가 일치하지 않은 곳도 있었다. 황급한 귀환에다 정확한 승선 관리마저도 제대로 되지 않은 채 만선이 되면 출항부터 시켰던 때문이다. 거기에다 노량해전 참전병들이 미처 합류되지 않은 부대도 있어 더욱 그랬다.

삼룡이가 탄 배는 선진리 왜성을 떠나자 곧 이물을 남쪽으로 틀었다. 얼마쯤 내려오자 창선도가 오른쪽으로 뚝 떨어진 곳에서 시야에 들어왔다. 이곳을 비켜나자 또 다른 여러 척의 배들이 하늘을 나는 기러기 무리처럼 남동쪽으로 줄을 잇고 있었다. 날씨는 맑았지만 난바다에 이르자 배는 일렁이는 파도에 얹혀 뒤뚱거렸다.

얼마쯤 지나자 처음에는 제대로 보이지 않았던 사람 두 명이 고개를 들었다. 별로 좋은 인상은 아니었다. 순왜가 아닌가 싶었다. 그들은 긴 막대기를 하나씩 들고 배질을 하는 선두에게 뭔가를 지시도 하는 것 같았다.

"너희들은 불순한 짓을 하면 안 된다. 그랬다가는 편하게 목적지까지 가기 어려울 것이다."

그는 사기장들에게 겁부터 주었다. 삼룡이는 이 말을 듣는 순간 전신이 오싹해졌다. 조선말을 지껄이고 있었기 때문이다. 아무리 세상이 뒤바뀌었기로서니 어떻게 저렇게까지 못된 인간이 조선말로 조선 사람들을 저렇게 협박할 수 있으랴 싶어서였다.

"오줌이나 똥이 마려우면 그 자리에서 그대로 해결해. 여기는 물가죽도 없으니 어쩔 수가 없다. 조금 있으면 멀미가 날지도 모르니 지금부터 진작 자버리는 것이 더 좋을 거야!"

'물가죽'이란 말을 쓰는 것을 보니 물레 일도 알고 있는 녀석이 분명했다. 물가죽은 그릇의 모양을 만들 때 손에다 계속 물을 축이기 위해서 쓰는, 가죽으로 만든 물통 같은 도구이기 때문이다. 같은 일을 하면서 살았던 녀석이 저렇게까지 못된 말을 사기장들에게 함부로 지껄이다니, 분노가 치밀었다.

그러나 그런 분노도 잠시, 아침밥도 먹지 못한 채 성밖으로 끌려 나온 삼룡이의 배에서는 꼬르륵 소리가 났다. 좀 늦기는 했지만 평소에는 오전 중에 주먹밥 한 개는 줬다. 그런데 이날은 주먹밥 구경도 못 한 채 왜성 문밖으로 끌려 나와 허둥댄다고 해가 중천에 솟도록 빈속 그대로였다.

퇴각선은 점점 더 높게 일렁거리는 물결을 타고 있었다. 파장이 길어 앞뒤로 또 옆으로 물결을 따라 뒤뚱거렸다. 그때마다 계속 속이 뒤집혔다. 그런데도 쓰러져 정신을 놓고 잠에 빠진 사기장이 있는가 하면 멀미에 취해 얼굴색까지 노랗게 변해 고통스러워하는 사기장도 있었다. 배는 계속 천당과 지옥을 오르락내리락했다.

산기슭에서만 일해온 삼룡이는 이제는 천 길 물속으로 가라앉고 있구나 하는 생각이 들었다. 죽어서라도 아내와 아이들이 기다리고 있는 사기골로 돌아가겠다던 꿈까지도 일렁이는 물결에 덮여버릴 것만 같았다. 정신이 몽롱해졌다.

얼마나 지났을까. 누군가가 흔드는 것 같았다. 정신이 들었다. 석암이었다. 사방은 벌써 해거름이 서서히 덮이고 있었다.

배는 접안을 하려고 크고 널따란 바위 앞에다 이물을 들이밀고 육지 쪽을 향해 더듬거리고 있었다. 사기장들은 이곳이 어딘지 알 턱이 없었다. 내리라는 고함 소리에 모두들 정신을 차렸다. 가진 것이 아무것도 없어 빈손이었으니 뭍에 오른다고 힘들 것은 하나도 없었다.

배에서 내릴 준비를 하던 몇 명이 엉거주춤한 채 멈칫거렸다. 행동에 불편을 느끼는 것이 눈에 띄었다. 배 안에서 볼일을 옷에다 그대로 봐버렸던 것이 분명했다.

"차례대로 내릴 준비를 하시오!"

선두가 배가 닿을 쪽을 향해 비틀거리며 서 있는 사기장들에게 소리를 질렀다. 그리고 밧줄을 그쪽으로 던질 준비를 했다. 그는 지치지도 않는지 목소리가 카랑카랑했다. 배는 접안할 곳을 찾아 계속 더듬거리고 있었다.

우지직! 갑자기 배의 이물이 바위에 부딪치는 소리가 났다. 접안을 시도하다가 밀어닥친 물결에 밀려 배의 이물 어딘가가 접안할 곳 바위에 부딪친 것이다. 내릴 준비를 하고 있던 사기장들은 배 안에서 중심을 잃고 한쪽으로 쏠리며 쓰러졌다.

밧줄을 들고 바쁘게 설치고 있던 선두가 뱃전에서 바다로 굴러떨어졌다. 배가 바위에 부딪치는 충격에 중심을 잃었던 것이다. 그러나 그는 물에 빠지자 금방 바위 끝을 잡아 타고 거미처럼 재빠르게 기어올랐다.

사기장들은 모두 쓰시마의 북동쪽 끝 도마리라는 곳에 상륙했다. 귀환 병사들이 도착한 곳과는 사뭇 떨어진 곳이었다. 바다는 깊었고 만은 육지를 파고 쑥 들어갔다. 바위를 밟고 조심조심 배에서 내리자 좁고 가로로 펼쳐진 긴 평지가 눈앞에서 어둑하게 열렸다. 그 평지 건너편에는 산이 바다를 향해 병풍을 쳐놓은 듯했다.

평지 저쪽과 약간 가파른 산자락 중간에는 이미 마련된 막사가 즐비하게 들어서 있다. 천으로 된 막사다. 삼룡이는 미리 부두에서 그들을 기다리고 있던 순왜가 이끄는 대로 막사 한 곳으로 들어갔다. 멍석 같은 것들이 땅바닥에 두툼하게 깔려 있다. 여기서 밤을 샐 것 같았다. 떠날 때 사기장들이 서로 뒤섞여서인지 낯선 얼굴이 더러 눈에 띄었다.

조금 뒤 비로소 식은 주먹밥 한 개씩이 주어졌다. 오늘 처음 구경하는 주먹밥 한 개다. 물 한 모금 들어가지 않고 비어 있던 속이어서 밥알이 제대로 넘어가지 않을 것 같았다. 그랬지만 곡기가 들어가자 삼룡이는 비로소 눈을 좀 뜰 수 있었다.

"마실 물은 저쪽 통에 있다. 볼일이 있으면 밖에 막이 쳐져 있으니 그 안에서 보면 된다. 그때는 나에게 말해라. 여기는 도망갈 곳은 아무 데도 없다. 딴 생각은 하지 않는 것이 좋을 것이다."

그는 사기장들을 둘러본 뒤 말을 이었다.

"뒷산에는 산돼지만 우글거린다. 산돼지는 집돼지와는 종류가 다르다. 훨씬 사납다. 그리고 이쪽저쪽은 바다다. 산돼지에 받혀 죽거나 바다에 빠져 죽고 싶으면 몰라도 그렇잖으면 도망칠 생각은 안 하는 것이 좋다."

섬뜩한 말을 저렇게 험하게 내뱉는 녀석은 여기서 사는 녀석 같지는 않았다. 그런데도 이곳 산세에 훤했다. 왜말을 마음대로 지껄이는 것을 보면 일본 어딘가에서 살았거나, 아니면 일본말을 배워 순왜 짓을 하다가 배가 도착하기 전에 먼저 이곳에 건너와 막을 치는 일을 도왔던 녀석일지도 모른다.

밖은 빠르게 어두워졌다. 그러나 사방이 휑하니 뚫린 데다 바닷가여서 주위가 아주 캄캄하지는 않았다. 이따금 막사 밖을 지나던 바람이 막사 포장막을 흔들었다. 철썩거리는 물결 소리는 막힘없이 막사 안으로 들어왔다. 모두들 아침도, 점심도 굶은 채 주먹밥 하나로 허기를 때운 데다 종일 파도에 시달리기까지 해 세상만사가 귀찮았다.

삼룡이는 잠이나 좀 잤으면 싶었다. 그러나 맨땅이나 다름없는 멍석 바닥에서는 눅눅한 냉기가 올라왔다. 옆 사람의 온기마저 없다면 바닷가의 막사 안은 한데나 다를 것이 없었다. 옆 사람도 삼룡이의 온기에 기대며 옆으로 다리를 뻗었다. 처음 보는 사람이었다.

시간이 좀 지나자 모두들 비몽사몽간을 헤매기 시작했다. 잠잘 시간이 되자 순왜 녀석은 소리 없이 슬그머니 밖으로 나가버렸다.

조금 있자 밖에서 웅성거리는 소리가 들렸다. 옆에 있는 막사로 사람들이 들어가는 소리 같았다. 곧 멎을 줄 알았으나 그 소리는 금방 멎지를 않았다. 무슨 말인지 자세히 들을 수는 없었지만 조선말로 웅성거리는 것이 분명했다.

"또 배가 들어온 것 같소. 아까도 이런 소리가 나더니 또 이런 소리가 나는 걸 보니."

잠결인 듯 피곤한 목소리로 옆 사람이 중얼거렸다. 조금 전까지 삼룡이는 이런 소리를 듣지 못했다. 졸았거나 정신을 깜빡 놓고 있었던 모양이다. 웅성거리던 소리는 얼마쯤 지나자 차츰 낮아지더니 조용해졌다. 그런 소리는 조금 있다가 또 들리더니 주위는 다시 조용해졌다.

또 다른 배를 타고

삼룡이가 정신을 차려 눈을 떴을 때는 희부옇게 날이 밝아 있었다. 새벽이 온 것이다. 그러나 전신이 무겁고 찌뿌둥해서 자리에서 쉽게 일어날 수 없었다. 누운 채로 주위를 살폈다. 앉아 있는 사람도 몇 명 눈에 띄었다.

석암이와 만석이도 이쪽을 향해 옆으로 누워 있는 것이 사람들 틈 사이로 보였다. 그들은 아직 잠에서 깨어나지 않은 것 같았다.

어제 하루 종일 먹은 것이라고는 주먹밥 한 개뿐이었다. 그랬는데도 삼룡이는 잠에서 깨어나자 소변이 마려웠다. 참다가 자리에서 일어났다. 막사 밖으로 나오자 끈끈한 바다 냄새가 섞인 찬 공기가 얼굴을 쓰다듬었다. 다른 막사와의 사이에 큼직한 소변 통이 몇 개 놓여 있다.

소변을 본 뒤 몸을 한 번 추스르고 그는 다시 막사 안으로 들어왔다. 잠의 늪에 빠진 사람들은 누가 들어오거나 나가거나에는 아무런 관심도 없다. 조금 전 누웠던 자리로 되돌아오니 어느 틈에 그 자리가 좁아져버렸다. 선 채로 잠시 누웠던 자리를 내려다보았다. 그랬다가 좁아진 틈 사이에다 발을 밀어 넣어 틈을 비집고 앉았다. 귀찮다는 듯, 못 이긴 듯 자리를 넓혀주면서 꼼지락거리긴 했지만 자던 사람은 그냥 그대로였다.

해는 일찍 떴다. 사기골처럼 사방도 일찍 화안해졌다. 해가 솟자 주먹밥 한 개씩이 주어졌다. 후닥닥 먹어치우는 사람도 있었지만 그것 하나도 제대로 넘어가지 않는지 끼룩거리는 사람도 보였다.

"우리는 지금 떠난다. 타라고 하는 배를 빨리 타라. 다른 배를 탔다가는 지옥으로 갈 수도 있으니 잘 챙겨서 타라."

어제 함께 왔던 순왜다. 그는 아침부터 또 겁을 주었다. 그러나 어제보다는 조금 부드러워진 것 같았다. 간밤에 무슨 좋은 일이라도 있었나?

"오늘은 날씨가 좋다. 우리는 이 길로 이키섬으로 가게 될 것이다."

그 섬이 어디에 떠 있는 섬인지 아는 사기장은 아무도 없었다. 그들은 얼마나 더 가야 그런 섬에 닿을 수 있는지 가늠조차도 할 수 없었다.

시키는 대로 모두들 배를 탔다.

타고 보니 어제 타고 온 배가 아니었다. 삼룡이는 배 안을 둘러봤다. 석암이와 만석이가 보이지 않았다. 뒤에라도 탈 줄 알았는데 배가 떠날 때까지 운암골 김 씨와 박 씨도 끝내 보이지 않았다. 갑자기 걱정이 가슴을 짓눌렀다. 느닷없이 혼자가 된 것이 그를 극도로 불안하게 했다.

"아직 안 탄 사람도 있는데요."

순왜는 이 말에는 아무 관심도 없다는 듯

"사람 수는 모두 맞으니 걱정할 것 없어. 알아서 오겠지."

표정 하나 변하지 않고 정나미 떨어지는 소리를 툭 내뱉었다.

배는 서서히 선착장에서 떨어져 나왔다. 삼룡이는 다시 배 안을 살펴봤다. 역시 그들이 타지 않은 것은 분명했다. 그는 배에서 내리고 싶었다. 그러나 배는 이미 움직이기 시작한 뒤였다.

사람 수만 헤아려 서둘러 태우느라고 넷은 앞배에 탔거나 뒷배로 처져버린 것 같았다. 순왜는 분명 그런 것에는 아무 관심도 없었다.

사기장들이 주먹밥을 하나씩 먹자 배는 기다렸다는 듯 도마리를 떠났다. 남쪽으로 오는 동안 오른쪽으로는 계속 육지가 보였다. 섬을 따라 남쪽으로 가기 때문에 마치 바다에서 육지만 보면서 가고 있는 것 같았다.

조선에서 쓰시마로 건너오던 어제보다 거짓말처럼 날씨가 좋았다. 바다도 잔잔했다. 긴 섬이 파도를 막아주고 있기 때문이다.

삼룡이는 함께 타지 않은 네 명의 행방이 자꾸 궁금해졌다. 어느 배를 탔든지 모두 무사해야 될 텐데, 그런 생각을 하다가 자신만 혼자 된 것이 덜컥 겁이 났다.

"어디로 가는 거여?"

맥진한 줄 알았던 사기장 한 명이 불안한 목소리로 옆 사람에게 물었다.

"이름을 까먹었는디, 무신 섬인가 어딘가로 간다고 안 그랍디까?"

"섬으로 간다더니 어찌 땅 끝만 따라서 배가 자꾸 가니 말이여."

삼룡이도 쓰시마는 섬인 줄만 알고 있었다. 그런데 오른쪽으로 산만 계속 보면서 배는 육지에서 멀리 떨어지지 않고 남쪽으로 가고 있었다. 문득 이곳이 쓰시마가 아닌지도 모르겠다는 생각도 들었다. 배가 어디로 가든 조선으로 되돌아가지 않는 한 그게 그것이었지만, 그러다가도 과연 어디로 가고 있는지가 궁금했다.

조선에서 쓰시마로 올 때처럼 지치고 지루한 시간이 흘렀다. 육지에 붙어 계속 아래로 내려오던 배는 마침내 오른쪽 깊숙한 만 안으로 이물을 틀었다. 그러나 그곳은 이키섬이 아니었다. 바다와 맞닿은 육지를 보면서 아래쪽으로 내려왔으니 쓰시마 긴 섬의 아래쪽이 분명했다.

앞서가던 배가 그쪽으로 먼저 머리를 틀었다. 뒤따르던 배들도 앞의 배 꽁무니에 붙었다. 배가 닿은 곳은 후주라는 곳이었다. 도주이자 조선 침략에 나섰던 번주 소 요시토시의 본거지이며, '가네이시조'라고 부르는 산성도 있는 쓰시마 권력의 중심지였다.

쓰시마는 아래위로 2백 리나 되는, 길고 가늘게 뻗어 있는 섬이다. 도마리에서 이곳까지 오는 데 거의 하루가 걸리는 성싶었다. 부산에서 쓰시마만큼 멀게 느껴졌다. 후주는 일본 본토로 퇴각하는 번대장들이 쓰시마 번주의 영접을 받으며 잠깐 휴식을 취한 뒤 떠나는 곳이기도 했다.

"이키섬까지 바로 가기는 너무 멀다. 그래서 높은 분들이 너희들은 도공이니까 특별히 여기서 하룻밤을 쉬게 해주신 것이다. 막사는 산으로 올라가는 중간에 있다. 우리는 지금 그곳으로 간다."

배가 접안지에 닿고 사기장들은 뭍으로 내려 시키는 대로 모두 두 줄로 섰다. 길 따라 평지를 걷다가 산 쪽으로 방향을 잡았다. 언덕길은 크게 가파르지는 않았다. 그래도 다들 힘겹게 오르느라 가쁜 숨을 몰아쉬었다.

얼마를 올랐을까. 나무숲 사이 약간 펑퍼짐한 곳에 이르자 허옇게 펼쳐진 막사가 시야를 가득 메웠다. 지난밤에 머물렀던 도마리 막사와 똑같이 생긴 것들이었다. 삼룡이는 정해주는 대로 지친 다리를 질질 끌고 안으로 들어갔다. 이곳에 깔린 멍석 같은 것도 어제 것과 같았지만 파도 소리는 들리지 않았다.

밤이 깊었다. 잠은 쏟아지는데 소변이 마려워진 삼룡이는 눈을 비비며 막사 밖으로 나왔다. 수많은 불빛이 바다 저쪽 멀리서 명멸했다. 어부들이 밤을 지새우며 고기잡이를 하고 있는 배 같았다. 문득 사기골 아래쪽에서 흔들리며 올라오던 불빛이 기억을 흔들었다. 잠은 달아나고 집 걱정과 함께 석암이랑 만석이는 어디로 갔는지 근심이 머리를 어지럽혔다.

이튿날 아침에도 다들 일찍 일어났다. 어제보다는 일찍 주먹밥 한 개씩이 주어졌다. 그것을 먹고 난 뒤 모두들 바쁘게 산에서 내려왔다. 새벽 공기가 서늘했다. 그러나 움직임이 바빴던 탓인지 순왜까지도 이마에 땀이 솟아 있는 것 같았다.

"웬 놈에 까마구가 아침부터 저리 깍깍거리노? 재수 없거로."

날이 새기가 바쁘게 여기저기 나뭇가지 사이에서 까마귀 소리가 요란하게 들렸다. 그러나 바다에서 반짝이던 간밤의 불빛은 흔적도 없이 사라져버렸다.

산에서 내려오기 바쁘게 모두들 배를 탔다. 배질은 이날도 하루 종일 계속되었다. 날이 저물 무렵에야 입항한 곳은 이키섬의 가쓰모토라는 항구. 다른 배를 타고 온 사기장들과 함께 여기서 하룻밤을 또 보냈다.

다음 날 아침, 잠에서 깨어나 눈을 뜨니 까마귀 소리가 쓰시마보다 더 요란했다. 웬일인지 순왜들이 긴장된 얼굴로 바쁘게 왔다 갔다 했다.

간밤에 사기장 한 명이 소나무 가지에다 칡넝쿨로 목을 매 자살했다는 것이다. 사기장들이 술렁거렸다. 삼룡이도 이 일이 남의 일 같지 않았다.

"아무 일도 없었어. 쓸데없는 헛소문이야. 신경 쓰지 마. 같은 방에서 잔 사람들이 여기 다 있잖아?"

순왜의 얼굴빛은 붉으락푸르락했다.

"곧 배가 떠나. 엉뚱한 생각 말고 빨리 내려가!"

삼룡이는 현장을 직접 보지는 못했다. 그러나 헛소문이기야 하라는 생각이 들었다. 끝이 어딘지 모르게 끌려가고 있는 이 무섭고 긴 시간을 견디기가 얼마나 고통스러웠으면 칡넝쿨을 목에다 감았으랴. 남의 일 같지 않았다. 끔찍한 상상을 지우지 못한 채 끌리듯 그는 부두로 내려왔다. 발이 천 근이나 되는 것 같았다.

순왜들은 산에서 내려온 사기장들을 모두 한 줄로 세웠다. 그들은 긴장된 얼굴이었다. 하는 짓도 바빠 보였다. 작은 부두의 좁은 빈터에다 서두르며 길게 모두 한 줄로 세우기에는 장소가 너무 좁았다. 줄 뒤쪽 끝은 다른 배를 타고 왔던 사기장들과 뒤섞여 서로 꼬이기도 했다.

"모두 차례대로 줄에 맞춰서 배를 타라."

사기장들이 줄에 따라 한 배 가득 타게 되면 줄 뒤에 섰던 사기장들은 자연스럽게 뒷배로 처졌다. 만선이 된 배는 도망치듯 가쓰모토 선착장을 빠져나왔다. 그리고 하나같이 남쪽으로 이물을 틀었다. 삼룡이가 탄 배의 순왜들은 어제 그 순왜들이 아니었다. 그들보다는 훨씬 더 순해 보였고 점잖아 보였다. 줄이 뒤섞이면서 순왜까지 뒤바뀌어버린 것이다.

조선의 사천 선진리 왜성을 급하게 빠져나온 삼룡이가 쓰시마, 이키를 거쳐 나흘 만에 도착한 곳은 규슈의 서북단 요부코라는 작은 항구였다. 도요토미 히데요시가 임진왜란과 정유재란 때 수백 척씩으로 침략선단을 꾸려 조선을 향해 발진시켰던 곳 가운데 하나가 바로 이곳이다. 지척의 산 너머 뒤쪽에는 전쟁을 위해 급하게 구축했던 침략의 대본영 히젠 나고야성이 아랫마을까지 거느리고 우뚝 서 버티고 있는 곳이기도 했다.

조선에서 퇴각한 군선들은 척수가 너무 많아 이곳으로 함께 다 들어올 수가 없었다. 그 배들은 가까운 가라쓰항으로 들어갔다. 그래서 사기장들이 도착한 요부코항은 비교적 조용했다. 항구의 입구에는 큰 섬이 방파제 역할을 하고 있었다. 그래도 수심은 꽤나 깊었다. 사기장들은 이곳에서도 미리 마련돼 있는 몇 개의 협소한 천막으로 옮겼다.

그들은 언제까지 이곳에 머무르고 있어야 하는지, 또 언제 어디로 더 가야만 되는지는 전혀 알 수가 없었다. 꿈속에서도 더듬을 수조차 없는 낯선 곳이었다. 그렇지만 여기가 종착지가 아니고 또 어디론가 가야 할 곳이 더 있는지 그들로서는 그것마저도 알 수 없었다.

삼룡이는 뜻밖에도 석암이와 만석이를 여기서 다시 만났다. 곡절이야 어쨌든, 영영 헤어진 것으로 알았던 그들을 다시 만나게 돼 처음에는 무슨 헛것이나 본 것 같았다. 고개를 숙인 채 초점을 잃고 맥을 놓고 있던 그들도 삼룡이를 보자 화들짝 놀랐다. 석암이는 눈물이 나는지 이내 손등으로 눈을 비볐다. 그들은 모두 앞배를 타고 먼저 왔던 것이다.

"운암골 박 씨와 김 씨도 같이 왔는디요."

"그래?"

삼룡이는 만석이의 말을 듣고 석암이에게 줬던 눈길을 돌려 박 씨와 김 씨를 찾았다. 조금 떨어진 저쪽에서 그들도 놀란 표정으로 이쪽을 보고 있었다. 믿기 어렵다는 표정으로.

쓰시마에서 그랬던 것처럼 아침에 이키에서도 좁은 땅에서 배를 탈 때 줄이 서로 뒤엉켰었다. 그 때문에 서로 헤어졌던 사람들이 여기서 이렇게 기적적으로 다시 만나게 된 것이다. 영영 만날 수 없을 줄 알았다가 다시 만나게 되자 모두들 꿈인지 생시인지 어리둥절했다.

이튿날 아침도 또 주먹밥이었다. 물리지도 않았는지 모두들 그것을 기다렸다는 듯 바쁘게 먹어치웠다. 그리고 여기서도 물을 한 바가지씩 마셨다. 그다음에는 또 어디로 끌려갈 것인지 갈 바에는 어디든 어서 끝까지 끌려갔으면 좋겠다는 생각이 들었다.

막연했지만 그들의 예상은 어긋나지 않았다. 주먹밥을 먹고 나서 조금 있자 순왜가 막사 안으로 들어왔다. 이키에서 처음으로 함께 온 순왜였다. 그의 손에는 서류 같은 것이 접혀진 채 들려 있었다.

"지금부터 이름을 부르겠다. 그 사람은 자리에서 일어서. 알겠지?"

들고 온 종이를 들여다보며 그는 여러 명의 사기장들 이름을 차례로 불렀다. 막사 안은 적막이 흘렀다. 삼룡이는 누구의 이름을 부르든 자신과는 상관없다는 생각이 들었다. 어디로 가든 석암이를 비롯해 만석이 등 함께 온 모두의 이름만 함께 불러주면 좋겠다고 생각했다. 순왜는 여러 명의 이름을 차례로 부르고 난 뒤 외쳤다.

"일어선 사람들은 다 밖으로 나가!"

다른 한 명의 젊은 순왜가 밖에서 사기장들이 나오기를 기다리고 있었다. 그는 먼저 나와 줄 서 있던 사기장 몇 명 뒤에 이들을 붙여 세웠다. 삼룡이도 만석이 등 네 명과 함께 앞사람들의 뒤에 붙어 섰다.

순왜는 뒤에 나온 몇 명을 줄 끝에 더 붙여 세운 뒤 말했다.

"지금 이름을 부른 너희들은 모두 저기 보이는 저 배를 타라. 고생은 이제 끝이다."

사기장들의 눈이 휘둥그레졌다. 이번 순왜는 어제 그 녀석보다는 하는 말이 부드러웠다. 하는 짓도 점잖다는 느낌이 들었다. 이제 고생이 끝이라니, 도대체 무슨 일을 어떻게 꾸미고 있기에 이런 말을 하는 것일까.

호명된 사기장들은 시키는 대로 모두 한 배를 탔다. 이키에서 올 때 탔던 배보다 작은 배였다. 함께 타는 사기장 수도 그때보다는 훨씬 줄었다.

9　아름다운 항구, 지옥의 입구

이름이 불린 사기장들이 다 타자 배는 곧바로 움직였다.

앞을 막고 서 있는 섬을 왼쪽으로 비켜 돌아 나온 배는 다시 서쪽으로 이물을 틀었다. 요부코항에서 나와 서북쪽으로 이물을 튼다면 조선이나 중국으로도 건너갈 수도 있는 방향이다. 거기서 나와 조금 아래쪽으로 방향을 틀고 내려가면 이마리라는 한적한 포구도 나온다.

"어디로 간다요?"

옆에 있던 사기장 한 명이 삼룡이에게 물었다. 불안하고 힘 빠진 목소리였다.

"모리것는디요."

"조선으로 가는 것이나 아닌가 몰라."

그는 혼잣말처럼 낮은 소리로 중얼거렸다. 그러나 그런 말에 귀를 기울이거나 관심을 보이는 사기장은 없었다. 그런 기대는 이미 포기했기 때문이다.

요부코를 빠져나와 머리를 서쪽으로 틀자 망망대해가 눈앞에 열렸다. 중국 쪽으로 가거나 아니면 조금 더 나아가 히라도섬으로 향할 때도 보통 이 항로를 택한다. 두 곳 어디로도 가지 않고 규슈 서쪽의 나가사키 방향으로 쭉 내려갈 때도 역시 이 항로를 택한다. 그러나 사기장들은 배의 행선지에 대해서는 알 수도, 또 짐작할 수도 없었다.

배는 조금 가다가 금방 규슈 북단과 히라도섬 사이로 방향을 잡아 머리를 남쪽으로 완전히 틀어 조금 더 내려갔다. 금방 히라도 항구가 바른쪽에서 나타났다. 행선지는 히라도 항구였다.

배가 서서히 선착장으로 들어가자 오른쪽 첫 번째 네덜란드 부두가 나타났다. 네덜란드 무역선이 얼마 전 두어 번 들렀던 항구다. 그래서 사람들이 이곳을 네덜란드 부두라고 불렀다.

이곳에는 일본에서 보기 드문 양옥들이 몇 채 바닷가에 나란히 서 있었다. 부두와 뚝 떨어진 나지막한 산언덕에는 지금까지는 본 적이 없는 천주교회당의 첨탑이 보였다. 첨탑은 머리에 십자가를 꽂고 어깨를 낮추고 서 있었다.

배는 네덜란드 부두에 접안이라도 하려는 듯 속도를 늦췄다. 부두에 대기하고 있던 장정 한 명이 긴 장대를 들고 바쁘게 배에 접근했다. 선체가 부두 안벽과 부딪치는 것을 장대로 막기 위해서였다.

"아니야, 여기가 아니야!"

배가 접안하려는 순간 부두 저쪽에서 이 배를 본 다른 한 명이 달려오며 일본말로 고함을 질렀다. 접안을 준비하던 선원은 장대로 안벽을 질러 배의 접안을 막으며 순왜를 바라봤다.

"이 배는 포르투갈 부두로 가야 해. 여기다 정박하면 안 돼!"

그의 고함 소리에 정박하려다 말고 배는 서서히 머리를 부두 깊숙한 곳으로 돌려 안쪽으로 향했다. 그곳은 포르투갈 선박이 접안한 일이 있어 포르투갈 부두라고 부르는 곳이었다. 파랗고 노란색으로 칠한 낮은 지붕을 이고 성냥곽 같은 집들 몇 채가 바닷가에 나란히 서 있었다. 그 사이로 창고 같은 허름한 건물도 눈에 띄었다.

"전부 여기서 내린다. 알겠지?"

그 소리를 듣자 뱃멀미에 취해 비몽사몽간을 헤매던 사기장까지도 모두 다시 눈을 떴다. 눈썹 끝에 피로가 주렁주렁 달렸다. 배가 닿자 순왜는 부두 쪽을 향해 누군가를 찾는 것 같았다.

서른 명이 넘을 것 같은 사기장들은 시키는 대로 모두 배에서 내렸다. 어디선가 나타난 두 명의 조선 사람이 기다렸다는 듯 바쁘게 순왜가 있는 곳으로 달려왔다.

"여기가 맞는지 모르겠습니다만, 지시를 받고 왔습니다. 잘 부탁합니다."

순왜의 말을 듣고 난 뒤 그는 순왜와 잠깐 무슨 말인지를 주고받았다. 그리고 순왜는 그들에게 들고 온 서류를 넘겨주었다.

"인계가 끝났으니 우리는 바로 돌아가겠습니다."

순왜는 배에 올라 곧바로 뱃머리를 돌렸다.

인계가 끝나자 황당한 일이 생겼다. 사기장들이 모두 차례대로 밧줄에 엮어 묶였다. 그러고는 마치 개 줄을 당기듯 밧줄을 당기며 창고 입구가 있는 곳으로 끌고 갔다. 그들의 눈길은 매섭고 날카로웠다. 배를 타기 전이제 고생이 끝났다고 했던 순왜의 말은 새빨간 거짓말이었다.

사기장들을 창고 같은 건물로 끌고 간 그들은 닫혀 있는 문을 스르륵 옆으로 밀었다. 밖은 대낮인데도 그 안은 어둑했고 사람들로 가득했다. 시키는 대로 창고 안으로 발을 들여놓자 퀴퀴한 냄새가 훅 하고 코를 찔렀다. 사기장들은 어디로 들어가야 될지 몰라 엉거주춤 서버렸다.

"저쪽 안으로 들어가!"

그러나 들어가라는 쪽은 사람들이 모두 자리를 잡고 앉아 있었다. 줄 잡아 백 명 정도는 될 성싶었다. 고개를 꺾고 앉아 있는 그들은 놀랍게도 모두 포승줄에 묶여 있었다. 행색이 전쟁터에서 끌려온 포로 그대로였다. 사기장들은 이 뜻밖의 광경에 주춤했다. 공포에 질려서였다.

"안으로 들어가라니까!"

그런 사이를 뚫고 안으로 들어간다는 것은 쉬운 일이 아니었다.

"조금씩 안 당겨?"

창고 문을 열었던 조선말 하는 녀석이 앉아 있는 사람들을 향해 버럭 소리를 질렀다. 그리고 들고 있던 밧줄의 한쪽 끝을 어깨에 둘러멨다. 곧 휘둘러 내려칠 기세였다. 주저앉아 꼼짝하지 않던 사람들이 엉덩이도 들지 않은 채 그냥 뭉그적거리며 조금씩 틈을 냈다. 모두 조선 사람들이었다.

삼룡이는 끌리듯 밀리듯 다른 사기장들과 함께 안으로 들어갔다. 그러나 서른 명도 훨씬 넘는 사람들이 줄에 묶인 채 안으로 들어가 함께 앉기는 쉽지 않았다. 모두들 중간에서 우두커니 서버리고 말았다.

흐릿하긴 했지만 먼저 와 있던 사람들의 모습이 조금 전보다는 눈에 잘 들어왔다. 그 광경은 목불인견이었다. 저 사람들은 무슨 죄로 저렇게 묶여 이렇게 낯선 곳까지 오게 됐을까. 삼룡이는 마치 귀신에게 홀린 것 같았다.

맥을 놓고 서 있던 삼룡이는 정신을 가다듬었다. 순간 감전이라도 된 것처럼 머리가 찌릿해왔다. 선진리 왜성에서 보고 듣던 포로들, 그런 포로들이 지금 여기서 어딘가로 팔려가기 위해서 이렇게 묶인 채 대기하고 있다는 것을 직감했기 때문이다.

조선말 하던 녀석이 밧줄을 휘두르며 다시 윽박지르자 비좁은 바닥이지만 조금씩 더 틈이 생겼다. 그래도 엉덩이를 붙이고 앉기에는 아직도 비좁았다.

"앉아! 앉아보란 말이야, 앉으면 다 앉을 수 있어. 앉아봐!"

입에 거품을 물고 되풀이하는 겁박에 몇 명이 엉거주춤 억지로 앉았다. 그러나 몸이 부딪히고 서로 끼었다. 퀴퀴한 냄새가 다시 코를 자극했다. 밧줄로 내려치려는 기세에 서 있던 사기장들도 움칠움칠 모두들 엉덩이를 조금씩 내렸다. 좁았지만 간신히 끼어 앉을 수는 있었다.

삼룡이 일행이 자리를 비집고 앉게 되자 조선말을 하는 녀석은 비로소 창고 문을 스르륵 열고 밖으로 나가버렸다. 빛이 차단되자 어둠이 창고 안을 가득 채워버렸다. 침묵을 흔들며 이따금씩 신음인지 한숨인지 비탄의 낮은 소리가 어둠 속에서 창고 안을 흘러 다녔다.

이곳은 의심의 여지 없는 노예창고다. 삼룡이는 새삼 확인할 것도 없이 자신도 노예가 되어 이곳에 끌려왔다는 것을 알 수 있었다. 간신히 자리에 앉아 숨을 채 돌리기도 전에 닫혔던 창고 문이 스르륵 소리를 내며 다시 열렸다. 바깥의 빛이 사람보다 먼저 안으로 쓸려 들어와 눈을 찔렀다.

안으로 들어온 조선말을 하는 녀석이 일본 말을 하는 녀석과 무슨 말인가를 주고받은 뒤 창고 안을 둘러봤다. 뭐가 잘 보이지 않는지 손바닥으로 눈 위 한쪽을 가렸다. 그런 뒤 일본 말을 하는 녀석이 손가락 끝으로 앉아 있는 사람 몇 명을 지적했다.

"하이, 가시코마리마시타."

잘 알았다는 일본말이다. 금방 조선말을 하던 녀석이 일본 말로 지껄이면서 머리를 조아렸다. 순간, 여기까지 와서 살겠다고 저렇게 비굴하게 구는 놈도 있구나 하는 생각이 삼룡이의 머리를 스쳤다.

"지금 지적받은 사람들은 그 자리에서 그대로 일어서!"

그는 틈을 비집고 부스스 일어선 사람들 곁으로 갔다. 그리고 옆 사람과 엮어서 묶어놓은 밧줄을 풀었다. 일본인 포로 장사에게 그들의 신병을 넘기기 위해서였다. 마치 도살장으로 끌려가는 소처럼 공포에 질려 기가 죽은 채 그들은 아무 말이 없었다.

"데와, 데가게마쇼우가?"

나가보자는 말이었다. 그러고는 포로들을 밖으로 끌어냈다. 비틀거리며 창고 밖으로 끌려 나오자 덜컹 소리를 내며 창고 문이 닫혔다. 제대로 걷지도 못하는 그들을 도망칠 수 없도록 다시 서로 엮어서 묶었다.

창고는 단순한 창고가 아니었다. 포로들을 가둬놓은 감옥이었다. 이 감옥에 갇힌 포로들은 일본인 포로 장사의 손을 거쳐 차례로 몇 명씩이 팔려 나가고 있었다. 팔려 나간 포로는 다시 포르투갈이나 네덜란드의 노예상 손으로 넘겨졌다. 그리고 동인도회사가 있는 인도의 고아항을 거쳐 유럽 쪽으로 향하는 배에 실렸다.

창고 안으로 끌려 들어온 순간 삼룡이의 운명도 지금 끌려나간 포로들처럼 포로 장사의 손끝에 달리게 되고 말았다. 창고 안으로 들어오기 전에 잠시 눈에 비쳤던 그 아름다운 항구 풍경, 그 풍경은 결코 살벌하지 않았다. 그런 풍경 속에 있는 이런 창고 안에서 자신의 삶과 죽음이 이렇게 잔인하게 결딴나리라고는 상상도 할 수 없었다.

찰나처럼 눈에 잡히기는 했지만, 색깔 짙은 옷차림으로 의자에 앉아 담배를 꼬나물고 있던 노랑머리의 여자. 처음 보는 알 수 없는 그림을 이물에다 붙이고 있는 큼지막한 배가 있는 부두 풍경, 쾌청한 날씨까지 누가 설명하지 않아도 세상에서 처음 보는 아름답고 평화로운 항구 풍경 그 자체였다.

곁눈으로 스쳐 지나긴 했지만 누가 이런 부두를 살벌한 노예 수출 부두라고 상상이라도 할 수 있겠는가.

노예상은 이따금씩 창고 안을 들락거렸다. 손가락질을 당하면 옆에 있던 포로가 몇 명씩 낚시에 꿴 물고기처럼 손가락 끝을 따라 창고 밖으로 끌려나갔다. 당장에 포로 시장으로 팔려 나가는 신세가 되어버리는 것이다. 자리 틈새를 메우고 앉아 있는 삼룡이 역시 언제 그런 운명의 손가락 낚시에 꿰여 밖으로 끌려나가는 생선 신세가 될지 알 수 없었다.

이유야 어떻든 손가락질을 당하는 순간이 세상이 뒤바뀌는 순간이다. 그러나 다행히도 삼룡이 일행은 날이 저물도록 아무도 그런 손가락 끝에

낚여 밖으로 끌려나가지는 않았다. 사람의 생사가 손가락 끝에서 갈린다는 것을 생각하자 문 열리는 소리만 들려도 심장에서 피가 멎는 것 같았다.

헤아릴 수 없이 긴 시간이 흐른 것 같았다.

드디어 밖은 완전히 어두워졌다. 누군가가 또 창고 문을 열고 안으로 들어왔다. 밤에도 사람을 잡아가나, 넋을 놓고 있던 삼룡이는 문 여는 소리에 정신이 번쩍 들었다. 긴장감이 심장을 조여들었다.

창고 안으로 들어온 사람은 포로들 틈을 비집고 안쪽으로 쑥 들어와 가장자리 벽 쪽으로 갔다. 모두의 눈이 그쪽으로 쏠렸다. 그는 거기 걸려 있는 등에다 불을 켠 뒤 아무 말 없이 그냥 나가버렸다. 삼룡이는 허파 속에 고여 있던 압축공기를 길게 내뿜었다.

켜놓고 나간 등불이 흐릿해서 뭐가 뭔지 제대로 잘 구별되지 않았다. 밧줄에 묶인 남루한 사람들의 형체가 허물어진 그림자 모습으로 눈에서 어른거렸다. 자신도 그 무리 속에 섞여 허물어진 그림자가 되어가고 있다는 느낌이 들었다.

밤이 되자 사방은 물속처럼 조용해졌다. 사람들의 숨 쉬는 소리마저도 제대로 들리지 않았다. 모든 것을 자포자기한 사람들의 신음 소리만 이따금씩 가벼운 바람 소리처럼 방 안을 흘러 다녔다. 그것마저도 낮은 맥박처럼, 낮게 가라앉은 바람 소리처럼 들렸다가 말았다가 했다.

밤이 오고 있는지 또 가고 있는지, 죽음이 넘나드는 지옥의 창고 안에서는 시간을 제대로 가늠할 수가 없었다. 온전히 살아 있는 것은 오직 흐릿한 불빛 하나뿐, 사방이 적멸에라도 빠져 있는 것 같았다.

10

다시 한 묶음으로 옮기다

어두웠던 바깥은 차츰 밝아졌다.

스르륵 소리를 내면서 창고 문이 또 열렸다. 어둠 속에다 찬물을 한 바가지 뿌리는 것 같았다. 정신이 번쩍 든 삼룡이는 입구 쪽으로 눈을 돌렸다. 이번에도 사람보다 빛이 먼저 쏟아져 들어오며 눈을 찔렀다.

들어온 사람은 주먹밥을 하나씩 나눠주고 나가버렸다. 뒤따라 물통도 비좁은 틈을 헤집고 방 안으로 들어왔다.

그것을 받기가 무섭게 허겁지겁 먹는 사람이 있었다. 멍하게 그것을 바라보고 있을 뿐 먹는 것에는 별로 관심이 없어 보이는 사람도 눈에 띄었다. 삼룡이는 자신도 모르는 사이에 만석이와 석암이, 박 씨와 김 씨가 있는 쪽으로 설핏 눈길을 돌렸다. 그들은 주먹밥 한쪽을 뜯고 있었다. 입맛이 까끌까끌했지만 삼룡이도 주먹밥의 한쪽을 물어뜯었다. 모래 같았다.

창고에서의 이른 아침 한 끼가 이 세상에서의 마지막 한 끼일 수도 있다. 그런 생각을 하는 사람에게 어떻게 밥맛이 있고 입맛이 있겠는가. 삼룡이인들 언제 당할지 알 수 없는 불가사의한 손가락질을 생각하면 식욕이 있을 턱이 없었다. 그런데도 주먹밥에 손이 갔다. 무의식적인 생존본능 때문이었다.

아침 식사가 끝나는 둥 마는 둥 한 뒤 물통은 곧 밖으로 치워져버렸다. 모두들 멍하게 앉아 있는데 스르륵 소리를 내며 이른 아침에 또 창고 문이 열렸다. 그 순간 모두들 또 그쪽으로 눈길을 돌렸다. 빛을 등지고 들어오는 사람이어서 그가 누군지 알 수가 없었다.

"박삼룡!"

순간 자신도 모르는 사이에 삼룡이의 입에서 '헉!' 소리가 나왔다. 잠시 숨이 멎으며 정신이 몽롱해졌다. 귀를 의심했다.

"박삼룡! 박삼룡이 어디 있어?"

그러더니 이어서 만석이와 석암이 그리고 운암골 박 씨와 김 씨 등의 이름도 차례대로 모두 불렀다. 환청이 아니었다. 자신들의 이름이 분명했다. 어디선가 들었던 목소리 같다는 착각이 들었다. 이어서 알 수 없는 사람들 몇 명의 이름도 계속 불렀다. 사람 수가 제법 되었다.

그 목소리는 분명 어디에선가 들었던 목소리 같았다. 삼룡이는 소리가 들리는 쪽을 바라봤다. 놀랍게도 이름을 부른 사람은 어제 이곳으로 자신들을 데리고 온 뒤 곧바로 되돌아가버렸던 순왜였다.

뜻밖에도 그가 날이 새기가 무섭게 다시 나타난 것이다. 눈이 그에게 마주치는 순간 전신에 소름이 좌악 돋았다.

"지금 이름 부른 사람들은 모두 밖으로 나와!"

창고 안의 다른 사람들까지 숨소리를 죽인 채 미동도 하지 않고 이쪽을 바라봤다. 호명된 사람들이 벌레처럼 꿈틀거리며 움직이자 모두들 퀭한 눈으로 그 사람들 쪽으로 돌린 눈길을 떼지 못했다. 생의 끝을 향해 창고 문을 나서는 모습을 지켜보려는 것이었다.

순왜는 비좁은 틈을 헤집고 한가운데로 들어왔다. 그는 주위를 둘러본 뒤 눈에 띄는 사기장들 한 명씩의 손을 잡아 일으켜 세웠다. 완력을 쓰며 일으켜 세울 만도 한데 전혀 그러지 않았다. 손목이 잡혀 비틀거리며 일어선 사기장들을 그는 차례대로 밖으로 데리고 나왔다.

창고 문턱을 넘어 밖으로 나오자 투명한 아침 햇살이 눈을 찔렀다. 반쯤 뜬 눈으로 주위를 살폈다. 어제 함께 왔던 젊은 순왜가 밖으로 나오는 사기장들을 기다리고 있었다.

"너희들은 이제 포로에서 풀려났다. 지금부터는 그냥 사기장이다."

삼룡이는 순왜의 그 말을 이제는 믿을 수가 없었다. 어제 아침에도 이곳으로 끌려오기 전 저 녀석으로부터 비슷한 헛소리를 듣지 않았던가. 모두들 창고에서 끌려 나오기는 했지만 그다음 차례는 지옥행이라는 것밖에 다른 생각은 아무것도 할 수 없었다. 그런데도 포로 신세를 면하게 됐다니.

밧줄에서 풀려났어도 역시 몸은 부자유스러웠다. 밤새도록 묶여 있어서였다. 그러나 사선을 그으며 쏟아지는 아침 햇살에도 눈은 금방 길들여졌다. 삼룡이는 간밤에 너무 긴장했던 탓인지 중심이 제대로 잡히지 않아 비칠거렸다.

"정신들 차려! 우리는 이제 이곳을 떠나왔던 곳으로 되돌아간다."

무슨 말인가. 뜻밖의 잠꼬대 같은 소리. 뭔가 말을 헛들은 것이 아닌지 귀가 의심스러웠다. 되돌아갈 것을 무엇 때문에 여기까지 끌고 와 밤새도록 생고생을 시켰단 말인가. 노예선을 타는 것이 아니라니, 삼룡이는 머리가 띵해지면서 뭔가 판단이 뽀얗게 흐려지는 것 같았다.

순왜는 휘청거리며 밖으로 나온 일행을 창고 뒤 빈터로 끌고 갔다. 거기서 차례대로 묶여 있는 밧줄을 모두 풀어주었다. 상상도 못 할 일이 눈앞에서 벌어진 것이다. 이 뜻밖의 일은 환상이 아니었다. 실제 상황이었다. 삼룡이는 비로소 지금까지와는 다른 묘한 분위기를 감지했다.

"다시 말하지만 이제 너희들은 포로가 아니고 사기장이다. 나베시마 영주님의 특별 지시로 포로에서 풀려나게 된 것이다. 지금부터 우리는 영주님의 영지로 갈 것이다. 내가 시키는 대로 잘 해야만 모든 일이 제대로 풀릴 것이다. 알겠지?"

순왜는 뜻밖의 말을 지껄였다. 모두들 그 말을 듣고도 입을 다물고 서 있을 뿐이었다. 느닷없이 눈앞에서 벌어지고 있는 이 신기한 사건이 도무지 현실이라고 믿어지지 않아서였다.

"영주님의 영지에 가면 너희들은 모두 조선에서 했던 일을 그대로 하게 될 것이다."

이 역시 믿을 수 없는 말이었다. 나베시마 영주의 영지라니, 지금 끌려가게 될 곳도 영주가 지배하는 곳이라면 노예 생활이나 다를 것이 뭐가 있겠는가. 아무리 뭐라고 지껄여도 뭐가 뭔지 도무지 혼란스럽기만 했다.

그러나 어떻든 노예선을 타고 낯선 나라로 팔려가지 않게 된 것만은 분명했다. 그런데도 모두들 무표정이었다. 창고 안에서 손가락질을 당하는 순간 시작되는 죽음의 항해는 면하게 됐으니 다행이라는 생각도 들기는 했다. 그래도 여전히 마음 한구석의 불안감이 깨끗하게 지워지지는 않았다.

"시키는 대로 모두 나를 따라와!"

그러고 보니까 웬일인지 순왜의 말투도 어제보다 한결 더 부드러워진 것이 확실했다. 모두들 그를 따라 무거운 발걸음을 옮기기 시작했다. 간밤을 통째로 쭈그리고 앉아서 지새웠던 탓인지 다들 다리가 후들거려 걷기가 힘들었다. 순왜는 그것을 알고 있었다는 듯, 그가 앞장서서 천천히 네덜란드 부두 쪽으로 걸어 나오도록 사기장들을 이끌었다.

부두를 비켜나자 왼쪽으로 상관 건물이 나왔다. 상관이란 무역센터 역할을 하는 건물이다. 이른 시간이어서 거기서는 개미 한 마리도 얼씬하지 않았다. 사기장들은 지친 발걸음으로 상관 앞을 끌리듯 그냥 지나쳤다. 천천히 좀 더 걸어 나아가자 동네 안쪽 산언덕에 있는 작은 교회당 지붕이 다시 보였다. 그 지붕은 어제처럼 평화로운 아침 풍광을 그대로 꾸리고 있었다.

"자, 여기서 좀 쉬자."

길가에 있는 큰 집 앞에 이르자 모두에게 걸음을 멈춰 서게 했다. 함께 쉴 줄 알았던 순왜는 그냥 그 집 안으로 바쁘게 들어갔다. 그랬다가 금방 되돌아 나왔다. 그곳은 음식점이었다.

"모두 안으로 들어와!"

새벽 일찍 그곳에다 이미 식사 예약을 해두었던 모양이다. 들어서자 주방 쪽에서 김이 모락모락 솟아나는 것이 흐릿한 불빛 사이로 보였다. 달착지근하고 맛있는 냄새가 코끝을 자극했다.

식당 안은 밖에서 보기보다 훨씬 넓었다. 사기장들은 순왜가 시키는 대로 모두 식탁 앞 긴 의자에 털썩 주저앉았다. 금방 우동 한 그릇씩이 사기장들 앞에 놓여졌다.

우동 그릇에서 올라오는 김이 다시 코끝을 자극했다. 누군가가 우동 국물을 마시는 소리를 냈다. 그 소리가 식욕을 자극했는지 젓가락을 드는 모습이 여기저기서 보였다.

순왜들은 앞에 놓인 우동 그릇을 금방 깨끗하게 다 비워버렸다. 시장했던 모양이다. 삼룡이는 이른 새벽에 창고 안에서 주먹밥을 입에 댄 뒤여서인지 별 식욕이 없었다. 그러나 막상 그릇을 앞으로 끌어당기니 우동 국물이 쉽게 목을 넘어갔다.

순왜는 어제처럼 사기장들을 바쁘게 다그치지는 않았다.

우동집을 나선 일행은 다시 바닷가로 난 길을 따라 나루터 쪽을 향해 천천히 걷기 시작했다. 맥없이 얼마를 따라가자 가와치라는 언덕이 앞을 막았다. 거기서 흐름이 빠른 바닷가를 조금 돌자 히라도섬이 규슈의 사가번 북단과 머리를 마주 대고 있는 작은 마을이 나타났다. 어제 배 안에서 그 사이를 빤히 보면서 지나온 마을이다.

"여기 앉아서 조금만 기다려!"

그는 이번에도 혼자서 바쁘게 나루터 쪽으로 갔다. 나룻배가 있는지 알아보러 가는 것 같았다. 그러면서 젊은 순왜는 사기장들과 함께 남아 있도록 했다. 누군가가 혹시 도망이라도 치는지 지키고 있으라는 뜻 같았다.

그는 금방 나룻배 한 척을 타고 돌아왔다. 일행은 그 나룻배를 타고 히라도를 등졌다. 물살이 빠르고 좁은 해협이었지만 금방 건널 수 있었다. 모두들 규슈 땅에서 나룻배를 내렸다. 그리고 길을 따라 남쪽으로 또 얼마쯤 걸었다. 걷다 보니 긴장했던 근육이 풀려서인지 걷기가 조금 나았다. 마침내 자그마한 어항이 나타났다. 그동안 잊고 있던 진제포가 문득 삼룡이의 머리에 떠올랐다.

"여기 앉아서 좀 쉬어!"

얼마쯤 걷고 난 뒤 순왜는 이 말을 남기고 또 어디론가 바쁘게 갔다.

지친 다리를 끌며 힘겹게 오고 있던 사기장들은 펑퍼짐하게 펼쳐진 풀밭 위에 털썩 주저앉았다. 피로가 덮쳐 눕고 싶었다. 그러면서도 죽음의 행렬이 아니라는 생각을 하자 마음에서 안도감이 조금씩 싹으로 돌아났다.

조금 뒤 거룻배보다는 조금 더 큰 배 한 척이 가깝게 다가오는 것이 보였다. 순왜가 그 배에 타고 있었다.

"모두 이 배를 타라!"

그는 배 안에서 이쪽을 향해 고함을 질렀다. 사공과 함께 배에 오르는 사기장들의 손을 일일이 잡아주며 사기장들을 도왔다. 반쯤 기다시피 하면서 모두 배에 오르자 어제 왔던 방향과는 달리 배는 금방 남쪽으로 머리를 틀었다. 계속해서 더 내려가자 큰 섬이 하나가 저쪽 왼편에서 나타났다. 후쿠시마라는 이 섬이 사라질 때까지 배는 계속 아래로 내려갔다.

그러기까지에는 상당한 시간이 걸렸다.

삼룡이는 혹시 또 무슨 일이 꼬이는 것이나 아닌지 덜컥 겁이 났다. 영주의 영지는 어제 배를 타고 떠났던 요부코항의 남쪽이라 했다. 그런데 배의 방향은 알 수 없지만 어제 떠났던 그쪽으로 가는 것 같지는 않았다.

배는 만 안쪽으로 방향을 고정했다. 갈수록 낮은 산이 산자락을 내려뜨리며 바다의 폭을 좁혔다. 배는 그 사이를 비집고 계속해서 남쪽으로 조금 더 들어갔다. 바람이 없는 바다는 거울 같았다. 바다가 좁아지자 이번에는 물 위로 산이 그림자를 내려뜨리며 병풍을 펼쳤다.

얼마를 더 내려가자 산자락 끝 저쪽으로 드문드문 집이 한 채씩 보이기 시작했다. 마침내 작은 포구가 나타났다. 나지막한 집들이 조개껍데기처럼 엎드려 있다. 진제포 시골 풍경이 다시 삼룡이의 머리를 스쳤다. 문득 아내와 아이들의 모습이 또렷하게 머릿속을 가득 채우고 지나갔다.

"다 왔다. 모두 여기서 내려."

얼굴의 땀을 닦은 뒤 사공은 배를 갯가에 붙였다. 마을 뒤 저쪽에는 날개를 편 독수리처럼 험준한 산이 검은 얼굴로 마을을 내려다보고 있었다.

사기장들이 모두 배에서 내렸을 때는 해가 이미 서쪽으로 상당히 이울어 있었다. 주위 풍경은 산그늘에 덮여 조금 전보다는 좀 더 흐릿해 보였다.

"여기는 이마리라는 곳이다. 히라도에서 너희들을 구해주신 나베시마 영주님의 영지다. 너희들은 앞으로 모두 이곳에서 살게 될 것이다."

햇살은 서쪽 하늘을 빗질한 뒤 서서히 기울었다. 사방은 조금 전보다는 더 흐릿해졌다. 배도 고프고 날씨도 제법 서늘했다. 그러나 낯선 이 포구에서는 모두가 길을 더듬을 수밖에 없었다. 이마리가 도대체 어디에 붙어 있는지, 무엇을 해야 할 곳인지 아무도 알 수 없었다.

사기장들은 어떻든 이곳이 노예로 팔려가기 위해 끌려온 곳이 아님은 분명한 것 같았다. 그런 생각이 들자 긴장이 풀리며 안도감이 머리를 좀 가볍게 해주었다. 갑자기 덮쳐오는 피로감에 어디든 어서 가서 좀 누웠으면 좋겠다는 생각이 들었다. 목숨 다음으로 털어내버릴 수 없는 것이 밥과 잠이라는 듯 졸음이 그들을 그렇게 덮쳤다.

갯가에서 길을 따라 모두 마을 안쪽으로 조금 움직였다. 가물거리며 눈에 보이던 집들은 와서 봐도 역시 모두가 낡고 모양도 비슷했다.

주위는 조금 더 어둑해졌다. 그런데도 연신 동네 사람들은 바다에서 캐 온 해초를 어깨에 얹고 스러져가는 노을빛을 등으로 받으며 자기네들 집을 향해 모습을 감췄다. 힘겨운 삶의 풍경이었지만 사람 사는 모습이 사기장들에게 알 수 없는 그리움을 자극했다.

순왜는 젊은 순왜와 사기장들을 길에다 세워놓고 누군가를 잡고 떠듬거리며 한참 무슨 말인가를 주고받았다. 그와 헤어진 뒤 순왜는 사기장들을 인솔해서 가까운 길가 낯선 집으로 들어섰다.

"우리는 오늘부터 여기서 머물 것이다."

조금 전 길에서 만났던 그 사람으로부터 숙소 안내를 받았던 모양이다.

일행이 발을 들여놓은 곳은 길가에서 보기보다는 제법 큰 집의 앞뜰이었다. 마당에 들어와서 봐도 여전히 뒤쪽을 향하고 있는 뒷산의 거무스

름한 산봉우리는 험상궂게 아래를 내려다보고 있었다. 어느새 나타난 개밥바라기 때문인지 산의 윤곽이 뚜렷해졌다.

발을 들여놓은 집 앞마당은 서른 명이 넘는 사람이 모두 모여 서기에는 조금 비좁았다. 도리깨질도 할 수 있는 조선집의 넓은 앞마당과는 달랐다. 대신 뒷마당은 집과 언덕 사이에 어느 정도 거리가 있어 여유도 있었다.

다다미방이 있는 집이었다. 지쳐 녹초가 된 사기장들은 방으로 들어가자 이내 쓰러지듯 자리에 드러누워버렸다. 다다미 방바닥에서 냉기가 스멀스멀 번져 오르는 것은 일본 어디서나 마찬가지였다.

"식당은 이 건물 뒤에 있고 얼굴 씻는 곳과 변소는 방 바깥 복도 끝에 있다. 세수할 사람은 지금 해도 좋다."

꼼짝도 하기 싫은 사기장들을 향해 순왜는 뭔가 계속 떠들었다. 그래도 어제 아침 순왜와 오늘 저녁 순왜는 같은 사람인데도 전혀 다른 사람 같았다. 말투부터 더 부드러웠다. 과묵하고 어벙해 보였던 젊은 순왜도 여기서는 제법 싹싹해 보였다.

썰렁한 방바닥에 풀어져 버린 사기장들을 향해

"곧 식사를 할 것이다. 잠들면 안 돼! 알겠지?"

순왜는 이렇게 한마디를 남기고는 밖으로 나가버렸다. 그는 이곳 사정을 어느 정도는 아는 것 같았다. 그의 주의에도 사기장들은 아무 반응이 없었다. 밖으로 나갔던 그는 조금 뒤 다시 방 안으로 들어와 자면 안 된다고 한 번 더 주의를 주었다. 사기장 몇 명이 그의 성화가 귀찮다는 듯 부스럭거리며 힘겹게 일어나 자리에 앉았다.

"영주님의 특별 배려로 너희들이 살아나서 여기까지 오게 된 거야. 이제는 모두들 안심해도 돼. 정신도 차려. 제때 밥도 먹고 말이야. 알겠지?"

그는 '알겠지?'를 여기서도 연발했다. 그러면서 모두들 어떻게 이 집으로 오게 됐는지를 또 설명했다. 이제부터는 이 집에서 함께 살게 됐다는 말도 반복했다. 불안해하지 말고 마음 놓고 편히 쉬라는 말도 빠뜨리지 않았다.

풀어지는 몸을 가누면서 그의 말에 귀를 기울이려고 했으나 삼룡이에게는 그 말이 들렸다 말았다 했다. 물동이로 이마에 물을 쏟아붓듯 잠이 쏟아졌다. 순왜가 말을 하고 있는데도 앉은 채로 꾸벅거리는 사기장들의 모습이 여기저기서 보였다. 그래도 순왜는 제 할 말을 계속했다.

"저녁 먹을 때까지는 자유시간이다. 편히 쉬어도 좋다. 그러나 자면 일어나기 힘들다. 잠이 와도 조금만 참아라."

순왜가 밖으로 나가자 더러는 비 맞은 종이처럼 구겨지며 다시 방바닥에 쓰러졌다. 삼룡이는 잠시 잊고 있던 석암이, 만석이, 박 씨와 김 씨 등이 무사하게 함께 왔는지 모르겠다는 생각이 들었다. 그러나 눈이 감겨 자세하게 챙겨 볼 수가 없었다. 잠에 눌려 그냥 자리에 드러누워버렸다.

폭삭 쓰러지기는 했으나 방바닥은 딱딱하지 않고 말랑말랑했다. 전신이 축 처지면서 온기라고는 하나도 없는 방바닥에 몸이 착 풀어져 퍼지는 것 같았다. 다다미방이 원래 그런지는 알 수 없었지만, 눅눅한 냉기가 몸에 엉겨 사람의 온기를 덕 보려고 하는 것 같았다.

한쪽 어깨가 땅에 닿기가 바쁘게 삼룡이는 이내 비몽사몽간을 헤매기 시작했다. 그러는 사이에 얇은 종이로 발라 붙인 방문은 시커멓게 변해버렸다. 천지를 어둠이 가득 채웠다. 그들이 머무르는 집까지도 어둠 속에 잠겨버린 것 같았다.

깜빡 한숨이나 돌렸을까. 그렇지도 않은 것 같은데 밖에서 인기척이 났다. 무슨 말을 하는 것 같기는 했지만 잠에 취해 그 소리가 제대로 들리지 않았다. 조선말인지 일본말인지 구별도 할 수 없는 소리가 점점 가까워지면서 크게 들렸다.

"밥 묵거로 나오시요. 방에 있는 사람들 싹 다 좀 째기 나오시요."

날은 이미 저물어버렸다. 누군가가 외치는 그 조선말이 고요를 휘저으며 크게 들렸다. 무뚝뚝하고 억센 경상도 말씨였다. 삼룡이는 꿈결에서 듣는 소리 같았지만 그러나 귀에 익은 경상도 말이 반갑게 느껴졌다.

"밥이 식기 전에 째기 나오시요."

같은 고함 소리가 또 들렸다. 그랬지만 잽싸게 일어나 밖으로 나가는 사기장은 아무도 없었다. 배가 고프지 않아서가 아니었다. 간밤에 눈꺼풀도 한 번 붙여보지 못한 데다 종일 걷다가 배를 타다가 하면서 지칠 대로 지쳐 천근만근이 된 몸이 제대로 말을 듣지 않아서였다.

성화가 계속되었다. 한두 명씩 눈을 비비고 일어나 앉았다. 그랬다가 다시 누워버리는 사기장도 있었다. 끝내는 모두 다 비틀거리며 안내자를 따라 불빛이 보이는 건물 뒤편 식당 쪽으로 갔다.

식당으로 들어서자 긴 식탁과 긴 의자들이 불빛에 훤하게 드러났다. 자리가 비좁았다. 그러나 어깨를 맞대며 앉기가 바쁘게 하얀 쌀밥이 일본식 밥그릇인 공기에 가득 담겨 나왔다. 왜된장 국그릇도 뒤따랐다.

불빛에 비치는 모락모락 나는 김이 사기장들의 시장기를 자극하며 입맛을 돋워주었다. 단무지가 있고, 알 수 없는 검푸른색 해초에 고명까지 섞어 무친 나물 반찬도 나와 희미한 불빛이긴 해도 식탁이 제법 풍성해 보였다. 건건이도 없이 그동안 마른 주먹밥만 띄엄띄엄 먹어오던 사기장 들에게는 왜된장으로 끓인 국이 곁들여져 나오는 식사는 생전 처음인 것 같았다. 아침에 먹었던 우동과는 달리 고향 맛까지도 있었다.

"내일 아침에도 이 자리에서 식사를 한다. 영주님이 너희들을 위해 여러 가지로 신경을 써주신 데 대해 고맙게 생각해라. 오늘은 식사가 끝나는 대로 모두들 일찍 자도 좋다. 알겠지?"

식사가 끝났다. 순왜는 영주님 덕에 쌀밥을 먹게 됐다는 것을 또 한 번 강조했다. 자리로 돌아온 몇몇은 곧 자려고 했지만 이번에는 잠이 쉬 오지 않았다. 삼룡이도 마찬가지였다.

"피곤한데 다들 어서 자라니까!"

자지 못하게 성화를 부렸던 순왜가 이번에는 모두들 잘 자고 있는지를 확인하기 위해 방 안으로 들어왔다. 잠을 이루지 못하고 있는 사기장 몇 명을 보자 어서 자라고 재촉한 뒤 곧장 밖으로 나가버렸다. 조금 있자 우두커니 앉아 있던 사기장들까지도 모두 자리를 잡고 누워 깊은 잠에 빠져들었다. 코 고는 소리가 들렸다.

"조금 있으면 냉기는 없어진다."

그러나 다다미방 생활을 하지 않았던 그들은 순왜가 나가면서 한 이 말을 아무도 귀담아들으려 하지 않았다. 시간이 지나면 체온이 스며 다다미가 따뜻해진다는 것을 사기장들이 알 턱은 없었다.

죽음과 삶이 불과 하룻밤 사이에 이렇게 뒤바뀌었다. 다들 살아 있다는 것이 정말 살아 있는 것인지 실감이 나지 않을 정도였다. 모든 것이 뜻밖이었고 새삼스러웠다. 그런 가운데 당장은 죽음을 비켜났다는 것에 안도하면서 이마리에서의 첫날 밤을 보냈다.

이튿날 아침, 날이 밝았다. 그러나 높은 산이 햇살을 먼저 가로채 해가 아직도 솟아오르지 않은 것 같았다. 정착할 곳이라고 자리를 잡고 난 뒤 처음으로 맞는 낯선 나라의 아침이었다. 모든 것이 서투르게만 느껴졌다.

밖에서 인기척이 났다. 그런데도 사기장들은 밖에서 나는 인기척에 아무도 불안을 느끼지 않았다. 왜성에 갇혀 있을 때나 일본 땅에 도착해 천막에 들었을 때와는 인기척의 느낌이 달랐다. 신경을 곤두세우고 긴장하면서 들어야 할 인기척은 아닌 것 같았기 때문이다.

잠에서 깨어난 삼룡이는 푹 자고 나서인지 정신도 맑아졌고 몸도 개운했다. 눈을 비비며 방문을 열고 밖으로 나왔다. 인기척이 있는 듯했던 마당은 텅 비고 조용했다. 산을 등지고 있는 아침의 분위기가 사기골의 아침을 머리에 또다시 떠올리게 했다.

"다들 일어나시요!"

날이 훤해졌는데도 밖으로 나온 사람들이 몇 명밖에 보이지 않자 어제 식사 시간을 알려줬던 그 사람이 삼룡이를 힐끗 보고 난 뒤 방 쪽을 향해 경상도 말로 크게 고함을 질렀다. 그리고 앞마당을 지나 뒷마당 쪽으로 사라졌다.

"밥 묵을 시간이요, 쌔기 나오시요!"

조금 전 그 사람이 다시 나타나 방을 향해 고함을 지른 뒤 되돌아갔다.

"밥 묵을 시간이 됐소. 빠지면 아침밥이 없소!"

아침밥이 없다는 소리가 들리자 누워서 뭉그적거리던 사기장들까지도 눈을 비비고 부스럭거리며 자리에서 일어났다.

변소와 세면대가 있는 한쪽 구석에는 목욕을 할 수 있는 칸도 따로 있었다. 거기서 여러 명이 차례로 찬물에다 후닥닥 세수를 했다. 그리고 어제 저녁 식사를 했던 건물 뒤 식당으로 가서 모두 함께 아침 식사를 했다. 순왜도 이 집에서 잤던지 식사 자리를 함께했다.

"물은 제법 차가울 것이다. 그래도 몸을 씻을 사람은 씻어도 좋다. 그런 뒤 모두들 거기서 옷을 갈아입어라. 갈아입을 옷은 영주님의 지시로 목욕탕 옆에 다 준비돼 있다."

뜻밖이었다. 몸에서 나는 퀴퀴한 냄새에 코를 찡그려야 했던 사기장들에게 얼마나 반가운 말인가. 그러나 삼룡이는 이 뜻밖의 파격적인 대우가 오히려 불안했다. 영주가 무엇 때문에 이렇게 따뜻한 밥을 먹여주고 옷까지 주는 것일까, 궁금했다.

"옷을 갈아입은 뒤 헌 옷은 그 자리에 두면 된다. 그리고 밖으로는 돌아다니지 말고 모두 방에서 기다려라. 물어볼 말이 있다. 알겠지?"

어제는 종일 반죽음이 돼 있었던 사기장들이 아침 식사가 끝나자 생기를 조금 되찾는 것 같았다. 나중에 삼수갑산에 갈지언정 따뜻한 밥을 먹을 수 있다는 것만 해도 우선은 살았다는 안도감이 들었다. 목욕탕도 생각보다 깨끗했다. 조선에서 큰 솥에 끓인 물을 떠내서 목욕하는 것보다는 여러 가지로 편했다. 찬물이어서 몸이 오그라들었지만 정신은 맑아졌다.

준비돼 있는 바지를 입었다. 헐렁했다. 윗도리도 조선 것과 달라 몸에 붙지 않았다. 그러나 냄새에 절었던 몸의 땟국을 씻고 깨끗한 옷을 갈아입자 삼룡이는 물론 석암이와 만석이 들은 모두 기분이 개운해졌다.

방에 들어온 사기장들은 다리를 뻗고 앉아 편안하게 쉬고 있었다. 순왜가 들어왔다. 그의 손에는 서류 뭉치가 쥐여 있었다. 그는 그것을 들여다본 뒤 한 사람 한 사람씩 차례로 질문을 했다. 조선에서 살았던 곳, 했던 일, 가마 일은 얼마나 했나가 질문의 중요한 내용이었다.

간단한 질문이기는 해도 모두에게 차례대로 묻는 것이어서 시간은 제법 걸렸다. 도자기 만드는 일은 본인이 직접 했는지, 그것을 어떻게 처리했는지, 흙은 어디서 구했는지도 물었다. 특히 고향에서 나는 흙에 대해서는 그 성질까지도 꼼꼼하게 물었다. 그사이에도 조는 사기장이 눈에 띄었다.

삼룡이는 끌려다니느라고 자신이 사기장이었음을 그동안 깜빡 잊고 있었다. 도자기를 자신이 만들었는가, 흙을 어디서 구했는가와 같은 구체적인 질문을 받자 비로소 자신이 사기장임을 다시 확인하게 되었다.

11

흙과 불의 극적인 만남

이마리에서 머무는 며칠 사이 삼룡이는 허물어질 대로 허물어졌던 원기를 어느 정도 추스르게 되었다. 축 처져 있던 다른 사기장들도 그사이에 말수가 조금씩 늘어났다. 웃으면서 서로 이야기들을 주고받기도 했다.

이야기를 주고받는다는 것은 마음을 서로 주고받는 것과 다르지 않았다. 함께 어울려 먹는 하루 세끼 밥은 외톨이가 된 마음을 서로 다독여주고 연결해주는 계기를 만들어주었다. 그러는 사이에 절망 속으로 한없이 빠져들어갔던 그들은 안정감도 차츰 되찾아갔다.

원기를 되찾자 삼룡이는 고향의 처자식 소식이 더욱 궁금해졌다. 억지로 헤어지고 난 뒤 한참이나 되었다. 그러나 처자식에 대한 소식은 칠흑이었다. 옆 사람들도 하나같이 같은 처지였다. 동병상련을 함께하는 동안 사기장들은 서로 점점 더 가까운 사이로 변해갔다.

이야기를 자유롭게 트면서 차츰 알게 되었지만 일행은 경상도에서 끌려온 사기장들뿐만이 아니었다. 전라도 강진에서, 심지어는 처음 들어보는 경기도 광주나 이천이라는 곳에서 잡혀온 사기장까지도 있었다.

그들 가운데는 쓰시마와 이키에서 사기장들이 서로 뒤섞이는 바람에 행선지가 엇나가면서 히라도까지 갔다가 살아서 함께 온 사기장들도 있었다. 선진리 왜성에서 배를 탔던 사기장들 가운데 여러 명이 이키에서 다른 배를 타는 바람에 서로 헤어져 버리기도 했다.

하는 일 없이 모두들 이마리에서 무료한 하루를 또 보냈다. 긴 하루였다. 어제 오후 한동안 보이지 않았던 순왜가 아침 식사가 끝나자 나타났다.

"다들 방으로 모여!"

그의 고함 소리 속에는 순왜 특유의 딱딱함은 이미 찾을 수가 없었다.

"내 이름은 김하룡이다. 오늘부터는 주먹밥을 하나씩 가지고 우리 모두 저 뒷산으로 올라간다. 거기서는 조선에서 본 그릇 굽는 흙이 있는지 자세히 살펴볼 것이다. 그리고 닥나무가 있는지도 살펴봐라. 있으면 그 장소를 즉시 보고해야 돼. 아니면 말뚝이라도 박아서 나중에 그곳을 찾기 쉽도록 꼭 표시를 해둬라. 알겠지?"

김하룡의 지시는 뜻밖이었다. 그러나 아무도 산에 간다는 말을 싫어하거나 불편하게 생각하는 기색은 없었다. 오히려 반가운 말로 받아들였다. 반복되며 계속된 지루한 일상에 변화가 주어지기 때문이었다.

그러나 마음을 트고 편하게 함께 살 수 있는 사람이 김하룡이라고 생각하는 사기장은 아무도 없었다. 조선에서 그에게 직접 잡혔던 것도, 일본으로 끌려왔던 것도 아니다. 이키섬에서 어쩌다가 바뀐 순왜였다. 그래도 자라 보고 놀란 가슴 솥뚜껑 보고도 놀란다더니 누가 뭐래도 순왜는 순왜였기 때문이다.

김하룡이 자신들에게 좀 친절했다고 순왜에 대한 비호감이 금방 호감으로 바뀔 수는 없었다. 그러나 김하룡은 히라도에서 자신들을 구해 여기까지 데리고 온 고마운 사람이라는 점은 부인할 수 없었다.

삼룡이는 김하룡에 대한 미운 감정을 미운 감정으로써 풀려고 하면 그 미운 감정은 영원히 풀리지 않을 것 같았다. 계속 미워하면 자신이 불편할 것도 같았다. 어차피 함께 살아야 할 처지라면 미웠던 감정을 마음속에서 스스로 지워가면서 함께 살아야 할 것이 아닌가, 그런 생각도 했다.

주먹밥을 챙겨 집을 나설 때는 젊은 순왜도 함께 따라나섰다. 그동안 드문드문 보였으나 산행에는 함께 어울린 것이다. 산속으로 들어가니 산세는 생각보다 험했다. 그리고 깊었다. 한참을 올라가자 하늘까지 가리는 바위 절벽은 이마리의 집에서 보기보다는 훨씬 크고 높았다. 그것이 앞을 가로막고 있었다.

그 큰 산은 목숨을 걸고도 넘기가 어림없을 것 같았다. 그런 험한 산을 오르느라고 모두들 땀깨나 흘렸다. 그러나 갑갑했던 터에 이루어진 바깥 출입이어서 그런지 쌕쌕거리면서도 일그러진 표정을 짓는 사기장은 없었다.

산을 덮고 있는 것은 대부분이 잡목이었다. 큰 소나무들도 꽤 있었지만 조선의 산처럼 온통 울창한 솔밭을 이루고 있지는 않았다. 당장 봐도 찾는 흙이 있을 것 같지는 않았다. 그러나 소나무 사이로 닥나무 정도는 있을 것도 같았다.

가지 끝이 세 갈래로 갈라진 조선의 닥나무, 호리호리하면서 키가 그다지 크지 않은 닥나무, 종이를 만들 때 쓰는 나무지만 이 산에 좀 있어 주었으면 좋겠다고들 생각했다.

한꺼번에 모두가 함께 우우 몰려다니지 않고 이쪽저쪽으로 편을 나누어 산속을 뒤지기로 했다. 한참 산속을 헤매고 다니다 보니 해가 중천을 돌았다. 그러나 그때까지 찾고 있는 것들은 눈을 닦고 봐도 어디에서도 아무것도 보이지 않았다.

상수리나무 곁을 지날 때 놀란 다람쥐 한 마리가 쪼르르 나무 위로 올라갔다. 사기골에서 보던 다람쥐를 닮았다. 삼룡이는 걸음을 멈추고 그놈의 행방을 눈으로 좇았다. 그놈은 가지 위에 앉아서 앞발을 비비며 삼룡이에게 뭐라고 말하는 것 같았다.

사기장들이 찾는 백자토 같은 흙은 이 산속에서는 끝내 보이지 않았다. 조선에서도 흔하지 않았는데 여기라고 쉽게 나타날 것인가.

점심때가 좀 지나서야 물이 돌돌 흐르는 계곡 옆에 자리를 잡고 모두 함께 둘러앉았다. 서늘한 산 위의 날씨였지만 기분 좋을 정도로 등에는 땀도 배어 있었다. 맛있는 반찬이 따로 있는 것은 아니었다. 그러나 단무지만으로도 간이 제대로 돼 전에 먹었던 주먹밥보다 훨씬 먹음직했다. 맑은 공기에 비벼 맛있게 먹은 뒤 계곡물을 한 움큼 손으로 퍼 마셨다.

손가락에 붙은 밥풀 하나까지 다 뜯어 먹은 뒤 오전에 하던 일을 오후에도 계속했다. 백자토뿐 아니라 닥나무라도 혹시 있지 않나 이번에도 다들 눈을 부라리며 돌아다녔다. 그러나 백자토는커녕 닥나무 역시 가지 하나 보이지 않았다. 바위산이 수수만년 비바람에 삭아서 모래가 되어 흘러내린 것들 위에 부엽토만 여기저기 수북하게 쌓여 있을 뿐이었다.

노지에서도 그 흔한 옹기토마저 눈에 띄지 않았다. 옹기토는 옹기를 구울 때나 쓰는 점질이 낮은 흙이다. 고급 그릇을 만들 때는 쓸모가 없는 흙이기도 하다. 낮은 열로써도 그릇이 되기는 하지만 견고성이 낮고 때로는 물까지 그릇 표면으로 번져나기도 해 가치가 낮은 흙이기는 했다. 그렇지만 그런 흙마저도 이 산에서는 볼 수가 없었다.

찾는 것이 보이지 않자 사기장들의 얼굴에는 차츰 실망의 빛이 감돌았다. 이러다가는 하루 일이 모두 허사가 될 것 같아서인지 김하룡의 얼굴에도 불안한 빛이 돌았다. 하늘 한가운데 떴던 해가 서천으로 반쯤 기울어지도록 헤맸지만 역시 허사였다.

삼룡이는 모래 알갱이 같고 희부연한 색의 사토질 흙이라도 있었으면 좋겠다는 생각을 했다. 그것을 가루가 되도록 잘 빻기만 하면 그 속에 들어 있는 백자 성분이 그릇을 만드는 데 좋은 원료가 되기도 한다는 것을 사기골에서 경험했기 때문이다.

아무리 부드럽고 가루 같은 모래흙이라도 그것은 원래 점착성이 약해 약간은 푸슬푸슬하다. 그래도 그것을 잘 다듬어 주무른 뒤 다른 흙을 섞어 그릇 모양을 만들고 높은 열을 주면 녹으면서 강한 응집력이 생긴다. 그렇게 되면 솜씨가 필요한 고급 기물의 성형도 가능해지는 것이다.

도요토미 히데요시가 이도다완(井戸茶碗)이라고 부르면서 홀딱 반했던 차 사발은 조선에서는 원래부터 귀한 것이 아니었다. 백련리 일대에서도 그랬다. 고급 주전자나 찻잔 만들기처럼 그렇게 어렵지도 않았고 정성을 크게 들이지 않고도 쉽게 만들 수 있는 것이 그런 막사발 종류였다.

순왜에게 잡혀오기 전 삼룡이도 사기골에서 그런 막사발은 가끔씩 만들었다. 공을 많이 들이지 않아도 쉽게 만들 수 있었고 값도 비싸지 않았다. 그렇기 때문에 귀한 것도 아니었다. 일본에서는 뜻밖에도 그런 막사발을 좋다고들 야단이었다. 백자토는 말할 것도 없고 그런 막사발을 만들 때 쓰는 흙마저도 이 산속에서는 도무지 찾을 수가 없었다.

흙은 쓰기에 따라 다르고, 그릇의 가치는 보기 나름이다. 사토를 가루가 되도록 잘 빻아서 성형시켜 구우면 이도다완보다 훨씬 더 고급 그릇도 만들 수 있다. 가마 안에서 1천 3백 도에 달하는 열을 맞으면 사토질의 흙은 불에 녹아 서로 엉기며 한 덩어리가 된다. 그 덩어리가 돌처럼 엉겨 붙으니 얼마나 단단하겠는가.

좋은 그릇의 탄생은 흙과 불이 제대로 만나야 가능하다. 그 비법을 체득한 사기장은 신기에 가까운 능력의 사기장이 된다.

사기장은 많지만 흙과 불의 조화를 극적으로 이뤄낼 수 있는 능력의 사기장은 그다지 흔하지 않다. 삼룡이 역시 아직 그런 경지에까지는 이르지 못했다. 그러나 희부연한 사토질을 손질해서 그것으로 좋은 그릇을 만들 수 있는지 어떤지는 구별할 수 있다. 그런 분별력으로 자신도 가마 안에서 불을 만난 흙이 유리 방울 소리까지 낼 수 있는 최고의 그릇으로 태어나도록 하겠다는 꿈은 갖고 있었다.

그러나 백자토도, 또 백자토 성분이 들어 있는 희부연한 흙덩이도 없는 곳이 이곳 같았다. 이런 곳에서 백자를 빚는 기술을 부린다는 것은 생각 저쪽에서 일곱 가지 색으로 보이는 무지개를 그리려는 일 같았다.

12

신기의 눈과 손

일본이 조선의 사기장들에게 눈독을 들인 데에는 여러 가지 이유가 있었다. 그 가운데서도 가장 큰 이유는 신기의 눈과 손을 가진 사기장들이 많아서였다.

때마침 일본에서는 고급 도자기 바람이 불고 있었다. 그러나 그들의 솜씨는 아직 조선의 수준에는 이르지는 못했다. 그런 일본에서는 평생을 오로지 그릇만 만들고 살다가 달인의 경지에 이른 조선 사기장들의 신묘한 솜씨가 필요했다. 삼룡이가 순왜의 밧줄에 묶인 것도 그런 이유에서 비롯된 일이었다.

나베시마 영주의 짐작으로는 이마리 산속에도 좋은 흙이 있을 것 같았다. 골이 깊고 산이 높아 그 산그늘 아래는 별의별 흙이 다 있을 것만 같았던 것이다. 그런 흙으로 조선 사기장들이 여기서 제대로 된 그릇을 만들어낸다면 이마리는 분명히 명기의 특산지가 될 것이라고 믿었다.

사기장을 산으로 보내 흙을 찾고, 거기에다 좋은 가마를 확보한다면 영주의 꿈은 이루어질 수 있을 것만 같았다. 그래서 그는 처음 아리타를 도자기의 명산지로 만들어 그 꿈을 실현하려고 했다. 그러나 아리타에서는 생각만큼 흙이 쉽게 찾아지지 않았다. 그래서 이마리의 산에도 사기장을 보내 흙을 찾아보기로 했던 것이다.

야심도 많고 자신이 지배하고 있는 곳에 대한 애착심도 끔찍한 그는 가신이자 자신의 손발이며 충성심이 특별히 강한 다쿠(多久)를 불렀다. 그래서 그에게 자신의 꿈을 자세히 설명했다.

다쿠는 나베시마가 번대장으로 조선 침략에 나섰을 때 목숨까지 걸고 충성을 다했던 가신이다. 한때는 그의 생명을 직접 지켜주는 근위대장이기도 했다. 자신의 뜻을 누구보다 잘 이해하고 확실히 실현시킬 수 있는 가신이었기 때문에 그에게는 자신의 속마음을 꾸밈없이 내보였던 것이다.

다쿠 역시 나베시마의 분신임을 자랑스럽게 생각하고 있던 터였다. 그에게 충성을 다하면 자신의 미래도 확실히 보장받을 수 있고 지위도 견고해진다는 것도 굳게 믿고 있던 터였다.

다쿠는 나베시마의 결심대로 그의 영지인 아리타에 도자기 가마단지를 만들 계획을 세우고 지시에 따라 그 일에 이미 착수한 바 있었다. 이마리는 그래서 야심 많은 나베시마의 뜻에 따라 더 새롭게 개척할 가능성을 타진하기 위한 두 번째 선택지가 되었던 것이다.

다쿠는 나베시마의 계획에 충실하게 따랐고 김하룡은 이마리 산속을 헤매고 다니는 다쿠의 사냥개 노릇을 성실하게 수행했다. 그래야만 자신의 삶이 보장되고 사기장들을 휘어잡을 수 있는 힘도 생길 수 있었기 때문이었다.

생명의 탄생을 알려주는 탯줄 같은 것, 좋은 그릇을 낳을 수 있게 해주는 탯줄과도 같은 그런 흙, 그래서 백자토를 아리타에서는 태토라고도 불렀다. 그런 태토를 이마리 산에서도 찾아보겠다는 것이 다쿠의 욕심이었다.

다쿠의 계획에 따라 김하룡을 비롯한 삼룡이 일행은 계속해서 산속을 뒤지면서 돌고 돌았다. 그날도 중천에 솟았던 해가 돌아 어느덧 서쪽으로 이울도록 하루를 산에서 다 보냈다. 그러나 그날 역시 산에서 얻은 것은 아무것도 없었다. 모두들 헛일만 하면서 또 하루를 보냈으니 마음이 편하지 않았다.

"빨리 내려갑시다. 조금 더 있으면 산은 갑자기 어두워져요. 그러면 내려가기 힘드니까요."

같이 산을 헤매던 젊은 순왜가 사기장들에게 하산을 독촉했다.

산에서는 해가 눈 깜짝할 사이에 뚝 떨어진다. 사기장들은 그것을 모두 잘 알고 있었다. 그렇기에 아무도 젊은 순왜의 말에 토를 달지는 않았다.

"손만 씻고 지금 바로 내려가야 돼."

김하룡도 그 말에 마음이 바빠졌던지 서두르기 시작했다. 결국 사기장들은 아무 성과도 없이 이날 하루도 또 산에서 허비해버리고 말았다.

다음 날에도 다 함께 다시 산에 올랐다. 정상에 자리 잡은 뵤후 바위산과 돈고 바위산, 그리고 세이라 바위산 아래까지 오르는 동안 전날 했던 그대로 이날도 모두 주위를 열심히 살폈다. 산은 큰 바위 덩어리였고, 산세가 험하기는 여기나 저기나 다 마찬가지였다.

하루만 아니고 연달아 험한 산을 타자니 모두들 다리도 아프고 허리까지 휘는 것 같았다. 그런데도 불평하는 사람은 없었다. 아무것도 찾지 못했지만 산을 헤매고 다니는 것이 두 손을 접고 집에 있는 것보다 마음은 훨씬 편했다.

또 허탕을 친 그 이튿날, 날이 저물기 전에 산에서 내려오면서 생각해도 삼룡이는 언제까지 이런 일을 되풀이해야 될 것인지 알 수가 없었다. 집에 갇혀 있는 것보다는 좋았지만 아무 성과도 없는 데 대한 심리적 부담까지야 없을 수 없었다. 산에서 내려와 모두들 저녁부터 먹었다. 식사가 끝난 뒤 낮에 흘린 땀을 씻기 위해 찬물을 뒤집어썼다. 피로가 확 풀렸다.

며칠 뒤였다. 그날도 또 산으로 가기 위해 다들 출발 준비를 하고 있었다. 그런데 김하룡이 갑자기 이날은 다들 집에서 하루를 쉬라고 했다. 그동안 고생했다고 쉬게 해주니 고맙지 않을 수 없었다.

그 말을 전한 뒤 김하룡은 낮 동안 내내 코끝도 보이지 않았다.

하는 일 없이 모두들 맹탕으로 집에서 한나절을 빈둥거리며 쉬었다. 그동안 쌓였던 피로가 풀리기는 했지만 아무것도 하지 않는 것이 갑갑했다. 쉰다는 것이 오히려 그들을 부자유의 올가미로 묶는 것 같았다. 전에 느끼지 못했던 묘한 기분이었다.

한나절에 불과했지만 뜻밖에 주어지는 막대한 자유의 시간, 그 시간은 향유하기도 힘들고 처리할 수도 없는 부자유의 시간 그 자체였다.

삼룡이는 문득 사기골이 머리에 떠올랐다. 잡혀오기 전 가마 일 없는 날이면 그는 가마에 쓸 나무를 도끼로 쪼갰다. 그런 일마저 없는 날에는 흙을 쓰기 좋게 고르기도 했다. 그래도 시간이 남으면 고른 흙을 가마터 한쪽으로 옮겨놓고 삽으로 두드린 뒤 거적을 덮어 숙성을 시켰다. 수비라고 하는 흙 다듬는 일을 하면서 시간을 그렇게 보냈다.

그런 날에는 마누라 역시 두 손 놓고 가만히 있지는 않았다. 아이들을 집에 두고 흙 범벅이 된 가족들의 옷가지를 챙겨 계곡 물가로 내려가 빨래를 했다. 우두커니 앉아 시간을 허비하는 일이란 그들에게는 없었다.

'마누라는 아무 탈 없이 잘 있을까? 아이들은?'

고향 뒷산에서 안개가 피어오르듯 사기골 생각이 머릿속에서 피어오르고 있었다. 이때 밖에서 누군가가 자신의 이름을 불렀다. 오전 중 내내 보이지 않았던 김하룡이었다.

그는 펄쩍 정신이 들었다. 밖으로 나가니 다른 몇 명도 김하룡과 함께 자신을 기다리고 있었다.

"따라와!"

김하룡이 앞서서 뒷마당에 있는 식당으로 들어갔다. 사기장들이 자리에 앉기 바쁘게 그는 식당 내부에 익숙한 듯 차 봉지와 찻잔을 한쪽에서 들고 나왔다. 따뜻한 물이 가득 담겨 묵직해 보이는 물주전자가 식탁 위에 놓여 있었다. 차 봉지를 터뜨려 차를 털어 넣으며 그가 말했다.

"어때? 이 근처 이마리 산속에다 가마를 만들면 될 것 같지 않아?"

뜬금없는 질문이었다. 사기장들은 서로 얼굴을 보며 어리둥절해 했다. 생각 밖의 질문이었기 때문이다. 평소 자신의 생각을 함부로 말하지 않는 삼룡이는 김하룡의 말을 듣고만 있었다.

"상관없어. 모두 제 생각만 말하면 돼."

그래도 서로 눈치만 볼 뿐 누구도 먼저 입을 열려고 하지 않았다.

"사실은 말이야, 다쿠 장군님이 오전에 나를 불러서 갔더니 영주님께서 여기 산속에다 가마단지를 만들고 싶어 하신다는 거야. 만일 여기 산속에 그런 가마단지를 만든다면 우리는 평생 할 일이 생기는 거지. 지금보다 훨씬 좋은 대접도 받을 수 있을 것 같고 말이야."

사기장들은 그래도 모두 묵묵부답이었다.

"다쿠 장군님의 말인데 말이야, 여기다 좋은 가마를 잘 짓고 나면 영주님은 영주의 자리를 아들 나베시마 가쓰시게(鍋島勝茂)에게 물려주려고 하고 계신다는 거야. 자신은 은퇴해서 이곳 이마리 산속에서 여생을 보냈으면 하신다고 그러셨대. 그렇게만 된다면 우리에게도 좋지 않겠어?"

김하룡의 말을 들자니 그도 그럴듯했다. 그래도 삼룡이는 물론 다른 사기장들 역시 말을 듣기만 했지 아무도 먼저 입을 열려고 하지는 않았다. 김하룡은 답답하다는 듯

"자칫했으면 모두 노예로 팔려갈 뻔했잖아? 그런데 너희들을 구해준 분이 나베시마 영주님의 명령을 받은 다쿠 장군님이셨잖아?"

김하룡은 잠깐 말을 멈췄다. 그리고 사기장들의 눈치를 살핀 뒤

"가마단지를 만들기가 쉽지 않다는 말이지? 나도 같은 생각이야. 그래도 우리가 여기 아니고 갈 곳이 따로 어디에 있겠어? 여기서 살아갈 방도를 찾아야지. 다쿠 장군님의 뜻을 받들어서라도 말이야. 알겠지?"

틀린 말은 아니었다. 사기장들은 또 서로를 바라봤다. 생각이 같은지

어떤지 눈치를 살피는 것 같았다.

"산속에는 흙이 없었는데 흙이 있어야 가마도……."

경기도 광주의 남종이라는 곳에서 잡혀온 사기장이 먼저 입을 열었다. 평소에는 말이 없고 점잖아 눈에 잘 띄지도 않았던 사기장이다. 그는 다른 사기장들을 둘러봤다. 무언의 동의를 구하는 것처럼 보였다.

"나도 뒤에 알았지만, 다쿠 장군님께서는 그래서 우리들에게 이 근처에 흙이 있는지 찾아보라고 하신 거야. 다 영주님의 뜻이었어. 흙을 찾을 수 없으면 다른 방법도 생각하고 계셔. 다른 곳에서 흙을 가져와서 쓰는……."

김하룡은 뭔가를 잠시 망설이다가

"사실 나는 임진란 때 여기 영주님의 영지에 포로로 잡혀와서 잠깐 있었어. 그러다가 두 번째 전쟁이 터질 무렵 다시 조선으로 나갔지. 일본말을 조금 한다고 솔직히 나쁜 짓도 많이 했어. 다 살려고 한 짓이었지만."

찻잔의 차가 다 식어버렸다. 그래도 그는 차를 마실 생각은 하지 않고 묻지도 않은 자신의 지난날 이야기까지 털어놓았다.

"전쟁이 끝날 무렵 쓰시마에 먼저 건너와 있었어. 잡혀오는 사기장들을 인솔하라는 명령을 받고 말이야. 그러다가 쓰시마와 이키에서 두 번이나 사기장을 보내는 일에 혼선이 생겼어. 너희들이 뜬금없이 나와 함께 포르투갈 부두까지 갔다가 살아서 되돌아온 것도 그래서였어."

그는 잠시 말을 멈추고 찻잔을 들어 식어버린 차로 목을 축였다.

"그런 일이 있고 난 뒤 다쿠 장군님은 나를 더 신임하시게 된 거야. 산에 올라가서 흙이랑 나무를 찾고 있는 너희들의 이야기도 다쿠 장군님을 통해 영주님께 자세하게 보고할 수도 있게 되고 말이야.”

평소에 소문만 들어왔던 다쿠가 그렇게까지 그를 신임하고 있었다는 것은 다들 처음 알게 되었다. 그런 김하룡이라면 평소에 어깨에 힘이 들어갈 만도 한데 그로부터 그런 느낌은 받지 못했다. 어딘지 그가 가마 일에 좀 서투른 것 같다는 느낌은 들었다. 그것이 이유였던지 알 수는 없었다.

“흙이 없으면 가마를 지어도 헛일이라는 말이지? 나도 장군님께 그런 말씀을 드렸어. 그랬더니 가라쓰 지역이나 다케오 등 이웃 다른 곳에 조선식 가마가 모두 열세 곳이나 있다는 거야. 거기서 흙을 나누어 쓸 수 있을 것 같다는 말씀까지도 하셨어. 그게 안 되면 우리가 그쪽으로 가서 일을 하게 될지도 몰라. 그렇게 되는 것은 좀 걱정스러워. 거기 가서 다른 사람들 아래서 일하면서 살아야 되니까 말이야.”

김하룡의 뜻밖의 설명에 모두들 은근히 놀랐다.

일본 말을 조금 할 줄 알아서 그가 가끔씩 어디로 불려 다니는 줄만 알고 있었다. 그러나 그의 말을 듣고는 모두 놀라지 않을 수 없었다. 자칫하면 그동안 함께 고생했던 사기장들이 모두 이마리를 떠나 가라쓰나 다케오 같은 곳으로 뿔뿔이 흩어질지도 모른다는 생각이 들어서였다.

“어젯밤에도 다쿠 장군님이 불러서 거기까지 갔었어. 오늘 이른 아침에도 또 불렀어. 이마리 산속이 가마를 지을 수 없는 곳이라면 어쩔 수 없으나 사기장들의 의견이나 한번 자세히 들어보라고 하시는 거야.”

“흙만 제대로 구할 수 있다면 가마를 지어 안 될 것도 없겠구먼요. 저는요, 광주에 있을 때 조정에서 쓰는 그릇을 굽는 가마에서도 일했는데요, 난리가 나자 사기장들은 모두 몸을 비켜버렸거든요. 그래도 어데서 구했던 것인지 가마니에 그득 든 흙들이 그대로 있었어요. 여기서도 우선은 다른 쪽에서 흙을 가져와 쓰다 보면 어디서든 흙은 나올 것도 같구먼요."

"그렇지?"

김하룡은 귀를 쫑긋했다. 그리고 무슨 말을 더 하려고 했다. 그러나 광주에서 온 사기장은 그의 말을 천천히 더 계속했다.

"가마를 지어도 좋을 것 같구먼요. 여기서 멀지 않은 곳에 여러 군데나 가마가 있다고 하니 우리가 흙을 찾을 때까지는 우선 거기서 좀 끌어다 쓰면 될 것도 같구요."

김하룡은 그의 말을 막으며

"아리타에서도 지금 온 산을 뒤지며 흙을 찾고 있다고 했어. 영주님은 만일 거기서 흙을 발견하게 되면 그것을 이쪽으로도 가져와 쓸 계획을 하고 계신다는 거야. 분명하게 그렇게 말씀하셨어."

"그렇다면 우리가 싹 다 아리타로 가면 되는 거 아닙니꺼?"

지금까지 조용히 앉아 있던 삼룡이가 뜬금없는 한마디를 거들었다. 예상 밖의 질문에 김하룡의 표정이 약간 당황스러운 듯 일그러졌다.

"그것도 생각해봤지. 그렇지만 어림없어. 영주님께서는 큰 꿈을 가지고 계셔. 그래서 우리가 이마리로 오게 된 거야."

그는 목이 마른지 차를 또 홀짝 마셨다. 그리고 말을 이었다.

"만약 우리가 여기서 좋은 그릇을 만들게 된다면 이 포구를 통해서 그것을 외국에다 직접 내다 팔 계획도 가지고 계시거든. 그래서 우리를 처음부터 아리타로 보낼 생각은 망설이고 계셨던 것 같아."

사기장들은 입을 닫은 채 김하룡의 말을 듣고만 있었다.

"이 일은 영주님께서 꼭 하실 것 같아. 우리가 아니면 누구라도 데리고 말이야. 이 일에 얼마나 관심이 컸으면 이곳에 가마단지가 만들어지면 영주님께서는 아들에게 번주 자리까지도 물려주시고 아예 이곳으로 오셔서 만년을 보낼 생각이라고 하셨겠어?"

그러나 사기장 가운데는 이 일이 쉽지 않을 것 같다고 생각하는 사람도 없지는 않았다. 꼭 있어야만 될 흙을 찾아 몇 차례나 산을 샅샅이 돌았지만 모두 허탕이었기 때문이다.

조선에 있을 때는 어쩌다가 돌산에서도 흙을 찾아낸 일이 있기는 했다. 거기서 백자토 덩이가 나오기도 했다. 그러나 이곳 산은 생김새부터가 조선의 산과는 달랐다. 이런 곳에서 백자토 같은 것을 찾는 것은 아무래도 숲에서 물고기를 낚으려는 헛일같이만 생각되었다.

여기서 흙을 찾지 못한다면 근본적인 일은 풀리지 않을 것 같았다. 모두들 김하룡의 말을 들으면서 나름대로 생각하는 것도 있었다. 그러나 사기장들은 그의 말을 듣기만 했지 이상 더 입을 열려고 하지는 않았다.

"더 할 말은 없어? 왜 아무도 말을 안 하지?"

김하룡은 갑갑했다. 사기장들로부터 가능성이 있다는 말을 직접 듣고 싶었다. 그러나 누구도 그런 말을 쉽게 하지는 않아서였다.

"우선 가라쓰의 흙을 가져다 쓰다가 그것이 동이 나면 쓰시마나 다른 어느 곳에서라도 흙을 끌어다 쓰려고 하실 것 같아. 다쿠 장군님은 그런 힘이 있어. 우리가 그 문제를 걱정할 게 뭐 있어?"

잠시 말을 쉬었던 그는 다시 입을 열었다.

"어떻든 이곳 이마리 산속이 제일 탐나는 곳인가 봐."

김하룡은 여기에다 가마를 짓는 것이 좋겠다는 결론을 내리고 있는 것 같았다. 사기장들도 이야기를 들으면서 흙만 공급된다면 못할 것도 없을 것 같다는 생각은 들었다.

"쓸 나무는 충분하겠지요?"

김하룡은 이런 질문이 나오자 기다렸다는 듯 즉답을 했다.

"나무는 우리가 걱정할 것은 없어. 산속을 돌며 우리 눈으로 직접 다 봤잖아. 나무 걱정까지는 안 해도 돼."

"닥나무는 그륵 꿉는 데는 아무 씰모도 없는 기 아닙니꺼? 종이 맨드는 데나 쓰는 나무라서 말입니다."

입을 닫고 듣기만 하던 다른 사기장 한 명도 드디어 입을 열었다.

"그렇지. 나도 처음에는 그렇게 생각했어. 그런데 그것은 영주님의 특별 지시였다는 거야. 조선 닥나무 껍질로는 질기고 아주 좋은 고급 종이를 만들 수 있다지 뭐야. 그래서 영주님이 다쿠 장군님께 이마리 산속에 닥나무가 있는지 찾아보라고 지시를 하셨던 거야. 도자기 포장지로 쓰려고 그러시는 것 같아. 그렇지만 없는 것을 어쩌겠어?"

사기장들은 이 말에 놀랐다. 영주가 가마는 물론 도자기 포장 종이까지도 생각하고 있다니 한 번도 그를 본 일은 없었지만 그의 치밀함에 놀라지 않을 수 없었다.

김하룡은 다시 말을 이어갔다.

"영주님이 조선에서 절에 쳐들어갔을 때 중들이 닥나무 껍질로 종이를 만들고 있었던 거야. 그걸 보시고 다쿠 장군님에게 절에서 종이를 만드는 이유를 알아보라고 지시했다는 거야. 다쿠 장군님이 정보병들을 통해서 이유를 알아보았더니 불경을 만드는 데는 닥종이가 제일 좋기 때문에 그렇게 만들고 있었다는 거야. 그래서 여기서도 닥나무를 찾아보라고 하셨어. 알겠지?"

그는 말을 하다 말고 갑자기 두 손으로 손바닥을 싹싹 비비며 생각난 듯 설명을 계속 이었다.

"영주님은 일본에서도 꼭 그런 질 좋은 고급 종이를 만들고 싶으신가 봐. 다쿠 장군께서는 그런저런 이야기까지 다 들려주셨어."

다쿠 장군이 가끔씩 김하룡을 불렀던 이유를 좀 더 자세하게 알 수 있었다. 단순히 일본 말을 좀 해서 그랬던 것이 아니라 그를 잘 움직여야 여기서 추진하고자 하는 일이 제대로 될 것 같았기 때문이었다.

지난 전쟁 때 나베시마는 사기장들을 많이 잡아왔다. 도요토미 히데요시가 죽고 난 뒤에도 누구보다 많은 사기장들을 서둘러 잡아들였다. 행선지가 뒤죽박죽이 되어 쓰시마로 휩쓸려온 사기장들은 중간에서 모조리 자신의 영지로 끌고 왔다.

다른 영주들은 일본 중부의 기후라는 곳에다 '미노야키'라는 가마를 지었다. 후쿠오카에는 '다카도리야키', 에히메에는 '세토야키', 야마구치에는 '하기야키', 자신의 영지 옆 구마모토에는 '야쓰시로야키'라는 가마들을 고급으로 지었다. 남에게 뒤지고는 못 견디는 나베시마는 거기에 크게 자극을 받았다. 불같은 경쟁심이 더 좋은 가마를 만들도록 그를 다

그쳤다.

그는 자신의 영지 안에다 일본 최고의 가마를 짓기로 결심했다. 고급 기술은 조선에서 끌고 온 최고급 사기장들의 솜씨를 최대로 활용해서 해결하기로 했다. 그들로 하여금 아리타, 심지어 이마리 산속에서까지 가마단지를 만들게 해서 도자기를 생산하게 함으로써 도자기 경쟁에서 일본 최고가 되겠다고 작심했던 것이다.

다쿠는 처음 나베시마의 계획에 따라 아리타를 가마단지의 적지로 지목했다. 그곳에는 조선에서 끌고 온 이상병이란 사기장이 이미 가마단지를 만들기 위해 명령을 기다리고 있었던 터였다. 경상도 김해에서 끌려온 그에게 주어진 다쿠의 첫 번째 지시는 우선 가마 일을 할 수 있는 흙부터 찾으라는 것이었다.

전쟁이 터진 뒤 이상병은 김해 일대에서 순왜 노릇을 했다. 왜군에게 부역하면서 여러 곳을 돌아다녔다. 그러면서 사기장들을 끌어오는 데 적극적으로 협조했던 인물이다. 거역했다가는 생명이 위태로운 판에 그라고 목숨을 걸고 명령을 거역할 수는 없었다.

그가 특히 신임받는 순왜가 될 수 있었던 것은 김해 지역에 주둔해 있던 나베시마 장군의 뒷배가 있었기 때문이기도 했다.

이마리에 정착하게 된 김하룡은 가까운 곳에 포진하고 있는 이상병이 신경 쓰였다. 그가 먼저 와서 이미 자리를 잡고 있었기 때문이다. 거기에다 평판까지 좋다니 자신들이 상대적으로 위축되지 않을 수 없었다.

생각만으로는 같은 순왜 출신이라면 이상병이나 자신이나 크게 다를 것이 없을 성싶었다. 그러나 먼저 왔다는 강점을 무시할 수는 없었다. 조선에 있을 때는 순왜라면 누구라고 특정할 것도 없이 사기장을 잡아 왜군에 넘겼다. 왜군에게 굽신거렸던 짓도 이상병이나 자신이나 서로 다를 것이 하나도 없었다. 따지고 보면 둘 다 도긴개긴이라는 생각이 들었다.

이상병의 아리타 사기장들이나 김하룡의 이마리 사기장들의 그릇 만드는 기술의 우열은 아직은 가려지지 않았다. 그렇지만 경험으로는 서로 샅바를 한번 잡아봐도 될 성싶었다.

그가 했던 순왜 짓도 자청해서 했던 것은 아니었다. 왜병에게 끌려갔던 것이 계기가 되었을 뿐이었다. 전쟁이라는 극단적 상황 아래서는 원래 선했던 인간이라도 살아남기 위해서 힘센 자의 꼭두각시 노릇을 하면서 악행을 저지르지 않을 수가 없게 된다. 그게 보통 사람들의 삶의 행태다.

순왜 짓은 그릇을 잘 구워내는 기술과는 아무런 연관이 없었다. 김하룡은 일본어가 조금 되었기 때문에 다른 순왜에 비해 그것이 장점이라면 장점이었다. 그로 인해서 좀 더 후한 대접을 받았을 뿐이다.

길지는 않았지만 김하룡도 몇 년 동안 가마 일을 하기는 했다. 이상병이 그런 일을 얼마나 했는지는 알 수 없다. 일본 사람들이 사족을 못 쓰는 막사발을 굽는 데는 그렇게 대단한 기술이 필요하지도 않다. 그것만 가지고 비교한다면 이 역시 이상병에게 크게 꿀릴 것도 없을 성싶었다.

도요토미 히데요시가 살았을 때 그렇게 좋아했다던 사발은 그냥 미끈하게 생긴 조선 막사발이었을 뿐이다. 전쟁 중 조선 여기저기에서 끌려온 사기장들이 일본 서남 지역에서 특히 평판이 좋았던 것은, 그런 막사발을 그들이 모양 좋게 잘 구워내었기 때문이었다.

김하룡의 생각이 여기에 미치자 이상병과는 겨루어볼 만할 것도 같았다. 일본 사람들이 가장 좋아하는 막사발은 구워봤던 경험도 있고, 자신과 함께 있는 사기장들은 거의 대부분 경상도 출신이라는 것도 안심되는 일이었다. 거기에다 자신과 함께 있는 사기장 가운데는 궁중에 납품하는 어기(御器)를 굽는 관요 출신 사기장까지도 있다는 것이 강점이라면 상당한 강점이었다.

김하룡은 그런 생각을 하면서 사기장들과 함께 이마리 깊은 산속을 며칠이고 헤맸다. 그러나 허탕이 되풀이되었고 일이 쉽게 풀릴 것 같지도 않았다. 근본적으로 조선의 산과는 흙이 달랐기 때문이었다. 찾아낸다면 다행이지만 끝내 찾지 못한다면 기대하고 있는 나베시마 영주와 다쿠 장군에게 실망을 줄 것은 뻔했다.

그런데 뜻밖에도 다쿠 장군이 새로운 계획을 알려준 것이다. 그것은 이마리 산속에다 새로운 가마단지를 만들겠다는 계획이었다. 그러나 그 계획은 듣기처럼 그렇게 쉽게 될 것 같지는 않았다. 어떻든 그 계획이 이루어진다면 그들에게는 그릇 굽는 일이 생길 반가운 소식임에는 분명했다.

가라쓰 등 여러 곳에서 가져온 흙으로 그릇을 만들게 하더라도 승부는 사기장의 기술에 걸렸다. 그것이 문제라면 그것도 크게 걱정할 것은 없었다. 이마리에 가마만 잘 만들어낸다면 질 좋은 그릇을 충분히 구워낼 수 있을 것 같았기 때문이다.

"생각해봤는데 말이야, 나는 가마를 새로 지어서 우리한테 나쁠 것은 하나도 없을 것 같아. 그러니까 내일은 가마를 앉히기에 좋은 곳이 있는지 산에 올라갔을 때 그것도 단단히 한번 살펴보자고."

김하룡은 가마를 지을 수 있는 터도 찾아보자고 했다.

"가마를 짓는다 카믄 그것은 싹 다 오름가마라야 되것지요?"

"오름가마?"

김하룡은 오름가마에서 일해보지는 않았다. 그러나 오름가마를 모르지는 않았지만 그다지 밝지도 못했다.

"예. 그래야 펭지의 단실가마보다 불도 쎄고, 좋은 그륵이 많이 나오지요. 옹기 그륵 겉은 거는 처음부터 맨들라꼬 허지 안을 끼 아닙니꺼?"

물론 그가 말하는 옹기를 여기서 만들 이유는 없었다. 김하룡은 그런 정도로 이야기를 주섬주섬 끝냈다. 그리고 누군가의 질문을 또 얼버무린 뒤 자리에서 일어섰다.

삼룡이는 그릇을 굽는 일을 하면서 하루를 보낼 수 있다면 어떤 가마를 어디에다 만들든, 무슨 그릇을 굽든 가족과 떨어져 있는 것 외에는 크게 심심할 일은 없을 것 같았다. 그만해도 다행이란 생각까지 들었다.

13 순왜들이 사는 길

김하룡은 주변에서 일어나는 모든 일을 전부 다쿠에게 보고했다. 가마를 새로 만드는 것에 대한 사기장들의 생각 역시 빠뜨리지 않았다. 지금까지 이렇게 해옴으로써 다쿠로부터 상당한 신임도 받을 수 있었다. 둘의 사이를 마치 악어와 악어새의 관계처럼 만들었던 것이다.

다쿠는 임진왜란 때도 병사 3천을 이끌고 함경도 공격의 선봉에 서서 나베시마를 도왔다. 김해로 회군했을 때는 성을 쌓는 일에도 그가 앞장섰다. 죽도왜성을 비롯, 호포, 미사 등에다 크고 작은 성을 구축하는 일까지도 그가 진두지휘했다. 그런 그였기에 나베시마는 늘 그를 곁에 두고 있었다.

도요토미 히데요시가 죽은 뒤 나베시마는 다쿠와 함께 자신의 영지로 귀환했다. 세상이 바뀌자 도쿠가와 이에야스(德川家康)의 세력이 크게 강화됐다. 나베시마는 과감하게 도요토미 히데요시 잔존 세력의 그늘에서 벗어나 그들과는 경쟁 관계였던 도쿠가와 이에야스의 줄에 섰다. 그리고 일본 천하를 통일하는 이른바 세키가하라 전투에 참전, 도쿠가와 이에야스가 도요토미파를 누르고 승리하는 데 기여했다.

그 보상으로 나베시마는 사가번 히젠국(肥前國)의 텐산 아래 광활한 평야 35만 석의 영지를 그대로 확보하면서 영주로서의 지위까지 탄탄하게 굳혔다. 그는 다쿠를 계속해서 그의 최측근에 두고 자신의 영지 남서쪽 아리타와 이마리 주변 일대의 관리도 맡겼다.

나베시마의 뜻에 따라 다쿠는 처음 아리타 일대를 도자기 마을로 만들 계획을 세웠다. 그리고 김해에서 끌고 온 이상병을 거기서 일하게 했다. 이상병은 눈치 빠르고 고분고분한 성격이어서 일을 잘할 것 같아서였다.

다쿠 아래로 들어와 아리타에서 안정된 자리를 잡게 된 이상병은 예상대로 그에게 충성을 다했다. 갈대는 바람에 휘고 인간은 세력에 휜다. 이상병은 막강한 힘을 가진 다쿠 앞에서는 언제나 머리를 조아렸다. 바람이 불면 머리를 숙일 줄 아는 갈대가 되었던 것이다.

다쿠는 냉정했다. 그리고 영리했다. 이상병이 아무리 그에게 고분고분하며 충성을 다하는 것 같아도 그의 마음까지 이상병에게 내어주지는 않았다. 지나치면 부족함보다 못할 수도 있다. 다쿠가 이상병을 적당한 거리에 두기로 한 것은 무턱대고 부하를 신임하다가 낭패를 보기도 했던 전쟁의 학습 효과 때문이었다. 그에 대한 신임은 오로지 그의 도자기 기술과 충성심이 필요해서였을 뿐이었다.

전쟁터에서는 잘 간수하지 않으면 안 되는 꼭 필요한 것이 병기다. 그런 병기라도 버려야 할 때면 과감하게 버려야 짐이 안 된다. 다쿠는 그것을 잘 알고 있었다. 인간을 다룰 때도 용불용설을 철저히 믿었다. 매사를 군 지휘관으로서 사고했고, 행동에서는 냉정함을 잃지 않았다.

바로 그럴 즈음 이상병을 기술적으로 적당하게 견제할 수 있는 사기장들을 인솔하고 올 것이라고 생각했던 김하룡이 빈 몸으로 다쿠 앞에 나타났다.

김하룡은 그에게 북새통 속에서도 사기장들을 무사히 포르투갈까지 데려가 포로상들에게 넘겨주고 왔다는 뜻밖의 보고를 했다. 순간 다쿠는 벼락이라도 맞는 것 같았다. 자칫하면 자신의 계획이 너스레를 밟아 허방에 빠질 수도 있다는 것을 직감했다. 그뿐 아니었다. 나베시마 영주가 이런 사실을 알게 되면 일 처리가 깔끔하지 못했다는 불벼락을 피할 수 없을 것이 분명했다.

다쿠는 아찔했다. 사태를 즉시 원상태로 돌려놓아야만 했다. 이유야 어떻든 불문곡직하고 우선 히라도의 포로 창고에 갇혀 있는 사기장들을 모두 구해 와야만 했다. 그는 즉석에서 사기장들을 구해 올 대책을 마련했다. 그리고 말과 사람을 붙여 선걸음으로 김하룡을 다시 히라도까지 보냈다.

시키는 대로 김하룡은 밤을 새워 히라도로 달려갔다. 그리고 사기장들을 모두 구출해 무사히 돌아왔다. 다쿠는 결과에 크게 안도했다. 어려운 문제를 어떻든 밤을 지새우며 해결해준 김하룡이 그때부터 그에게는 믿음직스러운 사람으로 변했다.

세상에는 뜬금없는 행운이 가끔씩 찾아온다. 곡절도 모르고 사기장 호송에 끼어들게 되어 면하기 어려웠던 화가 행운으로 반전된 김하룡의 경우가 바로 그런 예다.

영리한 다쿠는 이상병이 자칫 넘치는 일을 할지도 모른다는 의구심을 갖고 있던 터였다. 그런 때에 위기를 극적으로 해결한 김하룡이 자신 앞에 나타난 것이다. 그가 고마웠다. 그 고마움이 그를 향한 신임으로 바뀌었던 것이다.

낌새를 눈치챈 이상병은 다쿠에게 더욱 굽실거렸다. 그러면서 그에게 견마의 충성을 다했다. 다쿠는 그런 것이 싫을 이유가 없었다. 자신에게 불리할 것이 없기 때문이었다. 사실, 그가 노렸던 일이기도 했다. 다쿠는 이상병을 한 축에, 그리고 김하룡을 다른 한 축에 얹어놓았다.

이마리의 사기장들은 김하룡과 함께 또다시 산으로 올랐다. 경사가 너무 급하지 않은 곳, 그러면서도 물이 부족하지 않게 흐르는 곳, 나무와 흙을 져다 나르기에 너무 힘들거나 어렵지 않은 곳, 바람이 아주 심하게 맞부딪히지는 않는 곳을 찾았다. 그러나 그런 곳을 찾기는 쉽지 않았다.

그래도 이 산속에다 가마를 꼭 앉혀야 한다면 어쩔 수 없는 일이었다. 아무 탈 없이 소성 작업을 완성시켜 나가기에는 아무래도 성글고 정리가 되지 않았지만, 삶과 직결된 문제였기 때문에 피할 수 없는 일이었다.

하릴없이 허송세월을 하면서 논다는 것은 힘든 일이다. 경우에 따라서는 일하기보다 견뎌내기가 어려운 것이 노는 일이다. 이마리에서 매양 두 손을 접고 있었던 일을 생각하면 어떤 환경일지라도 일하는 것이 노는 것보다 더 낫다는 것을 사기장들은 이미 경험해보지 않았던가.

만약 일이 제대로 안 돼 낯선 곳의 가마로 옮겨 거기서 일하게 된다면 인간관계 등 모든 것이 서투르고 피곤할 것이 뻔했다. 그렇게 되기보다는 힘이 들더라도 이 산속에서 모두가 함께 일터를 일구고 가꾸어 자리 잡고 사는 것이 훨씬 마음이 더 편할 것 같았다.

송충이는 가시에 찔려도 솔잎을 먹으면서 살아야 한다. 갈잎을 먹고는 살 수 없다. 사기장들은 비록 환경이 척박하더라도 가마터에서 서로 어울려 일하면서 살아야 한다. 그렇다면 낯선 곳에 가는 것보다 이마리 산속에다 가마터도 일구고 함께 사는 것이 훨씬 좋을 것 같았다. 그런 생각을 하자 이런 산속이라고 그런 일을 못 할 것도 없다는 생각이 들었다.

삶의 터전이 될 곳을 찾아 돌다가 산에서 내려오니 저녁 식사 시간이었다. 김하룡은 식사가 시작되기 전 사기장들을 모두 한 곳에 집합시켰다.

"뜻밖의 일이 생겼다. 우리는 모두 아리타로 옮겨 거기서 일을 해야 될 것 같다."

모두들 놀랐다. 모처럼 마음을 다잡고 산속에서라도 살 준비를 해야겠다고 생각하면서 내려온 사기장들이었다. 그들은 이 뜻밖의 말을 듣고 아연해지지 않을 수 없었다.

그렇다면 무엇 때문에 산에 오르게 했고 거기서 일을 해야 한다고 말했는지 알 수가 없었다. 아리타로 가서 그릇 굽는 일을 하라는 것인지, 다른 일이라도 해야 한다는 것인지 마저도 알 수 없었다.

"다쿠 장군님의 지시다. 나도 자세히는 모르지만 거기에 가서 흙과 닥나무를 찾고 가마를 만드는 일도 해야 할 것 같다."

"가마도 맨들고요, 우리는 싹 다 조선에서 그릇도 꿉고 그랬는디 거기

가서 그런 일을 새로 배우라는 말입니꺼? 누구한테요?"

"그라믄 언제 우리는 이쪽으로 도로 돌아오게 될 낍니꺼?"

질문이 터지자 입을 닫고 있던 다른 사기장들도 여기저기서 한마디씩 거들었다.

"장군님의 부하가 전해주고 간 말이어서 나도 거기 가서 뭘 할지 자세히는 모르겠는데…… 아마도 거기서 그런 일을 해야 할 것이 아닌가 생각하고 있을 뿐이야."

김하룡은 사기장들이 묻는 말에 이렇게 어물거릴 수밖에 없었다. 말하는 김하룡의 표정도 좋지는 않았다. 사기장들도 더 물어봤자 속만 상할 것 같았다. 김하룡을 더 어렵게 해서 마음 편할 것도 없겠다는 생각에서 그들은 모두 입을 닫아버렸다.

다음 날 사기장들은 모두 이마리를 등졌다. 이마리 산속에서 정착하는 것으로 알고만 있던 것이 순식간에 이렇게 뒤틀려버리고 만 것이다. 그러나 모든 것이 수동적일 수밖에 없는 그들로서는 도무지 어떻게 할 수 있는 일이 아니었다.

이쪽으로 끌려왔다가 다시 저쪽으로 끌려가 산속을 헤매더라도 남의 나라에 잡혀 와서 아무 힘 없는 그들로서는 하라면 하는 수밖에 없었다. 그저 살아 있는 것만으로도 다행이라고 생각하면서 시키는 대로 할 수밖에 없는 것이 그들의 삶이었다.

옮긴다고 해도 준비해야 될 것은 아무것도 없었다. 가족은 말할 것도 없고 이삿짐 하나 가져갈 것도 없으니 그냥 몸만 떠나면 되었다.

이마리를 떠나던 날은 김하룡이 길을 앞섰다. 아리타에서 안내를 위한 젊은이 두 명이 일찍 와 있었다. 어제까지만 해도 이마리 산속에다 가마를 만들 계획을 하고 있던 김하룡은 이동하는 동안 별말이 없었다.

"거기 가서 뭘 한다요?"

삼룡이 곁에 붙어 오던 석암이도 궁금하다는 듯 조금 전에 물었던 것을 또 물었다. 삼룡이는 그냥 입을 닫고 걷기만 했다. 김하룡의 짐작도 이미 눈치채고 있었기 때문이다.

아리타는 이마리에서 그렇게 먼 곳은 아니었다. 산 하나를 넘자 눈앞에 곧바로 내리막이 열렸다. 이마에 큰 바위를 이고 있는 고시타케산도 보였다. 거기서 다시 산속에 있는 큰 못 쪽을 향해 좀 더 내려갔다. 눈앞에 다락논이 펼쳐졌다. 다락논과 논 사이에 자리 잡고 있는 작은 집 사이를 비켜 조금 더 내려갔다.

마침내 아리타 마을이 눈앞에 펼쳐졌다. 산동네라고 부르기에도, 그렇다고 평지라고 부르기에도 어중간한 낮고 질펀한 구릉지대 동네였다. 억새 띠 같은 것으로 지붕을 두껍게 덮은 집들이 여기저기 흩어져 엎디어 있었다. 거기서 오른쪽으로 방향을 약간 틀어 당도한 곳이 마가리카와라는, 개천이 돌아 흐르는 곳의 평지였다.

사기장들은 모두 들판 가장자리 길가에 있는 집으로 안내되었다. 앞으로 그들이 머물 집이었다. 이마리 숙소만큼 넓고 깨끗했다. 안내하는 젊은이들을 따라 일행이 산을 넘어 마을에 있는 집에 도착하자 기다렸다는 듯 건장한 청년 한 명이 거기서 일행을 맞았다.

"오신다고 고생 많았습니다. 저는 여기서 다쿠 장군님을 모시고 일하고 있는 이상병입니다."

한 명이 통성명을 하자는 듯 경상도 말로 자신의 이름을 말하며 인사를 했다. 소문으로만 들었던 이상병이었다. 그는 들던 대로 훤칠한 키에 어딘가 당당해 보였다.

"김하룡입니다. 앞으로 잘 부탁합니다."

이마리 사기장들의 대표 노릇을 해온 김하룡은 머리를 약간 숙이며 맞인사를 했다. 인사하는 것이 어딘지 약간은 조심스러워 보였으나 서로 높낮이 없이 하는 인사이기는 했다. 그렇지만 김하룡으로서는 낯선 곳에 왔으니 먼저 와서 자리 잡고 있는 사람에게 겸손할 수밖에 없었다.

"다쿠 장군님으로부터 앞으로 서로 협조하면서 일을 잘 하라는 특별한 말씀이 있었습니다. 우리도 아직 이곳 아리타에 대해서는 여러 가지로 서툰 것이 많습니다. 서로 협조하면서 장군님의 뜻을 잘 받들어갑시다."

이상병이 건네는 말은 생각했던 것보다 부드러웠다. 그러나 분명했다. 그러면서도 자연스럽게 그가 대화 분위기를 이끌어갔다. 이곳을 그가 선점했다는 것, 다쿠에게 충성을 다해 그로부터 신임을 받고 있다는 것이 그의 말 속에서 은연중에 풍겨져 나오는 것 같았다.

젊은 순왜도 아리타로 함께 왔다. 그러나 그는 언제나처럼 있는지 없는지 모르게 조용했다. 그 역시 계획대로 사기장들과 함께 이곳에서 생활하게 되는 것 같았다.

"우리도 이곳으로 온 지 그렇게 오래되지는 않았습니다. 지금은 저쪽 구로가미야마 산과 이즈미라는 곳 근처에서 그릇 굽는 데 필요한 태토가 있는지 열심히 찾고 있는 중입니다."

온 지 얼마 되지 않았다는 그 얼마가 도대체 어느 정도인지 김하룡으로서는 가늠할 수 없었다. 그러나 저들도 아직은 여기서 완전히 뿌리를 내리지 못하고 있는 것 같다는 느낌은 받았다.

태토를 찾고 있다면 흙이 없어 아직 본격적인 물레 작업은 못 하고 있다는 말이 아닌가. 그렇다면 이마리에서 자신들이 하고 있던 일이나 이 상병이 여기서 하고 있는 일이 서로 크게 다를 것이 없다는 생각이 들었다.

그런데도 다쿠는 이마리 산속에서 자리를 잡으려고 하고 있던 사기장들을 왜 이쪽으로 오게 했을까. 그리고 서로 같은 일을 하라고 했을까.

"김 선생도 이마리에서 태토를 찾고 있었다는 이야기는 들었습니다. 그런데 그쪽에서 태토가 나올 것 같지 않자 여기서 서로 힘을 합쳐 태토를 한번 찾아보라고 하신 것 같습니다. 안 되면 뒤에 우리도 거기로 갈지 모르고요."

"이쪽은 태토가 나올 만한 곳이 있습니까?"

김하룡이 궁금하다는 듯 이상병의 말을 끊으며 묻자

"아직은 모르겠습니다. 가마를 만들어 시험 삼아 불도 피워보긴 했는데, 태토를 찾을 수가 없어 아직 아무 일도 못 하고 있습니다. 그래서 선생도 여기서 우리와 힘을 합쳐 태토를 찾아보라고 하신 것 같습니다."

"가마까지 만들어보셨다니 ―"

"예, 조선에서 쓰는 가마와 꼭 같은 걸 여러 개 만들어봤습니다. 흙만 나오면 일은 곧 시작할 수 있을 정돕니다. 그러나 아무리 가마가 많고 불이 잘 들어가도 태토를 찾지 못하면 그 가마는 아무 짝에도 쓸모가 없지 않습니까?"

김하룡은 이상병의 친절하고 정중한 말에 토를 달 별다른 말이 없었다. 조선에서 가마 일을 하기는 했지만 스스로 기술이 뛰어나다거나 경험이 많다고 할 정도는 아니었기에 더욱 그랬다. 어떻든 좋은 흙이냐 나쁜 흙이냐가 문제이긴 해도 흙이 없으면 아무것도 못 한다는 것은 확실했다.

"조선에서는 어디서 일을 했습니까?"

이상병이 화제를 돌렸다. 이 질문에 김하룡은 멈칫했다. 어느 소문난 가마에서 일을 했고 어느 정도 일을 했다고 자랑스럽게 내세울 형편이 아니어서였다.

"진주목에 있는 물골에서……."

"아, 그러면 옹기골도 있고, 지리산 아래는 여기저기 백토도 많아 흙 걱정 같은 것은 하나도 없었겠네요."

이상병은 지리산 아래서 백토가 많이 나오고 있다는 것까지도 알고 있었다. 그러나 김하룡은 그런 흙이 어디서 많이 나오는지 관심도 없었고 잘 알지도 못했다. 그만큼 밝지도 못했다. 물골에서 가마 일을 할 때는 대장 사기장이 일을 주도적으로 했기 때문에 지시대로만 하면 됐었다.

말을 하다 보니까 뭔가 속에 숨겨둔 것 하나씩을 들키기라도 하는 것 같았다. 그래서 기가 꺾이는 것 같기도 했다. 그래도 그는 여기서 기가 꺾여서는 안 된다고 생각했다.

"거기서는 흙을 어디서 가지고 오는지 몰라도 아무 상관이 없었습니다. 가져다주는 흙을 쓰기만 하면 됐으니까요."

"여기서도 그랬으면 좋겠는데, 일을 하자니 흙이 제일 큰 문젭니다. 당장 내일이라도 산에 가서 백자토라도 있는지 우리 함께 한번 찾아봅시다. 흙만 찾으면 다쿠 장군님은 물론 영주님께서도 크게 기뻐하실 겁니다."

이상병은 말끝마다 다쿠 장군님, 다쿠 장군님 했다. 은연중 그의 신임을 과시라도 하는 듯했다.

김하룡은 그래도 물골의 흙 사정을 몰랐던 것이 큰 허물이 아닌 것처럼 짐짓 그런 일에는 무관심한 척했다. 당장 내일이라도 흙을 찾아보자는 말에 따로 할 말은 없었다.

흙은 찾아보면 될 일이고, 가마 일도 사기장으로서 그가 해야 할 일은 다 해본 셈이었다. 다만 스스로 일류 사기장은 아니었다는 것이 그와 이야기를 나누면서 자꾸 마음에 걸리기는 했다.

김하룡이 물골에서 가마 일을 한창 익히고 있을 때 임진란이 터졌다. 대장 사기장은 잽싸게 몸을 피했다. 그러나 전쟁이 얼마나 무서운 줄도 모른 채 그는 가마터에 그대로 머무르고 있었다. 그러면서 그가 하는 일이라고는 마냥 가마나 지키는 것 정도였다.

김하룡은 언제 전쟁이 끝나고 다시 일이 시작될지 알 수가 없었다. 그래도 쌓아놓은 소나무를 쓰기 좋게 자르거나 쪼개기도 하면서 시간을 보냈다. 그러면서 전쟁이 하루빨리 끝나기만 기다리고 있었다.

전쟁 중이었던 어느 날 왜병을 안내하며 들이닥친 순왜가 마침 옷을 갈아입기 위해서 밖에서 잠깐 들렀던 대장 사기장을 잡아가버렸다. 그러나 웬일인지 김하룡은 잡아가지 않았다. 잡아가도 별 볼 일이 없어 그랬

던 것인지, 아니면 뛰어난 사기장이 아니라는 것을 사전에 알고 있었던
지는 그로서는 알 수 없었다.

혼자 남게 된 김하룡은 몸을 피하지 않고 그래도 며칠을 빈 가마를 지
키고 있었다. 그러다가 비로소 슬슬 무서운 생각이 들기 시작했다. 혹시
자신도 잡혀갈지 모른다는 생각이 들어서였다.

그는 자신이 살고 있던 옛집으로 피신을 했다. 어수선한 세상을 비켜
이런 때는 부모 밑에서 농사나 짓고 사는 것도 좋을 성싶어서였다. 그러
나 집으로 돌아온 뒤 며칠도 못 돼 몇 마지기도 되지 않는 논에 엎드려
거머리에 뜯기면서 풀이나 뽑고, 밭뙈기에서 벌레나 잡으며 평생을 살아
야 한다는 것이 한심스럽다는 생각이 들었다. 이런 일보다는 변화도 많
고 뭔가 새로운 것을 배우며 만드는 역동적인 가마 일이 재미도 있고 좋
았다.

그는 얼마 뒤 다시 가마로 되돌아왔다. 매만진 흙이 그릇으로 변해 갈
때의 흥미로움과 긴장감, 마침구이를 끝낸 매끈한 도자기가 가마에서 쏟
아져 나올 때의 성취감, 이런 것은 아무래도 농사보다는 훨씬 더 재미있
는 일이었다. 그래서 부족한 솜씨도 더 익혀야 되겠다고 생각하며 가마
로 되돌아왔던 것이다.

그런 뒤 얼마지 않아 전쟁은 소강상태에 빠졌다.

"대장 사기장이 곧 돌아오겠지."

그가 돌아오면 당장에라도 다시 일을 시작할 수 있게 도구들도 다 챙
겨놓았다. 가마도 혹시 어디 흠이나 생기지 않았나 자세히 살펴보고 여
기저기 쌓여 있는 흙도 한쪽으로 모아놓았다.

그러던 어느 날 느닷없이 순왜 둘이 들이닥쳤다. 그 길로 그는 멀지 않은 곳, 사천 선진리 왜성으로 끌려갔다. 얼마 뒤에는 가라쓰를 거쳐 히젠 사가번 나베시마 영지의 농촌으로 보내졌다.

선진리 왜성은 가고시마 출신 시마즈 요시히로가 성주였다. 그래서 이곳에 갇혀 있던 사기장들은 대부분 규슈의 남쪽 가고시마로 끌려갔다. 그런데 왜 김하룡은 규슈의 북서쪽인 히젠 사가번의 나베시마 영지 농촌으로 보내졌는지 그로서는 이유를 알 수가 없었다.

그가 끌려간 곳은 가마도 없는 곳이어서 사기장이 끌려가는 곳은 아니었다. 당연히 그가 할 일은 없었다. 그렇지만 날씨가 추워질 무렵에는 일본 사람들과 함께 밭에 나가 밀의 씨앗을 뿌렸다. 날이 따뜻해지면 논에 나가 모심기도 했다. 일본인들과 섞여 시키는 대로 일을 하다 보니 일본 말도 몇 마디씩 알아들을 수 있게 되었다.

두어 해를 보낸 뒤 가을이 올 무렵이었다. 그는 조선으로 끌려 나왔다. 전쟁 종식을 위한 명나라와의 강화회담이 실패로 돌아간 뒤 정유재란이 터지면서였다. 그가 끌려간 곳은 다시 사천 선진리 왜성이었다.

거기서 서툰 일본 말로 통역도 하면서 얼마를 머무르다가 왜병들에게 끌려다니며 시작된 것이 본격적인 순왜 짓이었다. 다른 순왜들과 함께 조선말을 하나도 못 하는 왜병을 안내하고 통역도 하면서 가마를 뒤져 숨어 있는 사기장들을 찾아내는 것이 그가 해야 하는 일이었다.

그는 다른 순왜들과 함께 진주, 사천, 지리산 산록 일대 여러 곳을 돌았다. 그러나 다행스럽게도 고향집과 그가 일했던 가마가 있는 물골에는 가지 않았다.

김하룡은 순왜들과 함께 사기장을 찾아낸다고 여기저기를 뒤지고 다녔다. 그럴 때마다 못할 짓을 하고 있다는 자괴감에 괴로워했다. 그러나 살아남기 위해서는 피할 수는 없는 일이 순왜가 해야 하는 이 일이었다.

왜병들은 김하룡이 잔재주 부리지 않고 성실한 순왜라고 평가했다.

전쟁이 끝나자 이번에는 사기장들을 일본으로 인솔하는 일이 그에게 주어졌다. 선진리 왜성에 갇힌 사기장들 가운데 일부를 나베시마 영지로 인솔하는 것이 그에게 주어진 일이었다.

14   악운과 행운 사이

이상병이 조선에서 일하고 있던 가마는 산골이 아니라 나룻배도 다니는 김해 대동마을의 저쪽 구석에 있었다.

정유년에 다시 전쟁이 터지자 한때 잠잠했던 순왜들이 이상병이 일하는 가마 근처까지 와서 또다시 설친다는 소문이 나돌기 시작했다. 그래도 설마 이곳까지 와서 또다시 사람을 잡아가기야 하겠냐는 생각에서 대장 사기장들은 가마 일에서 손을 놓지는 않았다.

생각과는 달리 순왜들의 사기장 사냥은 전보다 훨씬 더 심했다. 되돌아왔던 대장 사기장들은 놀라서 모두 어디론지 다시 몸을 급히 피해버렸다.

이상병의 가마에는 팔다 남은 사기그릇이 제법 쌓여 있었다. 그러나 나룻배는 멈춰버렸고 가마 근처에는 그릇 사려는 사람의 발길마저 끊어져버렸다.

이상병도 대장 사기장처럼 어디론가 몸을 숨겨야 되겠다고 생각했다. 그러나 남아 있는 그릇을 숨겨놓을 곳이 마땅하지 않았다. 피할 만한 적당한 곳도 없었다. 순왜들이 이 외진 곳까지 설마 다시 오겠냐는 생각도 들었다.

걱정을 하면서도 그는 이러지도 저러지도 못해 머뭇거리고 있었다. 그러는 사이 김해는 말할 것도 없고 웅천, 함안, 사천에 있는 왜병들까지 순왜를 앞세우고 근처까지 와서 사기장들을 모조리 잡아갔다는 소문이 돌았다. 분위기가 흉흉했다. 가마를 지키고 있기에는 날로 불안해졌다.

가마를 피해야겠다고 생각한 그는 피할 곳을 더듬으며 며칠을 멈칫거렸다. 그러던 어느 날 한동안 보이지 않았던 동네 형이 그를 불쑥 찾아왔다.

"상병이, 자네가 지금 여기서 이러고 있을 땐가. 태평스럽게 말이야."

전쟁이 터진 뒤 행방이 묘연했던 이웃 형이었다. 느닷없이 나타난 그가 가마를 지키고 있는 이상병을 보고 다짜고짜 나무라듯 이렇게 말했다.

"왜놈이 쳐들어와도 여기는 별일이 없었지만 언덕 넘어 밤골에서는 야단이 났네. 순왜를 앞세운 왜놈들이 야밤중에 들이닥쳐 사기장들을 다 잡아갔다는 것은 자네도 알고 있지? 여기라고 무사할 걸로 생각하는가?"

이상병은 처음 듣는 말이었다. 그 말을 들으니 머리가 쭈뼛해졌다.

"동네 청년들이 잡혀간 사기장들을 구해오겠다고 함께 뭉쳤다네. 일이 제대로 되지 않자 의병을 일으킨 것은 자네도 알고 있지 않는가?"

이상병은 이 또한 처음 듣는 말이었다.

"한쪽에서는 우리 같은 청년들이 조선에서는 처음으로 여기서 의병을 만들고 뭉쳐 목숨을 걸고 싸우고 있는 판인데 자네는 천하태평으로 이러고 있어서야 되겠는가?"

바람처럼 나타난 그 형은 나무라듯 이상병에게 뜻밖의 이런 말을 했다. 그러면서도 그는 계속 주위를 두리번거렸다.

"싸워야 하네. 싸워야 해. 왜놈들을 여기서 쫓아내야 하네. 그리고 잡혀간 사람들을 구출해 내야 돼. 그렇게 하자면 자네도 의병이 되어야 하지 않겠는가?"

주변을 두리번거리던 그는 다시 말을 이었다.

"해가 지면 조심스럽게 언덕을 넘어오게. 거기 밤나무밭에서 자네를 기다리고 있겠네. 만일 내가 보이지 않으면 밤나무밭 입구에 있는 빈 상엿집 안으로 들어가 몸을 숨기고 있게. 그래야 자네의 대장 사기장도 구할 수 있지 않겠는가."

그 형의 말은 충격적이었다. 자신의 대장 사기장도 왜병에게 끌려간 것이 틀림없는 것 같았다. 그런 말을 하는 그 형은 어렸을 때는 서당에 열심히 다녔던 얌전한 형이었다. 평소에는 말이 없고 온순했지만 공부를 잘한다고 소문이 났던 형이다.

그랬던 형이 전쟁이 터지고 난 뒤 어디론가 사라졌다. 막연히 어디로 끌려간 것이나 아닐까 생각했던 그가 갑자기 나타났다. 그가 들려준 이야기는 의외였다. 곳곳에서 왜병들이 사기장들을 끌어가고 있는 판인데 자신은 가마나 지키면서 편안하게 지내고 있다는 것이 뭔가 몰염치하다는 생각도 들었다.

"생각해 봐. 우리가 그냥 이러고 있어도 되겠는지. 왜놈에게 끌려가 다 죽게 된 사기장들을 우리 젊은이들이 구해주지 않으면 어떻게 되겠는지. 다른 청년들은 자원해서 의병이 되고 있는데, 모른 척하고 있을 수는 없지 않겠나?"

계속 사방을 두리번거리며 이런 말을 남긴 뒤 그 형은 고개 넘어 밤나무밭에서 만나자는 말을 한 번 더 강조한 뒤 휙 사라져버렸다. 그 형이 사라진 뒤에도 그의 말이 머릿속에서 지워지지 않고 계속 여운으로 맴돌았다.

그 형에게서 나라를 사랑해야 한다든지 왜놈들을 쫓아내야 한다든지 하는 말을 전에는 한 번도 들었던 일이 없었다. 이상병 자신도 그런 생각을 해본 일은 없었다. 의병 같은 것은 생각조차도 해본 일이 없었다. 오직 아무 탈 없이 가마 일이나 열심히 해서 밥이나 제대로 먹고 살 수 있으면 좋겠다는 생각만 하고 있었다.

그 형의 말대로라면 몸을 숨긴 것으로 알고 있었던 대장 사기장이 순왜에게 끌려간 것이 분명했다. 그런데도 자신은 편안할 궁리만 하고 있었으니 대장 사기장에게 큰 죄를 지었다는 생각이 들었다.

의리도 없이 집으로 돌아가서 농사나 짓거나 당분간 어디 피해 있다가 세상이 좋아지면 가마 일을 다시 시작해야겠다고 생각했던 자신이 뻔뻔스러웠다는 생각까지도 들었다.

생각이 여기에 미치자 이상병은 좀 무섭기는 해도 저녁에 밤나무밭을 찾아가기로 결심했다. 의병이 되든 뭐라도 해서 잡혀간 대장 사기장을 구해야만 되겠다는 생각이 그를 새삼 긴장시켰다.

그는 떨리는 손으로 입던 옷가지를 챙겼다. 밤이 오면 이웃 형이 말해 준 밤나무밭을 찾아가기 위해서였다. 그러나 막상 밤이 되자 혼자서 나서기가 너무 무서웠다. 망설이다가 날이 새는 대로 새벽 일찍 형이 일러 준 곳을 찾아가기로 했다.

날이 밝았다. 그러나 그에게 뜻밖의 일이 일어났다. 그가 밤나무밭을 찾아가려고 막 집을 나서는 순간이었다.

"어디로 도망가!"

집 옆에서 누군가가 튀어나오며 꽥 소리를 질렀다. 사냥개 같은 순왜들이 밤을 새며 문밖 어딘가에 숨어 망을 보고 있었던 모양이다. 이상병은 소스라치게 놀랐다.

"들고 있는 보따리는 뭐야? 이리 내. 도망치면 별수 있을 줄 알았어?"

낯선 조선 사람들이었다. 그들은 낮에 이상병이 누군가를 만난 정황을 파악하고 수상하게 생각해 밤새 집 근처에 잠복해 있었던 모양이다. 날이 밝자 무엇인가를 들고 사방을 두리번거리며 집을 나오는 그를 꼼짝 못 하게 현장에서 사로잡은 것이다.

그 길로 그는 가까운 왜병 부대로 끌려갔다. 도망하려다가 잡힌 사기장으로 낙인찍힌 그는 집중적인 감시를 받았다. 거기에다 시달림까지 심하게 받아 정신적으로 견뎌내기가 매우 힘들어졌다.

견디다 못한 그는 결국 편안하게 사는 길을 택하고 말았다. 그것은 훼절이었다. 생사가 걸렸다고 생각한 막다른 골목에서 훼절은 그에게 그렇게 어려운 일은 아니었다. 왜병들이 시키는 대로 그들의 앞잡이가 되어 순왜 짓을 하면 그가 받아야 될 고통이 훨씬 줄어들 것이 분명했다.

처음에는 저항도 생각했었다. 그러나 항왜는 죽음을 의미했다. 결국 순왜들과 섞여 동네를 샅샅이 뒤지며 숨어 있는 사기장들을 콩나물 뽑듯 하는 일을 도왔다.

얼마지 않아 고분고분하며 솔선수범하는 그는 왜병으로부터 신임을 받게 되었다. 살기 위해서라면 못 할 일이 없었다. 협력과 순종이 인정되자 얼마 뒤 그는 왜성 안으로 불려 들어가 일할 수도 있게 되었다.

왜성 안에서는 위험에 노출되는 일도 없이 편한 나날을 보낼 수 있어 좋았다. 마음을 바꾸니 그렇게 편했다. 밖에서 뛰는 순왜들을 관리하고 잡혀 온 사기장들과 포로들을 챙기는 일이 그가 성안에서 하는 일의 전부였다. 왜성 안에서 하는 일이 겨우 이 정도였으니까 밖에서 사기장들을 잡아내는 일에 비하면 일도 아니었다.

가끔씩 왜병들이 하는 짓에 분개하기는 했다. 잡혀 온 사기장들이 저항하면 그들에게 내려지는 무차별적 가혹 행위에 심장의 피가 끓기도 했다. 그러나 살기 위해서는 그런 감정을 억누르며 외면할 수밖에 없었다.

왜병들로부터 차츰차츰 신임을 받게 된 그는 감시 없이 왜성 밖으로 나와서도 시키는 일을 할 수 있게 되었다. 그러나 그 일은 어처구니없게도 가마를 뒤지는 순왜들의 관리자 노릇을 하는 일이었다. 거기에다 잘 만들어진 그릇이 있으면 그것도 보이는 족족 모두 쓸어오는 것 역시 그가 해야 할 일이었다.

전쟁이 막판에 이르자 그는 잡힌 사기장들을 일본으로 보내는 일을 도왔다. 이른바 조선인 사기장 '송출' 협조자가 되었던 것이다. 처음 이 일을 할 때는 가슴이 쓰렸다. 아무 죄 없는 사람을 잡아와 남의 나라에 억지로 보내는 일에 결코 마음이 편할 수 없었다.

그러나 얼마지 않아 그는 이런 일에도 감정이 무뎌지고 말았다. 그럴 때마다 늘 그랬던 것처럼 살기 위해서는 어쩔 수 없는 일이라고 자기 생각을 합리화했다. 그러면서 시키는 일은 열심히 했다. 일에 익숙해지면서 심리적 저항감은 옅어지고 왜병들의 신임은 두터워졌다.

도요토미 히데요시가 죽고 난 뒤 철수 명령이 내려지기 전까지 왜병들은 전쟁이 끝났다고 생각하지는 않았다. 그들은 순왜들을 부려 끝까지 사기장을 잡아내는 일에 느슨하지 않았다. 이런 일에 익숙해진 이상병은 사기장 송출에도 명령대로 계속 부지런을 떨었다.

"도공들은 그동안 비워뒀던 가마로 반드시 되돌아올 것이다. 전쟁이 끝났다고 생각하고 돌아오는 때를 이용해서 모조리 잡아내야 한다."

밖으로 나가면 왜병들은 이상병에게 맛있는 소고기국밥까지 배부르게 먹여주었다. 그러면서 사기장들을 더 많이 잡아오라는 극성의 끈을 늦추지 않았다. 그는 시키는 일을 모두 열심히 했다. 그러면서 이 일에 열중하는 사이 그의 마음에는 마침내 감각의 굳은살까지 생겼다.

정유재란 때의 전쟁터는 대부분 조선 남부지역이었다. 일진일퇴하면서 이 전쟁은 온 땅을 쑥대밭으로 만들었다. 후반전으로 접어들면서 왜병 6개 특수부대는 더욱 발악적으로 설쳤다. 사기장뿐 아니라 한의사까지도 찾아내 감금했다. 인삼과 『동의보감』, 침과 뜸에 필요한 책과 도구, 심지어 불경, 불상까지도 약탈의 우선순위에다 놓았다.

조선에서는 원래 한의사와 사기장은 신분상으로는 그다지 높은 지위는 아니었다. 그러나 왜병들은 한의사나 기술이 뛰어난 사기장을 학식 높은 학자들과 맞먹는 지위로 취급했다.

전쟁이 막바지에 이를수록 순왜들에 대한 신변 보호의 막은 두터워졌다. 부역의 정도에 따라서 대접의 차이도 컸다. 상황이 이렇게 되자 순왜들은 걸어놓은 생선을 따 먹으려고 펄쩍펄쩍 뛰는 고양이가 되었다. 전쟁은 막판이고 돈이나 듬뿍 거머쥐거나 아니면 일본으로 튀어서라도 편안하게 살고 싶어서 날뛰는 순왜도 적지 않았다.

혈안이 된 순왜들 대부분은 이판사판이었다. 나중에는 가마 근처를 얼쩡거리는 남자만 보면 누구나 잡아챘다. 멀쩡한 청년을 포로로 잡아서 올리는 수입도 사기장을 잡아내는 수입과 비슷해지자 포로 잡는 일에도 눈이 뒤집혔다. 그들은 마치 염라대왕의 심부름꾼 야차와도 같았다.

이상병도 마침내는 일본으로 튀는 것이 낫겠다고 생각했다. 그러나 그일 역시 그에게는 생각대로 그렇게 쉽지는 않았다. 그때부터 그는 어떻게 일본으로 튈 것인가, 기회를 노렸다.

15 흙 속과 바람 속을 돌다

　아리타에 도착한 김하룡 일행의 숙소는 이상병의 숙소와 그렇게 멀리 떨어져 있지는 않았다. 그러나 평소에는 서로 부딪칠 일은 없어서 상대방에 대해서 긴장할 일이나 신경 쓸 일도 없었다.

　김하룡 일행이 아리타에 도착한 첫날 오후는 모두 집에서 쉬었다. 이튿날은 날씨도 좋아 당장에 무슨 일이라도 해야 될 줄 알았다. 그런데 한낮이 지나서야 조선말을 할 줄 아는 청년 두 명이 지도를 들고 왔다. 한 명이 지도를 방바닥에 펴놓았다. 손으로 그린 지도였다. 거기에는 아리타 산을 중심으로 한 일대의 산길과 강, 호수 등이 자세하게 그려져 있었다.

　윗사람의 지시로 왔다는 그들은 지도에 그려진 내용을 알기 쉽게 설명해주었다. 그런 뒤 지도를 놓고 곧장 돌아가버렸다.

　김하룡이 태토를 찾아 사기장들과 함께 아리타 산에 오르기 시작한 것은 지도를 받은 그다음 날 아침부터였다. 산을 넘어올 때 그다지 높지 않다고 느꼈던 산이, 바로 그 산이었다.

그러나 명색이 산인데 손으로 그린 지도 한 장만 보며 동서남북과 상하의 굴곡을 제대로 찾아다니기가 쉽지는 않았다. 거기에다 길도 없는 곳에서 태토까지 찾는다는 것은 더욱 어려웠다. 무작정 산속을 헤매다가 자칫 길이라도 잃으면 미아가 될 수도 있어 어쩐지 불안스럽기도 했다.

다음 날에도 모두들 일찌감치 산으로 올랐다. 그리고 하라는 대로 곡괭이로 애먼 땅을 쿡쿡 찍어보면서 이마리 산에서 그랬던 것처럼 이곳저곳 산속을 더듬어 돌았다. 그러나 그뿐, 성과를 낼 건더기라고는 아무것도 없었다.

돌다가 보니까 눈앞에 큰 호수가 나타났다. 아리타 호수였다. 산속을 계속 헤매다 보니까 또 다른 호수 하나가 나타났다. 지도에 그려져 있는 류몬 호수였다. 이 호수는 산을 돌기 시작했던 아침 나절에도 한번 지나친 일이 있었다. 지나간 곳을 또 지나기를 몇 번. 그러면서 삼룡이도 동서남북과 지형지물을 조금씩 눈에 익혔다.

그러나 이곳에서 새로운 흙을 찾아내는 일은 애를 쓴다고 쉽게 될 것 같지는 않았다. 산세를 먼저 익히는 것이 더 중요하다고 생각한 것은 몇 번 허탕을 치면서 산을 돌고 난 뒤였다. 거의 맹목적으로 산모롱이를 돌고 또 돌았다. 혹시라도 눈에 띌지 몰라 은근히 기대했던 닥나무는 여기서도 눈을 닦고 봐도 보이지 않았다.

아무리 낮은 산속일지라도 깊은 숲 사이를 헤맬 때는 사람들은 무의식적으로 진행 방향을 더듬으며 앞으로 나아가게 된다. 그러다 보면 지나왔던 곳을 다시 찾아오는 경우가 많다. 새의 귀소본능이나 연어와 뱀장어 같은 물고기의 회유본능처럼 무의식적으로 지나왔던 곳을 다시 찾게 되는 것이다. 사람의 머릿속에도 귀소본능과도 같은 방향 숙지 기능 장치가 되어 있기 때문인지 몰랐다. 그렇기에 그들은 돌았던 곳을 돌고 또 돌았던 것이 아니겠는가.

원래 이 산속에는 길이 없었다. 그러나 사기장들이 몇 번이고 돌고 돌자 땅과 풀이 그들의 발자국을 받아들였다. 산이 그들에게 그렇게 새로운 길을 열어준 것이다. 사기장들의 관계도 마찬가지였다. 아리타에 함께 와서 서로 의지하면서 길도 없는 산을 돌고 돌다 보니 마음과 마음 사이에는 더욱 넓은 길이 열렸던 것이다.

사기장들은 자연스럽게 서로 손을 잡으며 더불어 안전한 길을 찾게 되고 그러면서 서로 의지하게 되었다. 남 앞에 나서기를 좋아하지 않는 삼룡이도 이마리와 아리타의 산을 도는 사이 그렇게 동료들과 친해졌다. 묵묵히 제 일만 하는 그에게 주위의 신임도 차츰 두터워져 갔다.

며칠을 두고 그들은 되풀이해서 아리타 산속을 헤맸다. 가도 또 가도 그 산이었고, 그 바위였고, 그 호수였고, 그 나무뿐이었다. 그래도 시키는 대로 그곳을 계속 돌았다.

돌다보니 긴 세월 비바람에 금이 간 바위틈이 보이기도 했다. 쓰러진 고목도 보였고, 썩돌과 몽돌 같은 것이 발부리에 차이기도 했다. 그러나 태토라고 생각되는 백자토 같은 것은 어디에서도 찾을 수가 없었다.

산속을 헤매다가 사기장들은 몇 번인가 이상병의 사람들과 스치기도 했다. 그들 역시 손에는 괭이가 들려 있었다. 그들은 김하룡이 도는 산의 동북쪽을 돌고 있었다.

이쪽도 저쪽도 산을 헤매다가 서로 만나게 되면 상대방의 손부터 먼저 봤다. 무슨 성과라도 있는지 궁금해서였다. 같은 조선 사람들끼리여서 전혀 그럴 이유가 없었지만 서로 만나면 어딘지 서먹서먹한 기분도 들었다. 먼저 성과를 내고 싶은 경쟁심 같은 것이 마음 한구석에 자리 잡고 꿈틀거리고 있었던 때문이다. 어쩌면 바로 그런 것을 노려 다쿠가 김하룡 일행을 아리타로 보냈는지도 모른다.

"이런 일을 언제까지 해야 되는 거죠?"

성과도 없는 일을 되풀이하게 되자 성급한 사기장 한 명이 나무 그루터기에 앉아 투덜거리듯 중얼거렸다.

"허는 디꺼정 허믄 되는 거 아니것소. 급할 기 뭐 있소. 밥 주고 옷 주는디 일 년 내내 이 일만 허라캐도 몬 헐 기 머 있것소?"

처음에는 이곳 아리타로 오는 것이 다들 싫었다. 그러나 그 다음부터는 산에 오르면서 차츰 성과에 초조해졌다. 그랬던 사기장들도 시간이 지나면서 초조했던 마음이 누그러지며 느긋해졌다. 서두른다고 태토가 어디서 뚜벅뚜벅 걸어 나올 것 같지는 않았기 때문이다. 그래서인지 하라면 하고, 또 하라면 또 하면 된다는 생각이 서로들 사이에 감기처럼 번졌다.

산 전체가 온통 사기장들의 발에 밟혀 거미줄처럼 길이 새로 생겨나더라도 태토는 나타나지는 않을 것 같았다. 그런 생각을 하면서도 사기장들은 지루하지만 그래도 참고 산속을 돌고 또 돌았다.

이상병의 사기장들 역시 성과는 마찬가지였다. 이유는 간단하다고 생각했다. 조선에서 그들이 취급했던 흙의 성질이 화산재가 많은 이곳의 흙과는 서로 다른 때문이 아닌가 하는 생각이 그것이었다.

그러나 토질 자체가 과학적으로 어떻게 다른지 그 근본을 아는 사람은 아무도 없었다. 그래서 그들은 무턱대고 조선에서 쓰는 흙과 같은 흙이 있을지도 모른다고 생각하면서 지루하게 온 산을 계속 헤집고 다녔던 것이다.

"이상병 사기장님이 내일 한번 뵙자고 하십니다. 산에는 모두들 가시지 않아도 된다면서요."

얼마쯤이 지난 뒤였다. 사기장들이 모두 집으로 돌아왔을 때 이상병 측에서 이와 같은 전갈이 왔다. 자신의 거처에서 김하룡을 기다리겠다는 내용이었다.

김하룡은 이 전갈이 어쩐지 반갑게 느껴지지는 않았다. 사람을 시켜 일방적으로 자신이 있는 곳으로 와서 만나자는 것이 명령처럼 느껴져서 그랬는지도 몰랐다. 그런 태도는 다쿠의 신임이 두텁다는 것을 은근히 과시하는 것 같기도 했다. 그러나 그의 초청을 거절할 수는 없었다.

이상병의 거처를 찾아가는 길은 쉬웠다. 우선 그렇게 먼 거리가 아니었다. 그러나 가는 동안 뭔가가 궁금했고 내내 마음이 찜찜한 것은 숨길 수 없었다. 그가 아리타로 온 뒤 이상병과 단둘이서 처음으로 마주 앉는 것이 어딘지 그에게 심리적 부담이 돼 그랬던 것인지도 몰랐.

이상병은 김하룡을 반색하며 맞았다. 자리를 권한 뒤 준비해뒀던 차부터 먼저 내놓았다. 찻잔의 생김새는 조선 것 그대로였다. 유약이 아래로 흘러 찻잔 겉에서 엉긴 것이 흡사 매끄럽게 잘 다듬은 매화나무 가지의 껍질과도 같아 보였다. 일본 사람들이 사족을 못 쓰는 조선의 찻잔이 꼭 그랬다.

그런 것을 여기까지 가지고 와서 내놓다니 대단하다는 생각이 들었다. 이상병은 찻주전자를 들어 조심스럽게 차를 따랐다. 노르스름한 빛깔이 나는 것이 차가 제대로 우러난 것을 첫눈에 알 수 있었다.

"하필 이렇게 바람이 부는 날 오시라고 해서 미안합니다."

친절하면서도 평범한 인사였다. 김하룡은 머리를 약간 숙이며 인사에 답한 뒤 두 손으로 찻잔을 들었다. 감촉이 좋았다.

"그동안 산속을 헤맸지만 별 성과가 없었다죠?"

"……"

"역시 우리도 구석구석을 다 헤맸으나 찾는 흙이 어디에 있는지 도무지 알 수가 없었어요."

"우리가 조선에서 썼던 그런 흙이 없기 때문에 그런 것은 아닐까요?"

"그러게 말입니다. 다쿠 장군님께 체면도 서지 않고요. 이 걱정은 김 선생도 마찬가지가 아니겠어요? 그래서 내일부터 우리 장소를 서로 한 번 바꿔서 구석구석을 좀 더 자세히 뒤져보면 어떨까요? 혹시 우리가 보지 못한 것을 선생 쪽에서 먼저 알아볼 수 있을지도 모르겠고요."

듣고 보니 좋은 생각 같았다. 그러나 당장에 자신이 결정해서 대답할 일은 아닌 것 같아 뭔가 망설여졌다.

"그렇게 하면 찾는 흙이 나올 수는 있을까요?"

"모르겠습니다. 그러니까 서로 한번 바꿔서 찾아보자는 것입니다. 그래도 없으면 그때는 장군님께 우리가 교대로 산을 다 뒤져봐도 이 산에서는 그런 흙을 찾을 수 없더라고 보고를 드릴 수가 있지 않겠습니까?"

"그렇게 합시다. 그러나 우리가 마음대로 그렇게 결정해도 될지 잘 모르겠네요."

"아마 괜찮을 것입니다. 그 문제는 제게 맡기시고 내일부터라도 당장 장소를 서로 바꿔서 흙을 한번 찾아보기로 합시다."

기다렸다는 듯 이상병은 내일 당장 그렇게 하자고 했다. 김하룡도 바꿔보자는 곳은 지도를 보면 위치를 파악할 수 있을 것 같아 크게 걱정하지 않아도 될 것 같았다. 그동안 흙을 찾아 자신들이 돌던 곳과는 바로 붙어 있어 어려움도 없을 것 같았고 그렇게 해보는 것도 좋을 성싶었다.

"잘 알겠습니다. 그러면 내일부터 우리는 반대쪽으로 가보겠습니다."

즉석 동의에 이상병은 반가운 표정을 지었다.

"그러면 그렇게 알고 그만 일어서겠습니다."

일이 끝난 이상 더 앉아 있을 이유가 없다고 생각한 김하룡이 자리에서 일어섰다.

"차라도 한 잔 더 하시지 않고 그대로 가시려고요?"

"예, 일이 끝났으니 이제 돌아가야죠."

어쩌면 눈에 보이지 않는 기싸움이라도 하는 것 같았다. 김하룡과 이상병의 대면은 이렇게 끝났다.

이튿날 아침, 김하룡 일행은 지금까지 돌던 산속의 동쪽으로 직행했다. 산에 이르자 바람이 나뭇가지를 제법 흔들었다. 부지런히 산을 두어 바퀴 돌고 나니 한나절이 되었다. 처음부터 크게 기대를 하지 않아서였던지, 아니면 바람 때문이었던지 땀을 흘리는 사기장은 없었다.

"이쪽 산에서 우리가 가보지 않은 곳이 있어서는 안 돼요. 좀 더 부지런히 움직여봅시다."

사기장들은 김이 빠져서인지 이튿날은 전날 돌았던 것보다 열심히 돌지는 않았다. 이쪽에서도 찾는 흙이 없을 것이라고 지레짐작해서 그러는 것인지 알 수 없었다.

"돌아봤자 뻔한 헛일인데 빨리 돌면 뭐합니까?"

아주 터놓고 군소리를 하는 사기장도 있었다.

"그래도 하는디 꺼정은 해봐야제ㅡ"

삼룡이가 옆에서 김하룡을 거들었다. 결과가 뻔할지라도 뒤져보기로 한 쪽은 빠지는 곳 없이 샅샅이 뒤져봐야 한다는 생각에서였다.

다음 날은 전날 제대로 돌지 않았던 곳부터 먼저 돌았다. 나뭇잎이 쌓여 썩은 부식토, 오랜 세월에 바위와 돌이 마멸되어 자갈로도 쓸 수 없게 된 반쯤의 흙모래와 바위 조각, 큰 바위. 이쪽 산에서도 이런 것밖에는 따로 눈에 뜨이는 태토 같은 것은 없었다. 그래도 게으름을 피워서는 안 된다는 김하룡의 말에 따라 사기장들은 산을 돌고 또 돌았다.

"아무래도 여기서도 헛일 같은디 그래도 이 일을 더 헐 낍니꺼?"

군소리 없이 잘 돌고 있던 누군가가 김하룡에게 한마디를 툭 던졌다.

"할 수 있는 데까지 해보는 것이 좋아. 우리가 먼저 일을 멈춰서야 되겠어? 자칫하면 일은 하지 않고 게으름만 피운다는 오해를 살 수도 있어. 그래서는 안 되잖아?"

김하룡의 말은 전보다 부드러웠다. 자신은 이미 명령을 하는 입장이 아니라는 생각을 했고, 서로 협력하면서 일을 해야겠다는 생각이 무의식적으로 마음속에서 일었기 때문이었다. 그러면서도 그 역시 흙 찾기는 헛일로 끝날 것 같다는 예감은 들었다.

이상병과 김하룡이 이렇게 눈에 보이지 않는 경쟁을 하고 있다는 것을 눈치 빠른 사기장들은 진작부터 알아차렸다.

나무 그루터기에 걸터앉아 쉬고 있던 석암이가 삼룡이를 돌아보며 말했다.

"여기서는 어렵것네요. 부식토는 차진 데가 없어 옹기 한 쪼가리도 맨들 수 없고."

"그래, 참―"

진작부터 그렇게 생각하고 있었던 삼룡이었지만 석암이의 말에 자신의 생각을 덧붙여 말하지 않았다.

"괭이로 흑을 파다 보면 흰 흑이 나오든지, 안 그르믄 괭이 끝에 땡땡한 기 걸린다는 무신 감이라도 있어야 그런 흑으로 멀 맨들어볼라꼬 하든지 말든지 헐 낀디, 안 그렇십니꺼?"

만석이까지도 자신의 경험을 말하듯 이곳에서는 가능성이 없을 것 같다고 중얼거리며 한마디 했다.

"제대로 아는 사람이 없어서 그런지도 모르지."

듣기가 딱했던지 곁에서 듣고 있던 김하룡은 제 생각을 한마디 덧붙였다. 듣고 있던 석암이도 그 말을 거들었다.

"백자토는 본디 흑 속에 허연 흑이나 희끄무틱틱한 흑이 나오거나, 안 그라믄 돌덩거리나 큰 바구 같은 데라도 그런 색이 좀 있어야 그것을 쪼개서 백토가 뭉쳐서 된 긴지 한번 알아나 볼 낀디, 안 그렇십니꺼?"

알 수 없는 말이었다. 그러나 백련리에서 일하면서 겪었던 자신의 경험을 말하는 것 같아 누구도 대놓고 반대를 하지는 않았다. 삼룡이도 그 말을 듣자 그런 일이 있었던 때의 기억이 떠올랐다.

"우리 고향에서는 그런 말을 들어본 일이 없어서……."

김하룡은 생각지도 않았던 일이기에 처음부터 그런 말에 관심을 보이려 하지 않았다. 그러면서도 석암이의 말에는 한 발 물러섰다. 확신이 없어서였다. 그러나 삼룡이는 그렇지 않았다. 사기골에 있을 때 백련리에서 단단한 돌 속에서 백자토를 찾았다는 사람도 있었다는 말이 기억에서 되살아났기 때문이었다.

"그라믄 돌쪼가리를 갖고 가서 자세히 한번 보믄 어떻십니꺼? 백자토로도 쓸 수 있는지 보거로요."

어차피 산에서는 돌까지 확인할 수는 없었다. 답답한 마음에 삼룡이도 그걸 조금 가져가서 어떤 방법으로든 한번 확인해 보고 싶었다. 흙 속에 섞여 있는 백자토는 눈으로도 어느 정도 구별은 가능하다. 그러나 바위나 돌 속의 백자토 성분은 눈으로 봐서 금방 식별하기란 쉽지 않았다. 그래서 그것을 집에 가져가 부스러기를 만들어서라도 한번 확인해 보고 싶었던 것이다.

"그래, 오늘은 늦었으니 내일 모래흙이랑 돌멩이들도 좀 가져가 보는 것이 어떨까?"

"숩게 찾기는 아무래도 애럽것고 해볼라 카믄 오늘 당장에 쪼맨이라도 싸가지고 가서 한번 해보는 기 좋을 낀디요."

삼룡이는 만석이와 함께 주섬주섬 돌멩이와 잔돌 몇 개를 챙겼다.

산을 내려오다가 이상병의 사기장들을 만났다. 그들 역시 오늘도 허탕이었다. 숙소로 돌아온 김하룡 일행은 이튿날도 태토를 찾든 못 찾든 일찌감치 산으로 가서 같은 일을 되풀이하기로 했다. 낮 동안 아무것도 없는 산을 헤매느라 피곤했던지 저녁에는 모두들 일찍 잠을 청했다.

그러나 삼룡이는 석암이와 함께 산에서 조금 가져온 돌멩이와 모래흙을 요리조리 살피고 있었다. 그때 김하룡이 삼룡이에게 왔다.

"생각해보니, 돌멩이나 돌 부스러기를 그냥 봐 넘길 일이 아닌 것도 같아. 여기 산에는 부식토와 돌멩이뿐인데, 그것이라도 좀 단단히 살펴보는 것이 손해될 일은 없을 것 같아서 말이야."

"그렇십더. 조선에서도 큰 돌을 모래맨치로 자잘하게 갈아서 그걸 그릇 맨들 때 썼다고 안 헙디꺼? 와 그랬는지 그때는 몰랐는디 이치를 가만히 생각해보니……."

"그래, 그럴 것도 같아. 그런데 어떻게 그 모래나 돌조각에서 백자토가 섞여 있는지 쉽게 알아낼 수 있지? 그게 문제가 아닌가."

"우선 산에서 들고 온 돌 쪼가리부터 가리가 되도록 한번 갈아볼라 캅니다. 그래가지고 그놈을 잘 이개서 서로 엉키는지도 보고요."

"그것도 좋을 것 같아. 그래도 여기서는 당장에 그런 일을 하기는 어려울 테니까 우선 돌부터 자잘하게 한번 깨뜨려 으깨어보면 어떨까?"

그러나 그들에게 그런 것을 모래처럼 만들 수 있는 도구는 아무것도 없었다. 삼룡이는 집 뒤란에 있는 삽을 들고 나왔다. 산에서 가지고 온 돌 부스러기를 거기에 부어 넣었다. 그리고 물을 부어 그것을 서로 잘 섞었다. 그런 뒤 물에 한번 헹궈보기 위해서였다.

까슬까슬한 흙모래 촉감이 그의 손바닥을 자극했다. 오래전 고향에서 한두어 번 해봤던 일을 지금 여기서 기억을 더듬으며 오랜만에 해보는 것 같았다. 불현듯 옛날이 또 머리를 스쳤다.

"어떤가?"

제대로 섞이기도 전에 옆에 있던 김하룡이 물었다. 엉뚱한 고향 생각에 잠긴 채 잔모래만 열심히 으깨고 있던 삼룡이는 그의 말에 정신이 번쩍 들었다. 하던 일을 멈추고 허리를 펴면서 말했다.

"아직은 제대로 씻기지도 않았심더. 잘 씻어서 한 번 더 보입시더."

푸슬푸슬한 것들을 서로 뒤섞은 뒤 손바닥으로 다시 그것을 지그시 눌렀다. 석암이는 삽의 안쪽에서 그것을 긁어내 서로 섞어 다시 뭉갰다. 몇 번 되풀이해 봤지만 물에 젖어 서로 엉겼던 것들은 이내 푸슬푸슬 허물어지며 흩어졌다.

"잘 씻기가 숩지 안 것는디요."

"음……."

김하룡의 입에서 가볍게 흘러나오는 실망의 소리였다. 실낱같은 기대마저 무너지는 것 같아서 나온 소리다. 이상병을 앞지르고 싶었던 것이 뜻대로 되지 않아서이기도 했다.

"그러면 주워 온 돌도 다 마찬가지겠구나."

"그래도 모립니다. 조선에서도 산에서 보드라운 바구 쪼가리를 떼내서 잘게 깨 그것을 가리맨치로 맨들어가지고 그륵을 맨들 때 씨는 곳도 있지 않았십니꺼?"

삼룡이는 막연하지만, 그래도 끝내 기대를 버리지 못했다. 일이 되는 것을 봤고 꼬막질을 할 때 잘게 깬 모래 같은 가루가 서로 엉기는 것을 여러 번 본 일도 있었던 때문이다.

"문제는 그것으로 어떻게 백자토가 되도록 할 수 있는가, 그것이로구만."

밤이 꽤 깊었다. 이리저리 생각해봐도 산에서 가져온 돌멩이를 어떻게 씻어 부드럽고 좋은 가루로 만들 것인가에 대한 묘안이 삼룡이의 머릿속에서는 쉽게 떠오르지 않았다. 날이 새면 그것을 가루가 되도록 한 번 더 부숴서 씻어보기로 했다.

아무리 산을 헤매고 다녀봐도 도자기 재료가 될 태토를 찾을 수는 없을 것 같았다. 그래서 이렇게라도 한번 해보는 것에 기대를 걸어볼 수밖에 없었다. 산을 헐어 그 흙 속에서 금싸라기를 찾는 것 같은 심정이었지만 그래도 해보는 것이 하지 않는 것보다는 나을 것 같았다.

16 남는 사람과 떠나는 사람

김하룡 일행은 그 이튿날도 힘 빠진 하루를 산에서 더 보냈다.

이번에도 산에서 내려올 때 돌 부스러기 몇 개를 또 들고 왔다. 모서리가 닳아버린 돌뿐 아니라 각진 상태의 돌까지 몇 개를 들고 왔다. 각진 돌은 오랜 세월에 모서리가 닳아버린 돌과는 성질이 다를지 모른다는 생각에서였다. 저녁을 먹고 난 뒤 이것들을 한번 깨뜨려볼 요량이었다. 만일 돌을 깨서 가루가 된 것들이 서로 잘 엉기기만 하면 그동안의 노력은 헛되지 않을 것 같았다.

그릇을 만들 때는 물레를 차며 조심조심 먼저 모양부터 만들어야 한다. 이 일에 실패를 하면 모두가 헛일이다. 그렇게 되지 않는다면 주워 온 돌은 제 값어치를 톡톡하게 할 수 있을 것도 같았다.

더 기댈 데 없이 답답해서 그랬지만, 그래도 결과에 대한 기대는 컸다. 사기장들은 결과만 좋다면 여기서 새로운 길이 열리게 될지도 모른다고

생각했다. 그러나 경험 많은 몇몇 사기장들의 얼굴에서는 크게 기대하지
않는다는 표정도 역력히 읽혔다.

그들은 들고 온 돌조각들이 그런 것이라면 진작부터 애써 아리타 산속
을 구석구석 헤매며 고생하지 않아도 됐을 것이라고 생각했는지도 몰랐
다. 그런데도 삼룡이는 석암이와 함께 그런 기대를 버리지는 못했다.

저녁을 끝내는 대로 일을 계속하기 위하여 식사를 일찌감치 준비하고
있었다. 그때 이상병이 보낸 청년 두 명이 숙소로 불쑥 찾아왔다. 지난번
에 왔던 그 청년들이었다.

"아리타에서는 이제 더 이상 산에 올라가시지 않아도 될 것 같습니다.
장군님의 말씀입니다. 이곳은 이제부터는 이상병 사기장님이 중심이 돼
서 근처에 태토가 있는지 없는지 찾아보기로 하셨답니다."

뜻밖의 말이었다. 그러면 내일부터는 어디서 무엇을 하란 말인가.

"그렇다면 아리타가 아닌, 어딘가 다른 곳에라도 가서 거기서 흙을 한
번 찾아보라는 말입니까?"

"예, 그러나 다른 곳으로 가는 것은 아니고 이마리로 되돌아가시면 된
다고 합니다."

"이상병 도공은 여기 그대로 남는 것인가요?"

"우리는 그냥 그렇게만 알고 왔습니다."

김하룡은 이상병을 일부러 도공이라고 불렀다. 그는 스스로 자신을 사
기장이라고 말하지 않고 일본 사람들이 부르는 대로 항상 자신을 도공이
라고 불렀기 때문이다.

이상병은 누가 봐도 눈이 시릴 정도로 다쿠에게 굽신거렸다. 김하룡

일행이 이번 아리타에서 일하는 동안에도 그런 것을 느낄 수 있었다. 이들 일행이 다시 이마리로 돌아가게 된 것은 아무래도 이상병의 농간이 끼어들어서인 것 같았다.

다쿠에게는 어느 사기장이 어디서 무슨 일을 하는가는 중요하지 않았다. 누가 태토를 빨리 찾아내고 그릇을 더 잘 만들 수 있는지가 중요할 뿐이었다.

다쿠는 이마리 산을 뒤진 경험이 있는 김하룡을 다시 그곳으로 보내 거기서 좀 더 자세히 태토를 찾아보는 것이 좋을 것 같다고 판단했던 것이다. 그래서 김하룡을 다시 이마리로 되돌려 보내기로 한 것이다.

아리타에서 김하룡과 이상병이 서로 치열한 경쟁을 하게 했던 것은 빠른 시간 안에 흙을 찾아내고 싶어서였을 뿐이었다. 그러나 이마리 산속을 개발하려는 일까지 잠시 뒤로 미루면서 우선 흙부터 먼저 찾으려고 했지만 일은 쉽지 않았다. 자칫하다가는 게도 구럭도 모두 놓치게 되지 않을까 하는 걱정이 들었다. 김하룡을 다시 이마리로 보내기로 한 이유였다.

이마리로 돌아가기로 결정됐다는 말에 삼룡이는 산에서 가져온 잔돌을 살펴보려고 했던 일은 취소해버렸다. 이마리로 되돌아가는 판에 가능성도 알 수 없는 일을 밤새워 힘들게 해야 할 이유가 없었기 때문이다.

김하룡은 갑자기 자신들에게는 할 일이 없어져 버린 것 같아 허탈해졌다. 지난 얼마 동안 이곳에 머물면서 마음을 잡으려고 애썼던 몇몇 사기장들도 다시 불안해졌다.

"거기 가믄 흙 찾는 일 말고 우리가 해야 할 무신 다른 일이라도 있답

디꺼?"

"전에 가마를 만들자는 말이 있었으니 가보면 자세히 알겠지 ─"

김하룡은 대답할 말이 없었다. 그래서 그냥 그렇게 어물거렸다. 가서 해야 할 일이 있는지 없는지, 또 무슨 일을 어떻게 하라고 할 것인지, 산속에다 가마단지를 만들자고 했던 것이 아직도 그대로 유효한지, 그가 아는 것은 아무것도 없었다.

밖은 어느덧 어둠이 짙게 깔렸다.

다시 생각해도 자신들이 돌아가서 당장 할 수 있는 일은 산속으로 올라가 흙을 찾고 닥나무나 찾는 일을 되풀이하는 것밖에는 아무것도 없을 것 같았다.

저리 가거라 이리 오너라 하는 것에 이제는 모두 지쳤다. 알 수 없는 변화보다 그냥 그 자리에 안주하는 것이 훨씬 편할 것 같았다. 그렇지만 원하는 대로 일이 그렇게 쉽게 돌아가지는 않았다.

이튿날 김하룡 일행은 불안한 마음을 다독이며 다시 이마리 옛집으로 되돌아왔다. 집은 떠나기 전 그대로였다. 힘없이 돌아온 사기장들을 옛집은 그대로 묵묵히 받아들였다. 누가 청소를 해뒀는지 방바닥도 깨끗하게 잘 닦여 있었다.

다음은 무슨 일을 해야 할지 알 수 없는 불안한 마음으로 이튿날 하루가 저물었다. 그날 저녁 무렵이었다.

"다쿠 장군님이 모두 이곳을 떠나 아예 이마리 산속 오카와치야마(大川內山)로 옮기라고 하십니다."

이번에는 다쿠를 수행하는 그의 부하가 김하룡에게 이런 명령을 전했다. 그는 이미 김하룡에게는 낯설지 않은 인물이었다. 이 말을 전해들은 김하룡은 그저 난감할 뿐이었다. 맥이 빠진 채 사기장들에게 명령 내용을 그대로 전했다. 사기장들도 모두 이 느닷없는 명령에 망연자실했다.

오카와치야마란 큰 냇물이 흐르는 높은 산속이라는 뜻이다. 이마리의 깊은 산속을 이렇게 이름 지어 부르게 된 것은 그렇게 오래되지 않았다. 모두들 이미 몇 번이고 되풀이해서 올랐기 때문에 산의 구석구석까지도 대략은 아는 곳이다.

큰 바위들이 병풍을 치고 있는 깊은 산속, 갑자기 왜 모두 그런 곳으로 완전히 옮기라고 하는지 알 수 없었다. 어디서 머무르며 뭘 먹고 살라고 하는 것인지 마저도 알 수 없었다.

완전히 옮기라고 하는 곳은 전에 돌았던 곳이다. 모두들 뜬금없는 명령이라고 생각했다. 그렇지만 오직 피동적일 수밖에 없는 그들은 이번에도 역시 다른 선택의 여지는 없었다.

옮겨야 할 곳은 일행이 지금까지 머물고 있던 이마리 집에서 약간 남쪽에 자리 잡고 있는 험산이다. 산세가 험하고 아주 밀폐된 곳, 뒤로는 바위가 벽을 이루어 높게 막혀 있는 험지 가운데서도 험지의 산간계곡. 거리로만 따진다면 아리타보다 멀리 떨어진 곳은 아니지만 깊은 산속이어서 사람의 왕래마저도 없는 곳이다.

명령이 있던 다음 날, 김하룡과 삼룡이, 그리고 경기도 광주에서 온 사기장 등 몇 명만 먼저 올라가서 움막이라도 치고 머물 장소가 있는지부터 찾아보기로 했다. 나머지 사기장들은 이날은 모두들 집에서 그냥 쉬도록 했다.

다시 오르면서 살펴본 산세는 전에 올랐을 때 느꼈던 것보다는 더 음험했다. 그래도 숲 사이 덩굴을 헤치며 물길을 따라 계속 올랐다. 앞으로 살아가야 할 곳을 찾아야 한다니 산은 더 거칠었고, 숨은 목에서 더 헐떡거렸다. 아무 죄도 없는데 남의 나라에 잡혀 오면 이렇게 감옥 같은 데서 살 수밖에 없는가. 말은 없어도 모두들 가슴이 쓰라렸다.

말발굽같이 생긴 산속, 흐르는 물길을 따라 계속 올랐다. 그러나 다행히 중간이 완전히 막혀버리지는 않았다. 모두들 땀투성이가 되었다. 위로 갈수록 물길은 좁아지고 빨라졌다. 가파르기는 했지만 군데군데 경사가 완만한 곳도 전혀 없지는 않았다. 그냥 흙이나 있는지 찾아 돌아다닐 때와는 전혀 다른 곳 같은 느낌도 들었다.

"우리가 이렇게 높고 깊은 산속으로 와야만 하나?"

"여기 와서 뭘 해 묵고 산답니꺼?"

산세에 짓눌려 헉헉거리면서도 주위를 둘러보며 다들 고개를 갸웃했다.

전쟁 중인데도 조선에서 사기장들을 잡아 일본까지 끌고 왔던 나베시마 영주, 심지어 노예로 팔려가기 직전이었던 자신들을 극적으로 구해주었던 다쿠가 그런 자신들을 이런 감옥 같은 엉뚱한 산속으로 가라고 지시했다니 도무지 믿어지지 않았다.

그렇다고 누구도 감히 그의 명에 단 한마디 토라도 달 수가 없었다.

"우리가 찾는 흙이 여기 어디에 있기는 있을 것 같소?"

삼룡이와 함께 오르던 만석이가 푸념인지 불평인지 숨을 몰아쉬며 한마디를 툭 던졌다. 그러나 곁에서 같이 오르던 사기장들은 그 말에는 관심조차 없어 보였다. 산비탈을 오른다고 숨이 찼기 때문만은 아니었다. 이런 곳에 태토가 있을 것이라고 생각하는 사기장은 아무도 없었다. 조용했던 석암이도 뜻밖에 한마디를 뱉었다.

"산속에다 가마단지를 맨들 끼라고 안 했소? 안 죽고 살라카믄 가마를 앉치기는 앉혀야 할 낀디 찾아보믄 앉힐 곳이 있기는 안 있것소?"

다른 사기장들은 석암이의 말을 그냥 듣기만 했다. 앞사람의 발뒤꿈치만 보며 묵묵히 높은 곳으로 오르던 삼룡이는 잠시 앞사람 발뒤꿈치에서 눈을 뗐다. 그리고 허리를 펴 주위를 살펴봤다. 가마를 전혀 앉힐 수 없는 곳은 아닌 것 같다는 말을 확인이라도 하려는 것 같았다.

김하룡은 석암이의 말이 귓등 밖으로 들리지는 않았다. 다쿠가 하던 말, 새로운 가마단지를 만들겠다던 말이 머릿속에 강하게 남아 있어서였다.

관심이 없는 사람에게는 보아도 보이지 않는 법이다. 김하룡은 다쿠의 말을 곱씹으면서 다시 주위를 살펴봤다. 그러나 다른 사기장들은 여전히 입을 닫은 채 마냥 산을 오르기만 했다.

"가마를 만든다고요? 여기다 가마를요?"

쌕쌕거리며 산을 오르던 사기장 한 명이 느닷없이 말참견을 했다. 가쁜 숨을 몰아쉬면서 그가 내뱉는 한마디는 어림없다는 투였다.

"확실히 알 수는 없지마는요……."

석암이는 한발 물러서듯 그 말에는 크게 응수하지 않았다. 삼룡이도 한마디 거들까 하다가 그냥 입을 다물어버렸다.

삼룡이는 다시 주위를 둘러봤다. 석암이의 말마따나 가마를 앉힐 수 있는 곳이 전혀 없을 것 같지는 않았다. 계곡을 따라 물이 부족하지 않게 흐르는 것도 장점으로 보면 장점이 될 것 같았다. 죽살이 판에서 땅 타령이나 하고 있을 처지가 아니었기 때문이다. 그렇지만 여기서 태토를 찾아낸다는 것은 여전히 턱도 없을 것 같았다.

"쌀이 없으면 보리나 밀이라도 있어야 우선 그걸로 굶어 죽는 것을 면할 수가 있지……."

흙이 없이는 어떤 대책도 있을 수 없다는 것을 에둘러 하는 말이었다. 옆 사람이 중얼거리는 그 말에 다른 사기장들도 마음속으로는 공감했다.

산비탈 속, 큰 산봉우리 아래까지 올라와서 봐도 역시 걱정은 지워지지 않았다. 산을 오르는 동안 무성한 잡목 사이로 놀라 몸을 숨기는 꿩 새끼나 이따금 보일 뿐이었다. 조선에서 날아와 산다는 꿩은 도망을 가도 반가웠다. 여기저기를 둘러봐도 어디에도 사람이 숯을 굽고 살았던 흔적은 찾아볼 수 없었다.

"그러나 저러나 우선 저 바위산 아래까지 조금 더 올라가 봅시다. 당장에 비바람이라도 피할 수 있게 오두막이라도 지을 곳이 있는지 우선 그것부터 살펴봐야 할 게 아니오."

산을 오르느라 지친 사기장들 몇 명은 한 곳에 퍼져 앉아 움직일 생각을 하지 않았다. 김하룡의 말은 현실적이었다.

땀을 닦은 몇 명은 부스럭거리며 자리에서 일어서 다시 주위를 두루 살폈다. 역시 태산 같은 바위산은 시야를 가리며 어깨를 쭉 편 수리처럼 아래를 내려다보고 있었다. 끝까지 올라와서 다시 봐도 산은 사나운 수리 모양 그대로였다.

정상의 바위 아래까지 올라온 일행은 땀을 닦으며 산 아래쪽을 또 내려다봤다. 입구 한 군데만 간신히 트여서 이곳만 막으면 산속은 감옥과 하나도 다르지 않았다.

"끝까지 올라와 봤으니 이제 내려갑시다. 이곳에는 쓸 만한 터가 보이지 않으니 내려가면서 그런 땅이 있는지도 한 번 더 살펴보고요."

김하룡은 뜻밖에도 낮춤말을 쓰지 않았다. 그러면서 그는 먼저 산 아래쪽을 향해 방향을 틀었다. 모두들 묵묵히 그의 뒤를 따랐다. 내려오면서 다시 봐도 올라오는 입구만 숨통이 틔어져 있을 뿐 사방이 꽉 막혀 있었다. 이렇게 깊은 산속에서 사람이 산다는 것은 아무래도 어려울 것 같았다. 그러나 분명히 여기서 살도록 했다고 하지 않았는가.

산에서 내려와도 모두들 침울한 분위기가 걷히지 않았다. 함께 오르지 않았던 다른 사기장들도 이런 분위기를 놓치지 않았다. 그들도 별말이 없었다. 우울한 감정이 전염되었던 것이다.

"어떻게든 살아야 하지 않겠소. 하늘 아래 사람이 살지 못할 곳이 어디 있겠소. 낫이랑 칼과 톱 같은 연장들을 있는 대로 모두 챙겨서 내일부터 우선 살 수 있는 터부터 한번 닦아봅시다. 죽는 약 옆에는 사는 약도 있다는데 다쿠 장군님께서 어떻게든 살도록 해주시지 않겠소?"

산에서는 우선 비바람부터 피할 수 있어야 한다. 그러기 위해서는 모두가 산으로 옮기기 전에 오두막부터 먼저 지어야 한다. 떠나기 전 사기장들은 밤늦도록 집을 짓기 위한 연장들을 챙겼다. 그리고 이튿날은 다시 산으로 올랐다. 먹을 것이라고는 주먹밥 한 개씩밖에 준비하지 못했다. 산속에서 밤을 지새울 수 없기 때문에 해가 저물면 내려올 요량이었다.

막상 산봉우리 아래까지 비탈길을 따라 오르다 보니 움막 같은 것이라도 제대로 지으려면 우선 땅 고르기부터 해야 될 것 같았다. 사기장들로서는 난감한 일이었다. 그렇다고 다른 방법이 있는 것도 아니었다. 막다른 골목이라고 생각하자 살아야 한다는 생존본능이 속에서 꿈틀거리기 시작했다.

움막을 짓는 동안 사기장들은 이마리 집을 매일 오갔다. 힘들기는 했지만 머물 곳이 없으니 어쩔 수 없었다. 일이 끝나면 지친 몸을 이끌고 산에서 내려와 먹고 자고, 날이 새면 주먹밥을 하나씩 챙겨 다시 산으로 올라갔다. 오고 가고 움막 짓느라고 모두들 그 일에 매달려 차츰 지쳐가고 있었다.

"아리타에서는 별다른 소식이 없나요?"

뭐가 그렇게 궁금한지, 가끔 이렇게 묻는 사기장도 있었다.

"소식이 있어본들 그것이 우리와 무슨 관계가 있겠소?"

"혹시 거기서 무슨 태토 같은 것이라도 찾아낸다면 우리랑 나눠 쓸 수도 있지 않겠소?"

그러면서도 아리타는 사기장들의 관심 속에서 조금씩 멀어져가고 있었다. 오직 오카와치야마에서 하고 있는 이 집 짓기가 끝나면 여기서 어떻게 살아갈 수 있을 것인가, 그 문제에 신경이 더 쓰였기 때문이다.

"이런 산속에서는 쓸 만한 그릇을 만들 수 있는 좋은 흙이 제대로 나오기는 아무래도 어렵지 않겠소?"

"나도 그런 생각은 허는디, 그건 그렇다 치고 우리들한테 이런 데다가 집을 짓고 살아라 허니 높은 사람들헌테는 무신 생각이 안 있것소? 그 생각이 무신 생각인지 통 알 수가 없으니 궁금해서 말이요."

"무신 생각이라니, 그 생각이 무신 생각이것소?"

"허허, 그것을 다 알믄 점쟁이나 구신이지. 쓰시만가 어디서는 김해, 하동, 울산, 기장, 웅촌 겉은 데서 가지고 온 흙도 썼다꼬 안 합디까. 그 흙을 이리 갖고 와서 그륵을 꾸울 기라는 말도 못 들었십디까?"

그럴듯한 말이었다. 그런 생각도 하지 않고 이런 산속에다 집을 짓게 할 것 같지는 않았다. 집을 다 짓고 나면 가마도 새로 지어야 하고 도자기의 모양을 만들어내는 물레, 거기에다 어딘가에서 흙까지도 가져오지 않으면 일이 안 될 것이 분명했다.

흙이 생길지도 모른다는 생각을 하니 모두들 마음속에서 일고 있던 불안이 조금은 가라앉는 것 같기도 했다. 믿기가 쉽지 않은 일이었지만 그래도 그렇게 되기를 믿고 싶었다.

움막 짓는 땅은 조금 높게 북돋아야 될 것 같았다. 비가 오면 물구덩에 잠기지 않도록 하기 위해서였다. 이런저런 걱정이 조금 줄어들자 자신들이 거처할 움막 정도라도 어떻게 빨리 지어야 할 것인가를 궁리하는 사기장도 늘었다. 비록 주변은 험하고 산은 높지만, 이 역시 억센 바람을 막아주는 좋은 점도 있을 것 같았다.

생각이 여기에 미치자 가마 짓기에 대한 불안감이 조금은 사라졌다. 어차피 해야 할 일이라면 차라리 빨리 했으면 싶었다. 이마리 바닷가에다 논밭을 일구어 농사짓고 사는 것보다는 비록 산속이긴 해도 여기서 그릇이라도 만들며 사는 일이 손에도 익은 일이고 마음도 편할 것 같았다.

사기장들은 억지로라도 걱정을 조금씩 털어냈다. 오카와치야마 산속은 절망의 안개도 걷히는 것 같았고 사기장들의 움직임도 빨라졌다.

17 오름가마

아무리 봐도 오카와치야마의 생김새는 말편자 속 같았다. 그 안으로 들어온 사람은 왔던 길 외에는 나갈 곳이 없었다. 산 아래 평지를 지난 저쪽은 포구여서 전형적인 배산임해다. 바닷가 길가에는 듬성듬성 몇 채의 오두막집이 있지만 그쪽으로 향하는 길은 엉성하기만 했다.

김하룡 일행이 모두 오카와치야마로 옮겨오기 위해서는 제일 급한 것이 임시 거처부터 마련하는 일이었다. 그렇기에 사기장들은 모두가 한 덩어리가 되어 이 일부터 시작했다.

"움막인데 너무 잘 지으려고 그렇게 애쓸 필요는 없을 것 같아요. 이곳에다 가마를 모두 앉히고 난 뒤 그 옆에 빈터가 있으면 그때 거기에다 더 오래 살 집을 새로 지을 계획도 있는 것 같으니까요."

이따금씩 산으로 올라와 사기장들이 땀을 뻘뻘 흘리며 열심히 일하는 것을 봐온 다쿠의 수행원이 김하룡에게 이런 귀띔을 살짝 해주었다. 그는 일을 감독하기 위해서인지, 아니면 도울 일이 있으면 도우라는 명령 때문에서인지 이따금씩 이곳까지 올라와 얼쩡거리다가 내려가고는 했다.

그의 말대로라면 간신히 비나 피할 수 있는 움막에서 사기장들이 오래 살게 할 것 같지는 않았다.

"머시라카노. 지붕이 어설프믄 비가 샌다. 집을 지을라카믄 지붕을 단단히 맨들 생각을 해야제—"

일이 시작되는 들머리에서부터 삼룡이는 무엇이 더 중요한 일인가를 확실하게 했다.

"한겨울에는 여기가 깊은 응달이어서 눈도 오고 아주 추불 낀디 땔감도 단단히 준비해야 안 되것소?"

사기장들은 처음부터 땔감에 관심이 많았다. 일을 하면서도 화력이 좋은 소나무와 참나무, 심지어 그것들의 잔가지까지도 부지런히 주변에다 쌓았다.

임시 거처 짓기가 거의 끝날 무렵, 사기장들은 이곳에 머물면서 이곳 산속에다 훨씬 더 많은 집을 지어야 된다는 것을 좀 더 자세히 알게 되었다. 일을 하는 동안 사기장들은 집 짓기 솜씨가 상당히 익숙해졌다.

솜씨가 나아지자 경치가 빼어난 곳에다 자신들이 영주의 사당도 지어야 한다는 것을 알게 되었다. 이 말에 사기장들은 정신이 번쩍 들었다. 영주의 별장을 가까운 곳에 짓는다는 것은 좋을 수도 있다. 그러나 자칫하면 긴장을 안고 살아야 하기 때문에 걱정을 달고 살 수도 있다.

뒤에 알게 되었지만 오카와치야마 산속에는 처음부터 마을을 이룰 정도로 여러 채의 집을 지을 계획이 있었다. 그러나 사기장들은 열심히 오두막만 짓느라고 그런 계획을 모르고 있었을 뿐이었다.

오두막 짓기가 모두 끝나자 사기장들은 이곳 깊디깊은 산속으로 완전히 거처를 옮겼다. 그리고 될 만한 땅을 찾아 여러 채의 집을 짓는 일도 새로 시작하기로 했다.

이곳에 가마단지가 완성되면 이쪽으로 옮겨올 다른 사기장들의 집을 비롯해서 사기장들을 도와 허드렛일을 해야 될 사람들, 심지어는 이곳 출입자들을 단속할 사람들의 집까지도 모두 그들이 차례대로 짓기로 되어 있었다.

사기장들은 서툰 솜씨에 오두막을 짓는다고 처음에는 손바닥에 굳은살이 생겼다. 그러는 동안 그들은 집 짓기 숙련공의 수준에까지 이르게 되었다. 그 실력이 인정돼 가마단지가 완성될 때까지의 모든 공사를 그들이 도맡게 된 것이다. 사기장으로 잡혀 온 그들이 자신들도 모르는 사이에 치밀한 다쿠의 계산에 의해 도목수로도 부려먹히게 된 것이다.

김하룡은 이런 일에 대해서는 깊이 생각하지 않으려고 했다. 구차스러워서였다. 그러면서도 막연하지만 앞으로 여기서 무슨 큰일이 있을 것 같다는 예감은 그의 머릿속에서 계속 어슬렁거렸.

새로운 일은 시작되었다. 사기장들이 살 오두막에서 약간 떨어진 아래쪽에다 터를 닦은 뒤 속이 텅 빈 공장 같은 집들도 지었다. 넓기가 여간한 것이 아니었다. 사랑채 둘을 합친 것만 했다. 시키는 대로 일을 하면서도 이런 집을 지어야 한다는 것이 수수께끼 같았다.

창고 같은 집 아래쪽 비스듬한 땅에도 집 두 채를 따로 지으라 했다.

이 집에는 흐르는 물을 끌어당겨서 커다란 물레를 돌려 무엇인가를 찧을 수 있도록 공이까지 연결시키라고 했다. 이해가 안 되는 지시여서 모두 의아해했다. 이렇게 깊은 산속 논밭도 없는 곳에다 방앗간을 지으라니 그럴 수밖에 없었다.

삼룡이는 지금껏 방앗간에서 가마를 만들고 그릇을 성형하는 것을 본 일은 없었다. 석암이와 만석이도 의아할 수밖에 없었다. 그뿐 아니라 그런 집을 짓기 위한 터 고르기가 집 짓는 일보다 훨씬 더 힘들었다.

그런데도 사기장들은 시키는 대로 일을 해나갈 수밖에 없었다. 끝날 줄 알았던 집 짓기는 그래도 계속되었다. 그리고 갈수록 복잡해졌다. 공사 기간이 생각보다는 길어진 뒤에야 드디어 마무리 작업에 접어들었다.

여기서는 사기장들끼리만 모여서 그릇이나 만들며 조선에서 살았던 때처럼 오순도순 살았으면 좋겠다는 생각이 들었다. 그러나 그렇게 되지는 않을 것 같았다. 크고 좋은 집들을 차례로 몇 채나 더 짓게 하는 것만 봐도 사기장들끼리만 도자기나 만들며 조용하고 편하게 살기는 아무래도 틀린 것 같았다

이상하게 생각되는 것은 한둘이 아니었다.

산속 절간의 요사채처럼 여러 사람이 들 수 있는 집까지도 지으라는 것이 아닌가. 이 산속에다 영주의 영지 안에 잡혀 있는 사기장들을 전부 다 끌어들여 함께 살 수 있는 마을을 만들어도 될 성싶었다. 아니면 아랫동네 갯가에 사는 사람까지 끌어들여 함께 모여 살 수 있는 마을을 새로 만들려는 것이나 아닌가 하는 생각이 들 정도였다.

"허허, 흙도 없는 이 산속에다 가마를 이렇게 여러 틀이나 앉히라니.

내 참 알다가도 모를 일이네. 우리가 사기장이여, 집 짓는 목수들이여?"

"다 함께 모여 일할 수 있게 가마를 여러 틀 지으라고 하지만, 꼭 하라면 못 할 것도 없지 않은가."

"참, 말도 안 되는 소리여. 여기 어디 흙이 나올 곳이 있어? 흙도 없이 가마만 많이 지어서 뭘 할 끼라꼬."

"다 생각이 있어 그러것지. 그런디 사람이 많이 몰려 살면 심심하지는 않아서 좋을 것 같지만 왜놈들꺼지도 몰려와 섞이믄 서로 성질이 잘 안 맞아 낭패가 될 것이 아닌가, 그것도 걱정이고 말이여."

"그것은 그때 가서 생각해볼 일이고, 우리는 굿이나 보고 떡이나 먹음세."

새로 지을 가마는 모두 일곱 틀이나 됐다. 그러나 가마를 짓기 위해서 터를 잡은 뒤 먼저 해야만 할 일이 있었다. 가마 안에다 쓸 내화벽돌부터 구워야 하는 일이 그것이었다. 높은 열에다 흙을 구워 만든 벽돌로 가마 안벽을 꾸며야 고급 도자기를 소성할 수 있다. 그때 엄청나게 높은 열에도 가마가 잘 견뎌낼 수 있기 때문이었다. 그러나 그런 벽돌을 굽는 것도 쉬운 일은 아니었다. 흙부터 찾아야 했기 때문이다.

그래도 사기장들은 군소리가 없었다. 지으라는 곳에다 땅을 고르고 터를 넓혀 일곱 틀의 가마를 차근차근, 그리고 묵묵히 지어나갔다. 한 틀의 길이가 사람 대여섯 명 정도는 길게 누워도 남을 성싶은 것들이었다. 높이는 사람 키 한 배 반은 더 될 것 같았다. 조선 오름가마의 큰 것 한 개만 한 계단식 오름가마였다.

나베시마 영주는 임진왜란 때 조선 가마를 매우 자세하게 살펴본 것 같았다. 도요토미 히데요시가 조선 찻잔에 미치다시피 했던 것을 상기하면서 자신도 모르는 사이에 도자기에 깊은 관심을 쏟게 되었는지도 모른다.

그 뒤 정유재란 때는 휘하의 특수부대가 더 많은 사기장들을 잡아 오지 못하면 안달이 나서 견딜 수가 없을 정도였다. 순왜들을 풀어 곳곳을 들쑤시고 다녔던 때도 정유재란이 내리막이었을 무렵이었다.

나베시마 영주가 사기장에게 이렇게 관심이 높아진 것은 도요토미 히데요시로부터 직접 주인장(朱印章)을 받고 난 뒤부터였다. 붉은색 인주가 잔뜩 묻은 이 주인장은 강한 명령, 또는 신뢰의 의미가 깃들어 있는 징표였다. 그는 주인장을 받아 거기 적혀 있는 내용을 읽은 뒤 그것을 벽에 걸어놓았다. 그리고 혼자서 벽을 보며 복창을 했던 그때의 기억이 그의 머리에서 항상 떠나지 않았다.

도요토미 히데요시가 히젠 나고야성에 머무르고 있을 때는 곧 침략전에 가담할 가까운 지역 출신 영주를 자주 불렀다. 그리고 귀한 찻잔에다 손수 차를 부어주기도 했다. 매우 드문 일이었다. 보통 신뢰하는 부하가 아니고는 직접 차를 부어준다는 것은 상상도 할 수 없는 일이었다.

나베시마는 그때마다 감읍을 감추지 못했다. 그런 도요토미 히데요시가 나베시마에게 직접 주인장을 내리면서 기술이 뛰어난 사기장을 많이 잡아오라고까지 했다. 그로서는 목숨을 바쳐서라도 최고 실권자인 도요토미 히데요시의 명령을 따르지 않을 수 없었다.

그는 전쟁 중 김해, 부산, 웅촌, 기장, 심지어는 시마즈 요시히로 관할인 사천과 동부 하동 백련리와 진교 일대의 수많은 사기장들까지도 시마즈 요시히로와 협력해서 잡아들였다. 그리고 그들을 자신의 영지로 각각 나눠서 보내기도 했다. 전쟁이 끝난 뒤 철수 전까지도 이런 일은 계속됐다.

그러는 사이에 도요토미 히데요시가 급사했다. 그가 죽은 뒤 전쟁이 끝나고 일본으로 돌아온 나베시마는 자신의 영지에서 보호하고 있던 사기장들은 자연스럽게 자기 마음대로 할 수 있게 되었다. 세키가하라 전투에서 도쿠가와 이에야스가 승리한 뒤에는 더욱 거리낄 것이 없었다.

나베시마는 아리타에 새로운 가마단지를 짓는 것에 강한 의욕을 보이고 있었다. 다쿠로서는 따를 수밖에 없었다. 또 이런 때 영주의 생각에 충실하게 따르는 자신의 충성심도 보여야 될 것 같았다.

이마리 산속 오카마치야마 험산준령에 관심을 둔 것은 그 뒤의 일이었다. 거기에다 대역사를 펼치기로 작심한 그는 무리를 해가면서까지 다쿠를 시켜 일을 진행하도록 했다. 충성스러운 다쿠는 김하룡이라면 오카와치야마 산속에서 태토까지도 찾아낼 수 있을 것이라고 생각했다.

다쿠는 김하룡을 오카와치야마로 보내면서 나베시마 영주에게는 명령을 실천하기 위한 계획을 구체적으로 보고했다.

"좋은 생각이군. 일본뿐 아니라 저 먼 구라파까지도 이곳에 도자기 명산지가 새롭게 생겼다는 소문이 나면 명나라의 도자기 명산지 징더전보다 더 유명한 곳이 될 수도 있고 말이야."

나베시마가 기뻐하는 반응은 다쿠에게 더욱 큰 용기를 줬다. 그 용기는 일을 추진하는 힘의 바탕이 되었다.

"신명을 바쳐 열심히 하겠습니다."

"행운은 우연히 오는 것이 아니야. 철저한 준비가 행운의 기회를 만들어주는 법이야. 도공들이 일을 하는 데 어려움이 없도록 뒷바라지도 잘해줘야 돼."

"예, 명심하겠습니다."

김하룡을 오카와치야마로 보내기 전 다쿠는 수행원들을 데리고 깊은 산속까지 올라가 몇 번이고 현장을 둘러봤다. 조릿대만 무성한 곳, 그래서 시이노미네라고도 불리던 이곳은 사람들의 관심 밖에 있는 깊은 산속이었을 뿐이다. 산을 둘러본 다쿠는 나베시마 영주가 어디서 어떤 정보를 듣고 오지 중의 오지인 여기를 주목하게 됐는지 이해가 잘 되지 않았다.

그래도 그는 명령에 따라 계속해서 산속 깊은 곳으로 들어가봤다. 둘러보면 볼수록 의외로 험지였다. 그러나 준비가 행운의 기회를 가져다준다는 나베시마의 말이 그에게 실망을 허락해주지 않았다. 거기다 오카와치야마 입구에서 이마리 갯가가 그다지 멀지 않다는 것도 예사스럽게 느껴지지 않았다. 영감 같은 것이 그의 머리를 스쳤다.

현장을 몇 번이고 둘러봤다. 수많은 전쟁을 치른 나베시마의 혜안에 차츰 머리가 수그러졌다.

마침내 그는 다른 어느 곳과도 비교될 수 없이 좋은 가마단지를 이곳에다 만들겠다는 마음을 굳혔다. 소리 소문 없이 유명한 곳이 되어 이곳은 분명히 세상을 깜짝 놀라게 할 수 있을 것이라는 확신도 생겼다.

확신이 굳어지자 다쿠에게 아리타의 중요성은 자연히 후순위가 되었다. 관심의 무게중심이 옮겨진 것이다. 이곳이 완성되면 영주는 사가번의 번주 자리까지 아들에게 넘겨주고 여생을 여기서 보낼 생각이라고 하지 않았던가. 다쿠가 오카와치야마 가마단지를 성공적으로 만들어 바친다면 자신에게 내려질 상당한 보상을 기대해도 좋을 것 같았다.

일을 추진하면서 생각해도 영주의 구상과 결단은 놀라웠다. 산을 돌면서 일대를 자세히 살펴보니 이곳의 지형은 분명 거대한 비밀의 성터 같았다. 이 거대한 비밀의 성 안에서 명품 중의 명품 도자기를 만들 수 있게만 된다면 영주는 세상을 깜짝 놀라게 할 평화 시대의 영주가 될 수도 있지 않겠는가. 다쿠는 그런 생각을 하면 가슴이 뛰었다.

기술자 문제는 걱정할 것이 없었다. 조선에서 잡아와 영지에서 보호하고 있는 조선 최고 기술의 사기장 일곱 명에다 또 다른 여러 명의 사기장들까지 이곳으로 데려오면 걱정은 끝난다. 거기에다 김하룡의 사기장들을 합치면 일본 안에서 그 이상의 조합은 없을 것 같았다.

오카와치야마 입구만 단단히 지키고 있으면 다른 걱정은 하지 않아도 된다. 사기장들이 밖으로 나갈 일도 없고 밖에서 아무도 들어올 수 없으니 이곳은 비밀의 성이 될 것이다. 그렇게 되면 이 비밀의 성 안의 고급 기술이 밖으로 빠져나가게 될 걱정은 하지 않아도 된다. 일본 최고의 명품을 소문 없이 이곳에서 얼마든지 만들 수 있게 된다. 그렇게 되면 사가번은 엄청난 부를 창출할 수도 있을 것이다. 다쿠는 가슴이 뛰었다.

닥나무가 발견되지 않으면 고급 종이는 일본 안에서 구하면 된다. 세상에서 제일 좋은 그릇을 아름다운 일본 종이로 고급스럽게 포장하면 그것도 좋은 일. 그 명성을 수출해서 반드시 사가번으로 하여금 부를 거머쥐게 할 것이다. 그런 꿈을 실현하기 위해서 다쿠는 준비에 주마가편이 필요했다.

계속되는 그의 독려와 관심 속에서 거대한 비밀의 가마터 공사는 차근차근 순조롭게 진행되어갔다. 나베시마에 대한 결사보은의 충성심도 확실하게 입증될 것이 분명했다.

드디어 공사가 끝났다. 며칠 뒤 김하룡을 자신의 거처로 부른 그는 다른 말은 하지 않고 종이 한 장을 내밀었다.

"일에 앞장서 줘서 성공적으로 공사가 잘 끝난 것 같다. 이 그림 안에는 그동안 만든 집과 가마가 전부 다 그려져 있다."

김하룡은 다쿠가 내민 엉성한 그림에서 가마의 위치와 집의 위치, 길 등을 자세히 살펴봤다. 놀랍게도 일을 하면서 생각했던 것보다도 규모가 훨씬 컸고 넓었다. 그림을 훑어본 뒤 김하룡은 고개를 들었다.

"그동안은 바깥사람들도 몇 명 이곳에 들어와 일을 거들지 않았느냐? 그러나 이제부터 그 사람들은 물론이고 아무도 이곳 출입은 못 할 것이다."

김하룡은 그림이 그려진 종이에 다시 눈길을 주었다. 한 장의 종이에 여기저기 가득하도록 그려진 집이 새삼스러웠다. 늘 봐오던 대로 그 집들 곁으로 흐르는 물 위에는 다리도 놓여 있었다. 자신들의 힘으로 이렇게까지 만들었다는 것이 신기하기까지 했다.

"이제 곧 영주님께서 특별히 보호하고 계시던 기술이 가장 뛰어난 조선 도공 일곱 명이 이곳으로 와서 함께 일하게 될 것이다. 그때 다른 도공들도 몇 명이 함께 따라올 것이다."

"그분들은 어디서 머물게 됩니까?"

"물론 밖으로는 나갈 수 없으니까 모두 여기서 머물 것이다."

다쿠는 이곳의 공사는 이제 더 할 것이 별로 없다고 말했다.

"가마는 일곱 틀을 다 쓸 수 있도록 해둬야 할 것이다."

몇 가지 지시를 받고 난 뒤 김하룡은 다쿠 앞에서 물러났다.

오카와치야마의 가마는 모두 오름가마였다. 불통이 계단식으로 만들어져 있었다. 한 틀의 가마는 예닐곱 개 이상의 각각 다른 불통으로 되어 있었고 불길도 서로 잘 연결되도록 되어 있었다. 첫 번째 불통보다 그다음 불통은 조금 높은 곳에 자리 잡게 했다. 불길이 위로 잘 오르도록 만들었기 때문이다. 일본 사람들이 노보리가마라고 부르는 이런 오름가마는 그때까지 일본에서는 흔하지 않았던 가마다.

오름가마는 불이 아래쪽에서 위로 올라가면서 차례대로 가마 안이 뜨거워지도록 설계된 것이다. 마침구이를 할 때는 가마 안의 온도가 1천 3백 도까지 이르도록 한다. 이때 불티나 잡물이 그릇에 붙지 않도록 완전 연소가 되게 하고 불의 온도가 제대로 전달되게 해야 한다. 이런 일은 큰 가마단지에서는 불을 전문적으로 조절하는 부호수(釜戸首)의 몫이다.

불을 붙였을 때의 땔감의 종류와 마른 정도, 불통의 숨구멍을 막고 산소와 열을 조절하는 데 따라 불은 빨간색과 파란색이 약간씩 다르게 드러난다. 도자기 색깔이 미묘한 차이가 나는 이와 같은 방법 중 어느 하나라도 조건이 제대로 맞지 않으면 최상의 그릇을 얻기는 힘들어진다.

드디어 오카와치야마에서 새로 만든 가마에 시험으로 첫 불을 넣는 날이 되었다. 그러나 이 작업은 도자기를 완전한 상품으로 구워내기 위한 일은 아니었다. 불이 가마에 얼마나 잘 들어가는지 사전에 세심하게 살펴보기 위한 작업이었다.

다쿠는 불 넣기가 시작되기 전부터 가마 앞에서 서성거렸다. 거기에는 이상병도 와 있었다. 그리고 그의 곁에는 나이가 지긋하고 낯선 다른 몇 명도 보였다.

비로소 불 넣기가 시작됐다. 첫 불이 봉통에 들어가자 다쿠는 끼고 있던 팔짱을 풀며 한 걸음 앞으로 나섰다. 긴장하는 모습이 얼굴에 그대로 드러났다. 가마를 직접 만들었던 삼룡이도 숨을 죽였다.

봉통 안으로 불을 넣자 그것이 공기에 빨려 들어가는 소리가 들렸다. 그 소리와 함께 불은 첫 번째 노리칸으로 옮겨 갔다. 불 넣기가 성공한 것이다. 박수소리가 들렸다. 불은 금방 텅 빈 다음 칸으로 빨려들듯 올라 갔다. 성공한 것이 확실했다. 굳어 있던 다쿠의 얼굴에서는 긴장감이 풀렸다. 안도감이 밝은 빛으로 화안하게 얼굴에 번졌다.

"수고들 많았어. 지금은 그릇을 만들 흙이 없어서 제대로 되지 않겠다고 생각하겠지만 걱정할 것 없어. 아무 대책 없이 여기다 이런 가마를 만들게야 했겠어?"

그의 말은 마치 흙에 대한 대책이 마련되어 있음을 암시하는 것처럼 들렸다. 그러나 사기장들은 구체적으로 어떻게 대책이 마련되어 있는지는 전혀 알 수가 없었다.

"지금 불이 들어가는 것을 보고 있는 사람들 가운데는 조선에서도 최고의 기술을 가진 상급 도공도 있다는 것을 모르지는 않겠지?"

뜬금없이 이렇게 말한 뒤 다쿠는 오름가마의 불보기 칸으로 눈을 돌려 불이 잘 들어가는가를 새삼 확인했다. 두 번째 칸에서 불이 위로 옮겨지는 것을 확인한 뒤 그는 곁에 서 있는 이상병과 낯선 사람들에게 눈길을 줬다. 오카와치야마의 사기장들도 이상병 곁에 서 있는 나이가 지긋하고 낯선 사람들을 바라봤다. 그들은 편안한 얼굴을 하고 있었다.

"우리는 어떤 어려움이 있어도 이 가마에서 일본 제일의 좋은 그릇을 반드시 만들어내야 할 것이야. 모두들 각오를 단단히 하고 일을 시작하지 않으면 안 돼."

이 말을 들은 김하룡은 더럭 겁이 났다. 사실 조선에서 가마를 만들고 그릇 굽는 일을 하기는 했지만 스스로 자신이 뛰어난 사기장이라고 생각하지는 않고 있었던 때문이다. 삼룡이 역시 일본 최고의 그릇을 자신들이 만들어야 한다니 그렇게까지 할 자신은 없었다. 부담스러워진 사기장들은 말없이 서로의 얼굴을 힐끗 봤다.

그러나 다쿠의 표정은 매우 밝았다.

"이상병, 백자토를 찾게 되면 함께 쓰는 것, 잊지 않고 있지?"

"예!"

곁에 서 있던 이상병이 자세를 고쳐 서면서 답했다. 그런 광경을 보면서도 사기장들은 어떻게 다쿠의 입에서 그런 말이 쉽게 나오는지 알 수가 없었다. 특히 '백자토를 찾으면'이란 구체적인 말은 그들을 의아스럽게 했다. 곁에 서 있던 상급 사기장들은 그래도 그냥 조용하기만 했다.

태토를 찾는다면 꼭 백자토가 아니라도 된다. 접착력이 좋고 거기에다 색깔도 곁들일 수 있는 흙이라면 백자를 만들지 않을 경우는 문제가 없다. 물레 성형을 할 때 스스로 허물어지는 일이 없으면 크게 걱정할 일도 없다. 도자기를 만들어내는 데는 모래가 섞인 흙이라도 섞어 쓰기에 따라 양질의 흙처럼 쓸 수도 있다.

초벌구이가 끝난 것은 거기에다 밑그림을 그린다. 유약을 발라서 그것을 다시 굽는 데도 걱정이 없다. 백자토는 높은 열을 계속 주면 입자들이 서로 녹아 엉켜 하나가 된다. 1천 3백 도의 불 속에서 이렇게 담금질을 하고 나오면 그릇은 유리로 변한 듯 두드리면 맑은 소리까지 낸다.

이런 흙에 철분이라도 섞어 넣으면 색깔 조절에 효과적이기도 하다. 오카와치야마나 아리타 산 그 어디에서 이런 흙을 구할 수 있다는 말인가. 아니면 백자토가 있다는 말인가. 이런 흙은 조선에서도 구하기가 쉽지 않았다. 삼룡이는 백자토 덩이나 구덩을 발견하면 은광이나 구리광이라도 발견한 것처럼 조선에서도 경사가 났던 일이 생각났다.

다쿠는 그런 태토를 금방이라도 찾게 될 것처럼 말하고 있지 않는가.

백자토를 제대로 아는 사람이라면 다쿠의 이 말이 쉽게 이해되지 않아야 정상이다. 삼룡이가 아리타 산 일대를 돌면서 여기저기를 그렇게 뒤져봐도 없었던 흙이 아닌가.

"김하룡, 조금만 더 기다려 봐!"

"예!"

김하룡을 보면서 그는 자신이 있다는 듯 한마디를 던졌다. 다쿠가 김하룡에게까지 이렇게 자신 있게 말하는 뜻을 짐작하기는 어렵지 않았다. 평소에 가부가 분명한 그의 성격에 비추어보면 더욱 그랬다.

그런 말을 하고 난 뒤 그는 허리를 굽혀가며 불이 활활 타오르고 있는 가마 여기저기를 살펴보았다. 그런 뒤 다시 봉통 앞에 섰다.

"지금 하고 있는 일만 열심히 하고 있으면 돼. 여기로 올라오는 길은 좁아서 조금 더 넓혀야 될 것 같고 손을 좀 더 봐야 할 집도 있어. 손이 모자라면 거들어줄 사람들을 더 부를 수도 있고 말이야."

몇 마디 말을 끝낸 그는 가마를 다시 기웃거리며 굴뚝이 있는 데까지 걸어 올라갔다. 거기서 굴뚝 연기를 바라보았다. 주변을 둘러보고 나서 새삼스럽게 산 아래 여기저기를 고개를 뽑고 한참 내려다보았다. 그런 뒤 말이 있는 곳으로 갔다.

"가자."

말의 옆구리를 툭 차며 다쿠는 수행원과 함께 자리를 떠났다. 이상병 일행도 김하룡에게 축하한다는 몇 마디를 건넨 뒤 곧 자리를 떴다.

며칠 뒤 다쿠는 전에도 자주 그랬던 것처럼 수행원 몇 명을 데리고 또 불쑥 나타났다. 도착하자마자 그는 김하룡을 앞세운 뒤 삼룡이도 데리고 가마 쪽으로 갔다. 수행원들과 함께 여기저기를 샅샅이 둘러보았다.

텅 비어 있는 창고 같은 큰 집 안으로 들어가더니 거기서도 구석구석을 살펴봤다. 흐르는 물을 이용해서 물레가 돌아가게 만든 방앗간 같은 곳에도 직접 들어가 공이를 살펴본 뒤 그것을 만져보며 수행원들에게 뭐라고 설명까지 해주었다.

"딱딱하고 질 좋은 나무를 쓴다고 해도 나무 절굿공이로는 돌을 찧어 깨기는 어렵지 않겠어?"

"예, 쉽지는 않을 것 같습니다."

"음……."

잠시 말을 멈췄던 그는,

"그러면 절굿공이를 돌로 만들면 안 돼?"

"예, 그러면 될 것 같습니다. 그러나 공이를 들어 올리는 바퀴의 물통이 지금 것보다 더 커야만 될 것 같습니다. 그리고 물을 싣고 도는 수레도 그만큼은 더 커야만 공이를 들어 올릴 수 있을 것 같습니다."

다쿠는 머리를 갸우뚱하더니 알았다는 듯 고개를 끄덕했다. 그러나 김하룡은 사실 자신이 있어서 그런 대답을 한 것은 아니었다. 조선에서 물레방아 일을 해본 일이 없었을 뿐 아니라 돌로 만든 절굿공이를 쓰는 것을 한 번도 본 일이 없었다. 그러나 집 짓기 공사 때 작업 과정을 봤기 때문에 이치가 그럴 것 같아서 묻는 말에 그렇게 대답했을 뿐이었다.

"집을 짓고 길을 닦은 도공 가운데 조선에서 도공 일을 하지 않은 사람도 있느냐?"

"제가 알기로는 그런 사람은 없습니다."

그는 김하룡에게 가마를 한 번 더 볼 테니 앞서라고 했다. 몇 번이고 가본 곳이어서 특별히 안내할 것이 없는데도 그랬다. 마치 자신이 사기장이라도 되는 것처럼 가마가 있는 곳에 와서 여기저기 허리를 굽혀 보면서 수행원들에게 가마에 대해서 뭐라고 설명까지 해주었다.

"이곳에다 가마를 몇 개 더 만들면 어떻겠느냐?"

"예, 장소가 좀 비좁기는 하지만 오름가마 몇 틀은 더 앉혀도 될 것 같습니다. 그러나 지금도 모두 일곱 틀이나 되는데 거기에 더 지었다가 태토를 구하지 못하면 어떻게 해야 할지 그것이 걱정입니다."

삼룡이를 힐끗 본 뒤 김하룡은 크게 자신이 없는지 목소리로 낮췄다. 다쿠는 들은 척 만 척 그 말에는 아무튼 반응을 보이지 않았다.

"아래로 내려가는 길을 지금보다 좀 더 넓히게 한 것은 잘한 거지?"

다쿠는 꼼꼼하게 여기저기를 살피고 때로는 이런 것 저런 것을 물었다. 이어서 이번에도 외부 사람들의 오카와치야마 출입을 통제하기 위해서 지은 세키쇼(關所)까지 내려가서 그곳도 살펴봤다. 마지막 점검 같기도 했고 바깥사람들의 출입 통제에 꽤 신경이 쓰여서 그러는 것 같기도 했다.

"태토는 머잖아 해결될 것 같아."

아리타에서 산속을 헤매며 태토를 찾았으나 아무 성과를 거두지 못했던 김하룡으로서는 믿기 어려운 말이었다. 삼룡이도 가장 큰 걱정거리가 바로 이 태토 문제였다. 그런데 다쿠가 이렇게 쉽게 말하는 근거라도 있는 것인지, 이유를 알 수는 없었다.

"흙 문제가 해결되면 즉시 그릇 굽는 일이 시작될 것이다. 그때가 되면 이 세키쇼에는 바깥사람은 그림자도 얼씬하지 못하게 될 것이야."

그러나 세키쇼는 사기장들과는 아무 관련이 없는 곳이다. 삼룡이도 이 말에는 전혀 신경이 쓰이지 않았다. 오카와치야마의 이 깊은 산속에 갇혀 일이나 하며 평생을 살아야 할 신세라는 것을 삼룡이도 이미 각오하고 있었다. 그런데 누가 이 세키쇼를 들락거린들 그들과는 무슨 상관이 있겠는가.

18

바위가 태토로

모든 공사는 완전히, 그리고 순조롭게 끝났다.

높은 산 깊은 골이기는 하지만 이렇게 가마단지 공사가 끝나자 모두들 비로소 숨을 돌려 쉴 수 있었다. 떠돌이 삶을 정리할 수 있었고 정처 없이 아리타로, 이마리로 옮겨 다니느라고 초조하고 불안했던 삶의 무거운 짐을 여기에다 부려놓을 수는 있게 되어서였다.

다쿠가 언질을 주기는 했지만 그래도 끝까지 사기장들을 찜찜하게 했던 것은 역시 태토였다. 그것은 어딘지 마음 한구석에 남아 있는 풀리지 않는 숙제였다. 만일 그 숙제가 풀리지 않는다면 지금까지의 노력이 제 값을 할 수가 없기 때문이었다.

사기장에게는 가마가 자신들의 밥통이다. 그런 밥통에는 흙이 있어야 한다. 흙이 없으면 도자기를 만들 수 없다. 흙이 없으면 가마는 물론, 사기장들의 존재 이유도 없어진다.

가마 안은 흙과 불이 만나는 곳이다. 그 만남이 치열해야 그릇은 예술의 극치로 피어난다. 찬란한 불꽃의 조화가 아름다운 꽃이 되기 위해서는 불꽃 속에서 새로운 생명을 꽃피울 흙이 없으면 절망이다. 사기장들 역시 흙이 없으면 일 없어 우두커니 서 있는 허수아비가 될 수밖에 없다.

그래서인지 다쿠는 그동안 가마 만드는 작업을 서둘러 끝내라고 독촉하지는 않았다. 완벽을 위해서였는지는 모른다. 작업을 빨리 끝내는 것은 사기장들이 더 바랐던 일이다. 어서 결실을 보고 싶어서였다. 그랬기 때문에 그들은 날마다 분주한 벌이 되었던 것이다.

일이 완성 단계로 나아갈수록 사기장들에게는 태토가 발견되었다는 소식이 더욱 간절했다. 그런데 공사가 진행되는 동안 어쩐지 그 문제는 해결될 기미가 보이지 않았었다. 다쿠의 언질이 없었던 것은 아니나, 언질은 어디까지나 언질이었을 뿐이다.

그러나 염원이 간절하면 하늘도 감동한다고 했던가.

가마 짓기가 끝나도 흙이 없어 사기장들의 마음이 뒤숭숭했던 바로 그 무렵 놀라운 소식이 날아들었다. 이상병이 드디어 백자토를 찾아냈다는 소식이 그것이었다. 그것도 아리타의 어마어마하게 큰 바위 하나가 통째로 백자토가 엉겨 붙은 뭉치였다는 것이다.

얼마나 놀라운 소식인가. 시험 작업에서 성공까지 거뒀다고 했다. 아리타의 큰 바위 하나라면 그것은 작은 산 하나에 버금가는 크기다. 이 믿기 어려운 소식에 오카와치야마는 들썩하지 않을 수 없었다.

아리타에서 산을 구석구석 뒤지고 다녔던 삼룡이로서는 그 소식이 믿어지지 않았다. 그러나 그런 의심을 뒤집는 일들은 상당히 구체적으로 드러났다. 백자토가 발견됐다는 곳은 김하룡 일행도 돌았던 곳이다. 이 상병이 태토를 찾았다고 하는 바로 그곳은 김하룡과도 서로 교대를 해가면서 백자토를 찾았던 곳이다. 보고도 그냥 스쳤던 산 같은 바로 그 바위가 백자토가 뭉쳐서 된 바위였다는 것이다.

처음에는 반신반의했다. 그렇지만 이내 믿지 않을 수 없게 되고 말았다. 백자토가 뭉쳐서 된 바위가 발견됐던 일은 조선에서도 있었기 때문이다.

아리타 산을 돌 때 김하룡 일행도 이런 시도는 했었다. 부식토와 바위에서 떨어져 나온 푸슬푸슬한 돌, 삼룡이는 심지어 몽돌 같은 것까지 가져와 백토 성분이 있는지 찾아보려고 시도했던 곳이 바로 그 주변이었다. 그러나 오카와치야마로 되돌아가라고 하는 바람에 그런 시도를 포기하지 않았던가.

되돌아가라고 했던 날이 하루 이틀만 늦었어도 아리타 산에서 들고 내려왔던 돌에 백자 성분이 있는지 알아냈을지도 모른다. 그러나 그 일을 포기해버리고 아리타를 떠나게 된 것이 참으로 아쉽기 짝이 없었다. 후회스러운 일이었다.

아리타 산의 큰 바위 하나 통째가 그런 귀한 것으로 발견됐다니 어떻든 다행스러운 일이었다. 백자토로 된 바위를 한 번도 본 일이 없는 김하룡은 처음에는 멍했다. 그러나 그 자신도 아리타에서 백자토가 발견되었다는 것을 끝내는 믿지 않을 수 없었다.

"다쿠 장군님이 흙은 곧 해결 날 끼라꼬 했던 말이 빈말이 아니었던갑다."

다쿠가 한 말을 귀담아들었던 사기장 가운데는 이 소식에 머리를 끄덕이는 사기장도 있었다.

"아마도 우리가 알아보려고 했던 바로 그때는 아리타에서도 그 바위를 깨뜨려서 백토가 엉겨서 된 것이 아닌지 알아보고 있었던지도 모르지."

"좌우지간에 아무 생각도 없이 다쿠 장군님이 여기꺼정 와서 흑은 곧 해결될 끼라는 그런 말을 했것어?"

"허허, 모리는 소리. 그때는 이상병이 백자토 찾았는디 밖으로 표를 못 내서 그랬던 기라. 다쿠 장군님은 그걸 싹 다 알고 있었어. 그래서 큰소리를 쳤고 믿는 구석이 있어서 빼쪼조롬허거로 말끄트머리만 끄집어냈던 기라."

다쿠가 처음 오카와치야마에다 단지를 만들겠다고 나섰을 때는 그 자신도 여러 가지로 불안했다. 우선 그는 도자기에 맹목이었기 때문이다. 그러나 영주의 명령을 거스를 수는 없었다. 어떻든 그로서는 최선을 다해서 일을 해나지 않을 수 없었다. 그 결과 마침내 오카와치야마 산속에서 대단위 가마단지라는 천지개벽을 이뤄내고 만 것이다.

나베시마 영주가 아리타에다 지으라고 했던 도자기 마을보다 더 큰 것을 이곳에다 짓겠다고 결심했던 것은 나름대로 이유가 있었다. 수많은 전쟁터에서 얻은 경험으로 산세를 읽고 지리를 해석하는 그의 뛰어난 독도법이 전략 수립의 바탕이 되어 그에게 그런 결심을 하게 했던 것이다.

비록 험산이기는 했지만 오카와치야마는 비밀이 잘 유지될 수 있는 곳임에는 틀림이 없었다. 가까운 이마리 포구를 이용해서 도자기 수출이 가능하다는 큰 장점까지도 그는 한눈에 읽어냈던 것이다. 그런 요새를 찾아낸 그는 다쿠에게 새로운 가마단지를 짓도록 지시했던 것이다.

공사를 지휘하던 다쿠는 아리타에서 주워들은 정보로 돌을 깨는 방앗간까지도 만들면 좋겠다는 생각을 했었다. 왜 돌 깨는 방앗간을 생각해냈을까. 아리타의 산에 있는 바위에서 백자토 같은 것이라도 나올 것 같다는 말을 듣고 난 뒤 오카와치야마에서도 그런 돌이 나올 것이라고 생각했던 때문이다.

오카와치야마도 뒷산은 온통 바위 덩어리다. 아리타와 경계인 동남쪽에는 높고 큰 바위산이 즐비해 있다. 그 바위로 된 산에서 만약 백자토가 뭉쳐진 것만 발견된다면 그것을 이용해서 뭐든지 만들 수 있을 것 같다는 확신도 생겼다.

그러는 가운데 집 짓기, 가마 만들기, 길 내기 공사가 다 끝났다. 가마작업을 언제 본격적으로 시작해야 할지, 그는 그것을 고심하면서 아리타에서 태토가 발견되기를 기다리고 있었다. 바로 그런 때에 이상병으로부터 아리타의 산 같은 바위 하나가 온통 백자토로 된 것이라는 보고를 받았다.

19 산속에 들어선 가마단지

　공사가 끝나자 오카와치야마 사기장들은 어지러워졌던 공사 현장 정리에 나섰다. 그동안 지은 집과 창고는 모두 합쳐 열다섯 채에 이르렀다. 막상 일을 해보니 산비탈이긴 하지만 아직도 터를 닦을 수 있는 곳이 없지는 않았다.

　새로 지은 집과 작업장, 세공과 화공들이 머물 수 있는 공간, 용도를 제대로 알 수 없는 빈 건물들이 냇물을 중심으로 대부분 바른편 쪽으로 배치돼 있었다. 출입을 통제하는 두 채의 세키쇼도 앞과 뒤로 나뉘어져 버티고 섰다.

　공사가 마무리된 현장을 둘러보기 위해 나베시마 영주가 행차를 했다. 그는 세키쇼를 거쳐 물길 따라 새로 넓힌 큰길을 천천히 오르다가 중간 지점 오른쪽의 한 건물에 도착했다. 지금까지는 한 번도 없었던 영주의 행차다. 그는 중간 건물 여기저기를 천천히 둘러보며 다쿠의 설명을 자세하게 들었다. 그러면서 느릿느릿 위로 걸어 올랐다.

"지금 이 길은 얼마 전에 확장해서 개통되었습니다. 영주님께서 저의 보고를 받으신 뒤 더 넓히도록 명령하신 길입니다. 그래서 나베시마 도로라고 이름 붙이고 싶습니다. 허가해 주십시오."

나베시마는 다쿠를 쳐다봤다. 그러나 별다른 표정은 없었다. 싫은 것 같지는 않았다. 힘들게 끝까지 올랐지만 그는 피로한 기색도 거의 보이지 않았다. 절벽 같은 바위산 정상 아래까지 이르러 그는 왼쪽으로 돌았다. 자신의 호를 따서 지은 집, 만년에 그의 은거지가 될 히노미네샤(日峰社)에 이른 것이다. 그는 거기 들러서 여기저기도 꼼꼼스럽게 둘러봤다.

"전망도 나쁘지 않구나."

고개를 돌리더니 다쿠를 보면서 한마디 더 했다. 표정은 밝았다.

"일은 당장에라도 시작할 수 있느냐?"

"예, 시작할 수 있습니다. 보고 드린 대로 가마에 불 넣는 시험까지도 모두 성공을 거뒀습니다. 흙이 해결되는 대로 내일이라도 당장 일을 시작할 계획을 하고 있습니다."

"큰 역사를 이뤄냈구나. 앞으로 하는 일도 크게 성공할 수 있도록 해라. 일을 시작하기 전에는 산신과 해신에게 앞으로 무사함을 비는 제사도 정성스럽게 올려야 할 게 아니냐?"

"예, 알겠습니다. 서쪽 산 아래 히노미네샤와 가까운 곳에 있는 곤겐다케(權現岳) 언덕에서 치르려고 준비는 하고 있습니다."

다쿠는 차렷 자세로 영주에게 제사 준비도 끝냈다고 보고했다.

"흙은 다 해결될 것 같다고 그랬지 않았느냐? 흙이 해결되는 대로 일을 곧 시작해라."

"예, 알겠습니다."

복창하는 다쿠의 목소리에는 힘이 실려 있었다. 이 말을 들은 사기장들도 모두 이 말뜻을 알아차렸다. 흙 문제는 이미 낌새를 차리고 있었던 대로 대책이 마련돼 있는 것이 틀림없었다.

염원이 극진하면 반드시 이루어진다고들 그러지 않았던가. 그런 염원은 사기장들을 실망시키지 않았다.

이상병의 사기장 한 명이 산을 돌다가 우연하게 바위에서 떨어져 나온 돌 한 조각을 밟았다. 그것이 잘게 쪼개지면서 희부연한 속살을 드러냈다. 경험 많은 사기장 한 명이 그것을 보는 순간 얼굴색이 변하며 눈이 휘둥그렇게 되었다. 그는 그 돌조각을 밟아 다시 잘게 깨뜨렸다. 그리고 조각난 것들을 요모조모 살펴보다가 얼굴빛이 파랗게 변했다.

"이것은 백자도 만들 수 있는 질이 좋은 백자토 덩이가 분명해요."

쪼개진 돌 조각은 바짝 마른 백자토와 비슷했다. 그것을 가루로 만들어보니 예상대로 응집력도 있었다. 사기장들은 그 돌 조각이 백자토가 엉겨서 된 돌덩어리라는 것을 금방 알 수 있었다.

겉보기에는 검은색 바위로만 보여 산을 돌면서 흙을 찾을 때 몇 번이고 그 앞을 지나면서도 그냥 스쳤다. 바로 그 바위가 통째로 백자토가 뭉쳐서 된 덩어리라는 것이었다. 처음에는 믿으려 하지 않았던 사기장도 있었다. 그러나 믿지 않을 수 없는 기적이 일어난 것은 분명했다.

"맞아, 틀림없어, 이걸 가루가 되도록 부수면 돼."

어떤 사기장은 이걸 보면서 그동안 잊고 있었던 기억을 더듬어내기도 했다.

고향 김해에서 몇 년이나 도자기 일을 하면서 한 번도 이런 경험이 없었던 이상병도 처음에는 이 말이 잘 믿어지지 않았다. 산속에서 돌 부스러기를 가져와 끙끙거리는 사기장들을 보며 하다하다 안 되니까 별짓을 다 한다는 생각까지도 들었다.

"그래도 한 번 더 꼼꼼하게 잘 살펴봐. 뭘 혹시 잘못 본 것이나 아닌지도 보고 말이야."

반신반의하면서도 그는 기대를 버리지는 않았다. 그리고 도자기를 성형하는 것까지 봐야 안심이 될 것 같았다. 어떤 사기장은 바위에 구멍을 더 깊게 파보자는 말도 했다. 공연히 마음이 바빴던 것이다.

이상병은 이런 일을 다쿠에게 자세히 보고했다. 보고를 들으면 펄쩍 뛰면서 환성이라도 지를 줄 알았던 다쿠는 예상과는 달리 차분했다. 그리고 처음 발견했다는 사기장을 불러 발견 과정을 직접 자세하게 들었다.

엄청난 일이 벌어졌는데도 전혀 흥분하지 않고 차례차례 묻고 듣는 그의 태도는 싸늘한 느낌마저 들 정도였다. 수많은 전투에서 여러 가지 상황을 겪었던 경험 때문인지도 몰랐다.

"수고했어. 참으로 다행이야. 그러나 실제로 도자기를 한번 만들어본 뒤 앞으로의 활용 계획을 자세히 세우는 것도 생각해 볼 일이야."

보고가 믿기 어렵다는 것인지, 검증되지 않은 것을 가지고 너무 떠벌릴 것이 없다는 것인지, 다쿠의 반응은 이상병을 멈칫하게 했다.

"네, 그렇게 하겠습니다. 그러나 바위에서 태토를 찾아낸 것은 틀림없는 것 같습니다."

"바위 하나가 통째로 백자토가 뭉쳐서 된 것이란 말이지?"

흙에 대해서 잘 알지 못하기 때문에 다쿠는 이상병에게 한 번 더 사실 여부를 확인했다.

"예, 그렇습니다. 이것을 쓰면 몇십 년쯤은 흙 걱정은 하지 않아도 될 것 같습니다. 이렇게 좋은 백자토가 발견된 이상 앞으로는 질이 낮은 흙은 생각조차 할 필요도 없게 된 것 같습니다."

"알았어."

다쿠는 그렇게 된다면 이제 아리타나 오카와치야마까지도 흙 걱정 없이 일을 할 수 있게 됐다는 생각에 안도감이 들었다.

"이제야 걱정 없이 질 좋은 그릇을 만들 수 있게 된 것 같습니다. 도공들은 큰 경사가 났다고 다들 좋아하고 있습니다. 조선에서도 꼭 이렇게 바위에서 백자토를 찾아낸 일이 있었다고 합니다."

다쿠는 이상병으로부터 거의 흥분에 가까운 보고를 받았다. 그랬는데도 그릇을 만들어보지 않고는 불안한 구석을 말끔히 지울 수가 없는지 마냥 차분하게 귀를 기울여 설명을 듣기만 했다.

"절대로 이 소문을 밖으로는 내지 말아야 해. 이 소문이 새어 나가면 책임을 물을 것이다."

"잘 알겠습니다."

다쿠가 어떤 표정으로 어떻게 냉정하게 말하든 사기장들은 바위에서 백자토를 찾아낸 것은 틀림없다고 믿었다. 이상병도 마음속에서 일고 있는 은근한 기쁨을 억지로 눌러버리고 가만히 있을 수는 없었다.

"가마들도 서둘러 잘 점검해봐. 그리고 금방 쓸 수 있도록 단단히 준비도 해놓고 말이야."

사기장들은 다쿠가 일부러 기쁨을 누르고 있는 것 같아 보였다. 그토록 열심히 찾던 태토를 발견했는데도 기쁨을 드러내지 않고 칭찬도 없는 그의 냉정함이 무섭다는 생각까지 들 정도였다.

이상병은 다쿠의 뜻밖의 차분한 표정을 보면서 여러 가지 생각을 했다. 지금은 오카와치야마에다 정신을 쏟고 있지만 결국은 백자토를 찾아낸 아리타에서 모든 일을 다 하게 될 것이라는 생각도 들었다. 바늘 가는데 어찌 실이 가지 않으랴. 그렇게 되면 결국 자신의 입지도 더 높아질 수밖에 없을 것이라는 생각에 속으로 회심의 미소를 지었다.

다쿠는 아리타의 산에 있는 계곡 바위에서 백자토가 발견됐다는 것을 나베시마 영주에게 자세히 보고했다. 거기서 나오는 백자토만으로도 아리타와 오카와치야마에서 쓸 흙은 몇십 년 동안은 해결될 것 같다는 의견까지도 보고에서 빠뜨리지 않았다.

"그렇다면 흙이 발견됐으니 오카와치야마 도공들도 아리타로 가서 일하는 것이 좋겠다는 말인가?"

보고를 들은 영주는 뜻밖의 질문을 했다.

"아닙니다. 이제는 오카와치야마와 함께 아리타도 중요시해야 하지 않을까 해서 드린 말씀입니다."

"그건 맞아. 그러나 아리타는 이마리보다 바다가 조금 더 떨어져 있는데다 사방이 훤하게 열려 있어. 그것이 약점이야. 그곳은 오카와치야마처럼 산으로 깊숙이 둘러싸여 있지도 않아. 그래서 새로운 그릇을 만들어내면 그 정보가 금방 밖으로 새어 나갈 위험이 있어. 전국 여기저기서 우리가 애써 만든 도자기와 꼭 같은 것을 만들게 해서는 안 돼. 그렇지 않은가?"

나베시마는 다쿠에게 오카와치야마의 중요성을 가볍게 보지 않도록 이렇게 단단히 쐐기를 박았다.

"아리타에서도 좋은 것을 만들어내도록은 해야 돼. 일본 사람들이 제일 좋아하는 아리타 도자기가 되도록 말이야."

나베시마는 그동안 생각해왔던 것을 천천히 되풀이 말했다. 다쿠는 그의 속마음을 충분히 헤아리고 있었다. 오카와치야마와 아리타의 가마를 국내와 국외용 가마가 되게 하겠다는 영주의 말에 토를 달 수는 없었다.

사방이 트인 아리타는 누구나 쉽게 접근할 수 있는 장점이 있다. 새로운 그릇을 만들어내면 국내에 널리 알려질 수 있어 금방 유명한 곳이 될 수 있어서였다. 그래야 상업적 성공이 가능한 곳이 될 수 있었다.

그러나 오카와치야마는 달랐다. 막부 장군이나 요인에게 보내는 것까지도 새로운 제작 기술의 보안이 절대로 필요했다. 비밀스럽게 세계 최고급품을 만들어야 하기 때문이다. 비밀을 철저히 유지하기 위해서는 산속이 적지일 수밖에 없었다.

나베시마가 조선의 최고급 사기장들을 일도 시키지 않으면서 자신의 영지에다 오래 잡아두고 있었던 것은 최상의 기술자 확보를 위해서였다. 그런 기술이 아무 데나 유출되는 것을 철저하게 막기 위해서는 어쩔 수 없었다. 뒷날 그 기술을 활용해서 독점적으로 놀랄 정도로 우수한 도자기를 생산해내겠다는 치밀한 야심을 진작부터 이렇게 갖고 있었다.

왜장들 가운데서도 그는 특히 정보 관리에 신경을 많이 쓰는 무장이자 지장이었다. 가토 기요마사와 함께 1만 4천 명의 군사를 이끌고 정유재란에 참전했을 때도 그는 항상 정보병을 곁에 두고 있었다. 전투를 할 때면 그들을 전술과 전략에 충분히 활용하기 위해서였다.

나베시마는 도요토미 히데요시의 지시대로 정보병들을 효과적으로 활용하기 위한 막강한 6개 특수부대도 편성했었다. 절을 습격해 불상과 불경을 탈취해 오고 순왜를 포섭해 사기장을 잡아오는 일은 물론, 보물과 도자기 등을 약탈하는 계획도 모두 정보병들을 활용해서였다.

전쟁이 끝난 뒤에도 나베시마는 정보병들에게 자신의 영지에서 안정된 생활을 할 수 있도록 해주었다. 농사도 짓고 가족과 함께 살면서 수집한 각종 정보를 필요할 때는 언제나 활용하기 위해서였다.

그들은 일본 안에 있는 다른 가마의 도자기 제조 기술력과 제조 방법, 제품 처리 등을 조사해서 나베시마에게 보고했다. 나베시마는 그 정보를 분석해서 자신이 추진하고 있는 일에 활용했다. 이른바 정보전쟁을 선제적으로 펴나갔던 것이다.

그렇기 때문에 근처의 어느 다른 영주도 나베시마 모르게 고급 도자기를 만들어 은밀하게 막부에 진상할 수는 없었다. 나베시마의 정보망을 빠져나갈 수 없었기 때문이었다.

좋은 도자기를 만들기 위한 영주들의 경쟁은 전쟁이 끝난 뒤 더욱 치열해졌다. 거미줄 같은 정보망을 통해서 나베시마는 다른 영주들의 움직임을 모두 파악하고 있었다. 오카와치야마에 비밀 가마단지를 만들겠다고 결심한 것도 비밀 유지와 정보 활용에 익숙한 그의 자신감에서였다.

막상 일을 시작한 뒤 그는 여러 가지 난관에 부딪혔다. 그 가운데서도 자신의 힘으로는 해결하기 어려운 것이 도자기를 만들 수 있는 태토를 구하는 일이었다. 이는 다쿠에게도 막대한 부담이었다.

그러나 나베시마의 명을 받은 다쿠는 여러 번에 걸친 전투의 참모답게 일을 작전하듯 추진했다. 그리고 마침내는 아리타에서 태토를 발견했다는 낭보를 접하게 되었던 것이다. 뜻이 컸으니 이루어진 것도 컸던 셈이다.

20 닫힌 산속에서

　김하룡 일행에게는 오카와치야마로 옮긴 뒤 얼마 동안 긴장이 반복되었다. 그러나 그 기간은 새로운 삶을 꾸려가기 위한 심리적인 준비 기간이기도 했다. 새로 지은 가마의 시험 가동이 성공한 뒤에도 이는 마찬가지였다.

　산속이어서 그랬던지, 삶의 터전이 잡혔는데도 사기장들의 마음은 알 수 없는 처연함과 안도감이 뒤섞이면서 스산했다. 산 아래 멀리 내려다보이는 풍경까지도 이곳에서 집을 지으며 일하고 있을 때의 풍경과는 원근이 달랐다. 더 멀리 보였던 것이다.

　그러나 여기서 살지 않으면 안 된다고 결정 난 이상 모두들 이곳에다 정을 붙이며 살 수밖에 없다고 마음 다짐을 하지 않을 수 없었다.

　마음을 고쳐먹자 긴장감이 조금씩 풀리는 사기장이 날로 늘었다. 고립된 삶에서 느꼈던 살벌함도 시간이 지나면서 마음에서 차츰 풀려나갔다.

다른 선택의 여지가 없을 때 체념할 것은 체념했고 서먹했던 대상과는 그렇게 화해하면서 감정의 원근도 모르는 사이에 조정되었다.

산속 생활은 어수선한 가운데서도 바쁘게 지나갔다. 사기장들은 자신의 손으로 땀 흘려 지은 가마들을 보면서 어차피 해야 될 일이라면 가마 일이나 빨리 시작됐으면 좋겠다고 생각했다.

이미 불 넣기는 성공했다. 일이 당장에 시작된다 해도 걱정할 것은 없다. 그러나 언제 흙을 들여와서 여기서 일을 시작하게 될 것인지는 아무도 알 수가 없었다.

이마리에 처음 와서 오랜만에 때에 전 몸을 씻고 헌옷이나마 깨끗하게 갈아입었던 때처럼, 깊은 산속에서의 새로운 삶도 불안하면서 홀가분했다. 그런 가운데에서도 날이 가면서 어색한 기분은 조금씩 조금씩 지워졌다.

산속의 새 집으로 옮기기는 했지만 할 일 없는 사기장들은 날마다 마냥 쉬기만 했다. 그러면서 앞으로 쉽고 편안한 나날이 되지는 않을 것 같다는 예감이 들었다. 그럴 때면 사기장들은 비탈진 마음의 산벼랑을 바장였다. 틈나면 때때로 곡괭이 같은 것으로 주위를 정리하며 마음을 다스렸다.

"보래이, 창문이 어쩌자꼬 싹 다 뒤로 보고 있는지 모리것다."

"지을 때도 이상하다고 안 캤나? 조선허고는 봉창문을 내는 쪽이 반대라서 잘못허는 거 아닌가 물어놓고 그런 말을 또 왜 하노? 여기서는 뒤에다 봉창을 낸다는 걸 그때 알았다 아니가?"

집마다 창문을 뒤쪽으로 내고 있다는 것이 이상하다는 생각이 드는 사기장도 있었다. 남의 나라에서 새삼스럽게 느끼는 낯섦이었다.

숙소에서 서쪽으로 조금 떨어진 곳에는 취사장, 그 아래쪽 빈방은 사방이 훤하게 속이 들여다보였다. 초벌구이가 끝난 그릇에 그림을 그리기 위해 만든 화공들의 방이다. 왼쪽으로 조금 떨어진 곳 가장자리에는 여러 틀의 오름가마들이 엎디어 있었다. 약간 비스듬한 장소였다. 개울가 방앗간 같은 집들은 여전히 텅 비어 있었다.

"이러큼이나 너른 곳에 우리만 와서 우짜라는 말인지 모리것네. 사람이 더 올지 모린다 카더만—"

사기장들은 쓸 수 있는 도구가 아무것도 없는 데다 당장에 해야 할 일도 없는 것이 계속 갑갑했다. 옮기라고 해서 옮겨왔지만 날마다 그저 막막하기만 했다. 태토가 있으면 물레질부터 어서 시작해보고 싶었다.

"일을 시키기는 참말로 시킬랑가?"

사기장 가운데 갑갑증이 난 누군가가 혼자서 구시렁거렸다.

하릴없이 며칠이 후닥닥 지나가버렸다. 또 며칠이 더 지난날 아침, 느닷없이 모두 세키쇼 앞으로 내려오라는 연락이 왔다. 내용이야 뭐든 아래로 내려오라는 연락은 반가웠다. 뭔가 할 일이 생겼다는 신호 같아서였다.

내려오니 짐을 가득 실은 달구지 몇 대가 서 있었다. 두 대에 실려 있는 것은 도자기 성형에 필요한 도구들이었다. 다른 달구지에는 조선 쌀가마보다는 조금 좁고 긴 포대가 가득가득 재여 있었다.

순간 사기장들은 이제 일이 본격적으로 시작된다는 것을 직감했다.

"이것을 모두 가마 있는 곳으로 옮깁시오."

사기장들이 내려오기를 기다리고 있던 청년의 말이었다. 키가 크고 건장한 그는 누구의 명령인가는 말하지 않고 무엇을 할 것인가만 말했다.

달구지를 끌고 온 일꾼들은 머리에다 띠를 동여매고 싸늘한 날씨인데도 짧은 바지에 미투리 같은 신발을 신고 있었다. 행색이 조선 사람 같지는 않았다. 그런데도 일본 사람 보통 키보다는 컸고 조선말도 조금씩 했다.

"이런 것이 왔다는 소문을 절대 내지 말라고 했습니다. 꼭 입조심을 해야 한다고요."

달구지는 세키쇼 문 안으로 거침없이 들어와 비탈길 입구까지 왔다. 사기장들은 끙끙거리며 그것들을 모두 가마 있는 곳으로 옮겼다. 그것들은 물레를 포함한 성형에 필요한 도구들이었다. 다른 포대에 든 묵직한 것은 흙과 살아온 사기장들로서는 그것이 무엇인지 짐작하기는 어렵지 않았다.

"흑이여, 흑!"

흙이라는 것을 알아차린 사기장들은 들숨 날숨 없이 쌕쌕거리면서도 얼굴에 번지는 반갑고 기쁜 표정을 감추려 하지 않았다.

"웬 흑이여?"

그동안 그렇게 기다리고 있던 흙이 아닌가. 모두들 이제는 일을 할 수 있게 되었다는 생각에 그동안의 불안감이 봄철의 눈이 되었다.

"이 흑이 다 어디서 났소?"

삼룡이가 김하룡에게 물었다.

"나도 모르겠는데……. 아리타에서 흙을 찾았다더니 그것이거나, 아니면 다른 데 있는 흙을 여기로 보낸 것이 아닌지도 모르겠어. 이런 소문을 내면 안 된다니 그런 줄만 알고 우리는 입을 닫고 있어야지."

짐을 함께 짊어지고 올라온 낯선 청년들은 성형 도구들과 흙을 제자리에다 부려놓았다. 그길로 그들은 곧장 아래로 내려가버렸다.

오카와치야마에는 드디어 이렇게 기다리던 흙과 도구들이 도착했다.

이것들이 도착하자 사기장들 사이에서는 주고받는 이야기가 부쩍 늘었다. 더러는 흙에서 먼지나 티끌을 골라내는 일, 흙을 숙성시키는 방법 등 자신들의 경험담까지 털어놓느라고 입이 분주했다. 이야기를 주고받는 사기장들의 얼굴에는 모두 생기가 돌았다. 이제부터는 자신들이 해야 할 분명한 일이 생겼다는 안도감 때문이었다.

뜻밖의 일도 있었다. 그렇게 기다리던 흙이 도착했는데도 걱정스러운 표정의 사기장도 눈에 뜨였다.

"거기서는 반죽에서 공기를 어떻게 뺐소?"

흙을 살펴보던 사기장 한 명이 다른 사기장에게 물었다.

"반죽에 무슨 공기가 있다고 그래요? 처음부터 우리는 공기가 없는 것만 썼는디요."

사기장들 가운데는 부지불식간에 이해가 되지 않는 엉뚱한 말을 하는 사기장도 있었다. 가마 일에 서툰 사람이나 하는 말 같았다.

잡부인 허대군(許代軍)이나 재를 운반하는 운회군(運灰軍)과 같이 가마터에서 허드렛일이나 하던 사람은 흙을 잘 모를 수도 있다. 직접 흙을 만지며 물레를 차고 성형과 소성을 하는 일과는 관계가 없는 잡일꾼들이었기 때문이다. 그런 사람들은 가마 일의 과정을 잘 모를 수도 있었다.

그런 사람들 가운데서 더러는 가마터에서 얼쩡거리다가 순왜에게 잡혀 온 사람도 없지 않았다. 뭘 잘 모르는 사기장은 그런 사람일지도 몰랐다. 그렇지 않고서는 흙을 고르는 일에 엉뚱한 말을 할 턱이 없었다.

사기장들은 그런 사람의 구체적 전력을 따지려 들지 않았다. 어려운 세월을 서로 의지하면서 동고동락하고 살아온 두터운 정 때문이었다.

일은 바쁘게 돌아갔다.

일이 본격적으로 시작되기 전 머리가 희끗희끗한 사기장 일곱 명이 다른 젊은 사기장과 함께 이곳으로 옮겨왔다. 지난번 가마에 첫 불을 넣던 날 본 인물들이었다. 그들은 나베시마 영주가 자신의 영지에서 특별히 보호하고 있던 최고 기술을 가진 사기장들이었다. 그들이 머무르기로 정해진 곳은 김하룡 일행의 숙소에서 멀지 않았다.

그릇을 잘 성형하는 조기장(造器匠), 가마 관리와 불 관리의 우두머리 부호수(釜戸首)와 남화장(覽火匠), 물레를 차서 그릇을 만드는 물레대장(또는 사발대장) 등, 이들은 모두 이 분야 최고의 기술을 가진 상급 사기장들이었다.

전쟁이 끝나면 나베시마 영주가 도요토미 히데요시에게 상납하려고 잡아두고 있던, 기술이 가장 뛰어난 사기장들이었다. 그러나 도요토미 히데요시가 돌연사하는 바람에 자연스럽게 멋대로 이들을 부릴 수 있게 되었던 것이다.

이와 같은 최고 수준의 사기장을 오카와치야마로 보내면서 영주는 다쿠에게 이들을 특별히 보호하고 기술을 잘 활용하라고 일렀다. 이들 가운데 서너 명은 50대 중후반, 나이가 조금 더 들어 보이는 사기장도 있었다. 모두들 비교적 조용한 편이었다.

오카와치야마로 온 이들의 방 옆에는 수행하고 온 젊은이 몇 명도 함께 들었다. 상급 사기장들의 시중을 들기 위해서 온 젊은이들이었다. 이들이 상급 사기장을 대하는 태도는 극진했다.

상급 사기장들이 도착한 뒤 세키쇼의 출입 통제는 더욱 엄해졌다. 출입하는 사람이라고 해봤자 생필품 운반인이나 사가번 직원들이 고작이었다. 그런데도 세키쇼에서는 그들의 신분을 일일이 확인했다. 마치 무슨 큰 성문 안으로 드나드는 것 같았다.

조용하기만 했던 오카와치야마에 흙이 도착하고 상급 사기장들이 오자 분위기는 크게 바뀌었다. 사기장들의 마음도 바빠졌고 분위기도 들떴다.

"이제부터 일을 시작한다. 상급 도공들이 중심이 돼 앞으로 얼마가 되든지 훌륭한 도자기가 나올 때까지는 계속 연습 작업부터 할 것이다."

상급 사기장들이 도착한 이튿날 다쿠는 사기장 모두를 요사채 같은 집의 넓은 방으로 모이게 했다. 일이 본격적으로 시작되면 모두들 손발을 맞추어 열심히 일하라고 일렀다. 삼룡이는 조선에서도 가장 유명한 사기장들이라고 소문만 들어오던 이들을 이렇게 가까운 거리에서 보니 신기하다는 기분까지 들었다.

이들은 시험으로 가마에 첫 불을 넣을 때 본 사람들이 분명했다. 이곳에 와서도 그때처럼 여전히 조용하고 침착해 보였다. 그리고 어딘지 약간의 우수가 서린 듯한 표정들이었다.

다쿠가 떠난 뒤 그 자리에 모였던 사기장들은 서로 인사를 했다. 상급 사기장 가운데 가장 나이가 많아 보이는 사기장이 입을 열었다.

"여러분은 다들 경험이 많은 사기장들이라고 들었습니다. 이제부터 서로 힘을 모아 좋은 도자기를 만들어봅시다."

상급 사기장들은 이미 그들의 대표까지도 정해두었던 듯했다. 오카와 치야마의 사기장들은 다른 몇 명의 낯선 젊은 사기장들과도 이 자리에서 첫 대면을 했다. 대표격으로 보이는 상급 사기장은 인사말을 통해서 열심히 해보자고 말했을 뿐, 긴 말은 하지 않았다.

공식적인 대면이 끝난 뒤 상급 사기장들은 사기장들과 함께 가마를 비롯해서 얼마 전 도착된 성형 도구와 흙까지 자세히 둘러봤다. 어떤 도구는 상급 사기장이 손으로 직접 만져도 보고 흔들어 보기도 했다.

가마 한곳에서는 고개를 숙이며 안으로 들어가 가마 안벽을 직접 살펴보기도 했다. 내화 벽돌로 된 벽과 소성 때 그릇을 쌓아놓는 도지미라는 받침까지 손으로 두들겨보고 고개를 끄덕였다. 높은 열에도 잘 견디도록 만들어졌는가를 확인하는 것 같았다. 물레방앗간 같은 건물 안에 들어갔을 때는 절굿공이를 돌멩이로 톡톡 두드려보기도 했다.

여기저기 구석구석을 자세히 살핀 뒤 그들은 김하룡 일행의 방까지도 둘러봤다. 의외의 치밀함이 놀라웠다. 숙성을 시킨다고 거적으로 덮어두었던 흙을 거적을 들춰 막대기로 눌러보기도 했다. 심지어 흙을 손으로 집어 들어 이모저모를 살핀 뒤 그것을 비벼보기도 했다. 오랫동안 흙일을 하지 않아서인지 흙을 만지는 손이 거칠어 보이지는 않았다.

삼룡이는 상급 사기장들의 꼼꼼함과 진지함에 놀랐다. 자신은 조선에서 일할 때 그렇게까지 꼼꼼하지는 않았기 때문이다. 그러면서도 그들에게서 풍기는 온화한 느낌, 그 느낌은 어딘지 알 수 없는 안도감과 친밀감 같은 것을 갖도록 해주었다.

그날 저녁 무렵이었다. 상급 사기장은 사기장들에게 요사채 같은 집의 널따란 방에서 모이자고 했다.

"다쿠 장군님께서 하루라도 빨리 일을 시작하라고 하시니 서둘러 일을 시작해봅시다."

장내는 일순 조용해졌다. 마치 정지된 시간을 끝이라도 내려는 듯 수염까지도 희끗한 대표격 사기장이 말을 이었다.

"가마도 잘 만들어져 있고, 흙도 준비됐고, 가마에 쓸 화목까지도 잘 말라 있으니, 내일부터 당장 일을 시작하겠습니다. 쌓아놓은 흙도 숙성이 제대로 되어 있으니 수비를 잘 해서 반죽하는 일부터 먼저 시작해봅시다."

예상했던 대로 앞에 나서서 말하는 그가 상급 사기장들의 대표가 틀림없었다. 그는 말을 천천히 했다. 그렇지만 분명하게 뜻을 전달했다. 이미 일을 위한 구체적인 방안까지도 마음속에 정해두었던 듯했다. 삼룡이는 저런 정도라면 작업의 속도까지도 계산해두고 일을 시작하는 것이 아닌가 싶었다.

"여주 가마에서는 전쟁이 터지기 전 싸리산에서 미리 가져다두었던 백자토 덕에 좋은 그릇을 만들 수 있었어요. 그 흙은 성형을 해도 일그러지는 일이 없었으니 질 좋고 모양 좋은 그릇이 나올 수밖에 없었죠."

이 상급 사기장은 여주의 어기창(御器廠-수라상에 올리는 그릇을 만드는 곳)에서 일했던 사기장이다. 그가 다른 사기장들과 함께 살펴본 흙은 수

비가 잘 된 것이어서 �찐득하고 쫄깃했다. 그러나 약간은 푸슬푸슬한 것도 있었다. 상당한 기간 밖에다 두고 비에 젖게 했다가 볕에다 말리고 했던 것이다. 그런 과정을 거치면서 흙이 상당히 순해졌다는 것을 그는 금방 알아냈다.

"사발 하나 제대로 만들기 위해 기술을 익히는 데도 세월이 필요해요. 이제 이 산속에서 평생을 보낸다는 각오로, 서두르지 말고 오로지 좋은 그릇을 만드는 데만 정신을 쏟아봅시다. 우리가 지금 일본 천지 어디에 가서 따로 뭘 할 수 있겠어요? 또 누가 우리를 제대로 대우해주겠어요?"

진지한 그의 말에는 어딘지 쓸쓸함도 묻어 있는 것 같았다. 그리고 비장함까지도 느끼게 했다. 삼룡이는 자세를 반듯하게 고쳐 서서 그의 말에 귀를 기울였다.

"우리가 남의 나라에 잡혀 와서 기죽지 않고 잘 할 수 있는 일은 이것뿐이에요. 다른 생각은 아예 하지 말고 좋은 기물이나 잘 만들어봅시다. 그러려면 어려움을 참고 견뎌야 합니다. 우리는 모두 능력껏 열심히 해서 강한 풀이 되어봅시다."

상급 사기장이 뜻밖에도 이 자리에서 강한 풀을 들먹였다. 조선 사람의 강인함을 보여줘야 한다는 것을 빗대어 한 말이었다. 삼룡이는 상급 사기장의 말에 고개가 끄덕여졌다.

이때 사기장 한 명이 분위기에 맞지 않는 엉뚱한 말을 툭 던졌다.

"흑이 찰지지 않아서 당장에 모양 맨들기는 에러불 긴데요……."

순간 말을 잠시 끊었던 상급 사기장은 곧 말을 이었다.

"이미 도착한 흙과 여기 있는 흙으로 일을 하다 보면 앞으로 더 좋은 흙이 많이 들어올 수 있을지도 몰라요. 이 산에서도 흙이 나올지 모르는 일이니 우선은 우리가 할 수 있는 데까지 최선을 다해서 해야 할 일만 열심히 하면 되지 않겠어요?"

말참견을 했던 사기장은 머쓱해져 입을 다물었다. 분위기는 조용해졌다. 다른 상급 사기장들도 모두 이 상급 사기장의 말에 공감하는 표정이었다.

"자, 오늘은 저물었고 내일부터 우리 모두 정성을 차려서 일을 시작해 봅시다. 그릇은 만드는 사람의 마음을 닮아요. 일을 시작할 때 몸과 마음을 깨끗이 하고 잡념을 없애야 그릇도 반듯하게 나오는 거지요. 모두 그런 마음으로 일하겠다는 각오부터 단단히 합시다."

그릇은 만드는 사람의 마음을 닮는다는 말이 삼룡이의 마음에 와닿았다.

상급 사기장들은 이곳의 사정을 잘 알고 있는 것 같았다. 집 짓는 일과 가마 짓는 일이 끝나면 자신들이 이곳으로 와서 일을 하게 된다는 것도, 또 흙의 공급은 영주의 지시로 어떻게든 해결될 것이라는 것까지도 이미 다 짐작하고 있었던 모양이다.

지금까지 조용히 듣고만 있던 다른 상급 사기장 한 명이 덧붙여서 말했다.

"조급해하지 말고 편안한 마음으로 열심히만 하면 돼요. 사용원의 변수처럼 일할 것이 아니라 노복군처럼 일해야 마음도 편하고 일도 잘 돼요."

사옹원(沙甕院)의 변수(邊首)란 전문적으로 그릇을 만드는 곳의 우두머리를 가리키는 말이고 노복군(路卜軍)은 허드렛일을 하는 짐꾼을 가리키는 말이다. 바닥에서부터 차분히 일을 하자는 뜻이다.

상급 사기장 한 명이 사기장 서너 명씩을 돌봐주기로 했다. 사기장의 수에 맞춰 결정한 것 같아 보였지만 이 역시 사전에 미리 계획되어 있었던 것이 아닌가 싶었다.

"이제 우리는 이 산속에서 함께 일하면서 살아가야 할 한 가족이에요. 서로 할 말은 하되 이해할 것은 이해하고 아낄 말은 아껴가면서 살아야 해요. 그렇지 않겠어요?"

"우리는 이 안에서만 사는 기 맞는가요?"

젊은 사기장 한 명이 뻔한 질문을 했다. 상급 사기장은 새삼스럽다는 듯,

"내가 알기로는 그렇소. 이 안에서만 일을 해야 할 것이오. 다른 곳에서는 만들 수 없는 것을 이 산속에서 우리만 만들어내야 하니까요."

상급 사기장은 말을 이었다.

"여러분이 알고 있는 것처럼 영주님은 세상에서 제일 좋은 도자기를 여기서 만들려고 하고 계십니다. 여러분이 밖으로 들락거리다 보면 잡념도 생기고 그릇 만드는 방법도 밖으로 새어 나가지 않을까 우려하실 겁니다."

"그래도 찰흙이나 백토 같은 좋은 흑을 찾을라꼬 서너 명씩 짝을 맨들어 다른 곳으로 가서 산을 헤매고 댕기야 되는 거는 아닙니꺼?"

"그런 일은 없을 것이오. 흙 문제는 해결해줄 것이고 우리는 이곳에서 한 발짝도 밖으로 나가지 못할 것이오. 물론 밖에서 마음대로 이곳으로

들어오는 사람도 없을 것이오. 그래서 세키쇼가 있지 않소?"

이런 말을 하는 상급 사기장의 표정도 밝지는 않았다. 곁에 있는 다른 상급 사기장들도 이 대목에서는 같은 표정이었다. 오카와치야마라는 거대한 감옥에 갇혀 평생을 일만 해야 한다는 것을 한 번 더 상기시켜주는 말 같았다. 자유 같은 것은 깡그리 잊어야 한다는 말이었다.

사기장들에게는 가족도 없고 찾아서 오갈 사람도 처음부터 없었다. 평생을 이 산에 갇혀 혼자서 살아야만 한다. 오로지 작업만 반복되는 인고의 시간들이 그들을 기다리고 있을 뿐이다. 모두들 말은 하지 않았지만 가슴이 답답해지는 것을 느꼈다.

밤이 깊었다. 그렇게 간절하게 바랐던 일이 내일이면 비로소 시작된다. 그러나 삼룡이는 어쩐지 불안한 마음에 잠을 이룰 수 없었다.

뒤척이고 있는데 지금까지 일본에서는 듣지 못했던 훈(塤)이 내는 구슬픈 소리가 들렸다. 어둠을 건너와 그의 가슴을 더듬는 소리는 그를 더욱 심란하게 했다.

훈은 큰 복숭아보다 조금 더 크고 배가 불룩해서 완만한 곡선의 소리를 내는 악기다. 흙을 구워 만들었는데도 부드럽고 그윽한 소리를 낸다. 이 공명악기 속에다 공기를 불어 넣어 다섯 손놀림으로 높고 낮은 가락을 내게 하면 듣는 이의 심금을 울린다. 상급 사기장 누군가가 그것을 가져와 잠이 오지 않는 깊은 밤에 쓸쓸한 심사를 달래고 있는 것 같았다.

삼룡이는 여러 가지 생각에 밤잠을 설쳤다.

21

정교하게, 더욱 정교하게

오카와치야마에서는 마침내 일이 본격적으로 시작되었다. 사기장들의 가슴속에서는 기대감과 불안감이 함께 꿈틀거렸다.

"모두들 흙 빚는 일부터 시작합시다."

일이 시작되자 상급 사기장들은 솔선해서 소매를 걷고 흙을 집었다. 본격적인 작업의 첫 순서, 흙 빚기를 함께 시작하자는 것이다. 이 작업이 끝나야 그릇의 모양을 만들기 위해 발로 물레를 차는 성형 작업, 다음에는 가마에서 그릇을 불에다 구워 기물을 완성시키는 소성 작업 단계로 들어가게 된다.

아무것도 없었던 곳에서 새로 일을 시작하자니 생각 밖으로 부족한 것들이 하나씩 불거져 나오기도 했다. 어느덧 그동안 손에서 멀어져 익숙하지 않게 된 일도 더러더러 있었다. 메워야 할 것은 차츰 메우고 채울 것은 하나씩 채워 나갈 수밖에 없었다.

일이 본격적으로 시작되면서 사기장들의 불안했던 마음도 조금씩 가라앉았다. 시간이 지나면서 분위기에도 차츰 활기가 돌았다.

일이 익숙하지 않아 보이는 사기장 몇 명은 금방 표가 났다. 제대로 일을 익히지도 못한 채 전쟁 막판에 가마 근처에서 어정거리다가 싹쓸이하듯 한 순왜들의 투망질에 잡어처럼 끌려온 서툰 사기장들임이 분명했다.

집 짓는 일, 길 닦는 일 등은 모두에게 처음부터 익숙한 일은 아니었다. 그렇기에 함께 섞여서 일을 해도 그때는 그들의 사기장 솜씨가 어느 정도인지 드러나지 않았다. 누구나 집 짓는 일만 열심히 하면 그만이었다.

정작 흙 다듬기를 시작으로 본격적인 성형 작업에 접어들자 솜씨가 미숙한 사기장은 어딘지 표가 났다. 그러나 상급 사기장의 말이 그들에게는 크게 위로가 됐다. 서로 도와가며 부족한 것은 서로 메꾸어가자고 했던 말이다. 동료들도 그런 사기장은 서로 덮어주며 도와주려고 애썼다.

"앞으로는 조선 사람들끼리 서로 잘 도와서 열심히만 하시오. 허드렛일이나 하던 노복군이라도 열심히만 하면 돼요. 그런 사람도 꼭 필요하니까요."

불안했던 사람의 심정을 콕 찍어내는 듯한 이런 말을 사기장들은 잊지 않았다. 그리고 그의 말은 자신들이 조선 사람임을 새삼 일깨워주는 말 같기도 했다. 대표 사기장 박 씨는 심지가 깊은 사람이었다. 뭔가를 꿰뚫어 보기라도 하는 듯한 예리한 사람이기도 했다.

그런 말을 들으면 사기장들은 마음마저 차분히 가라앉는 것 같았다. 누가 미숙한지 눈치채고 있었던 사기장들까지도 서로 허물을 덮어주고

도우면서 열심히 하자는 대표 사기장의 말을 따르지 않을 수가 없었다.

이마리에서 함께 올라온 사기장들은 상급 사기장의 말대로 서너 명이 한 편이 돼 함께 일할 수 있도록 편을 짰다.

"되도록이면 같은 고향 사람들끼리 어울려 일할 수 있도록 했습니다."

김하룡은 상급 사기장에게 편짜기 내용을 이렇게 보고했다.

"좋겠군요. 마음이 잘 맞아야 일도 잘 할 수 있을 테니까요. 여기까지 와서 마음이 맞지 않아 티격태격하는 것은 절대로 있을 수 없는 일이지요."

부드럽지만 단호한 말이었다. 편짜기가 끝나자 곧이어 상급 사기장 한 명씩이 한 편으로 짜인 사기장들과 한 묶음이 되어 작업을 시작했다. 그들은 사기장들의 상전이긴 해도 일본 사람들과는 전혀 달랐다. 어쩐지 같은 피가 함께 흐르는 큰형님 같다는 생각이 그들의 가슴을 쓰다듬어주었다.

물은 건너봐야 알고 사람은 겪어봐야 안다. 상급 사기장들은 마냥 따뜻하고 푸근한 사람들만은 아니었다. 일 앞에서는 냉정했다. 의욕을 북돋워줘 일을 열심히 하게는 했지만 하는 일에 대해서는 바늘처럼 예리하고 차가웠다.

작업 과정의 허점을 족집게로 찍어내는 듯했다. 그리고 그것을 그냥 넘기지는 않았다. 사기장들은 그런 상급 사기장의 빈틈없는 눈을 비켜 결코 허술하게 일할 수는 없었다.

상급 사기장들도 고향은 서로 달랐다. 잡혀 온 곳이 경기도 여주를 비롯해서 전라도 강진, 경상도 상주 등 서로 달랐기 때문이다. 성씨 역시 박 씨, 김 씨, 전 씨, 최 씨 등 각각이었다. 여주에서 온 박 씨가 나이가 제일 많았다. 다른 상급 사기장들도 내로라하는 노련한 사기장들이었다.

"자, 성형을 위해 먼저 시작할 일은 흙 다듬기입니다. 간단한 일이지만 그렇다고 만만한 일은 아닙니다."

마침내 흙 작업이 시작됐다. 상급 사기장들은 예상했던 대로 일 앞에 서는 역시 깐깐했다.

"지금은 손이 달리지는 않지만 일이 순조롭게 진행되면 사람이 더 필요할지도 몰라요. 그때는 다른 사기장들이 와서 우리와 함께 일할 거예요. 아직 빈 숙소가 남아 있는 것은 그래서지요."

상급 사기장들과 함께 온 젊은이들은 제대로 일을 할 줄 아는 사기장들은 아니었다. 상급 사기장의 시중을 들면서 일을 배우러 온 것 같았다.

놀랍게도 박 사기장은 오카와치야마에 대해서는 모든 것이 훤했다. 영지에 머무르고 있을 때 새로운 가마단지 만드는 일을 수시로, 그리고 자세하게 다쿠와 논의도 하고 자문도 하지 않고서는 그렇게 훤할 수가 없을 것 같았다.

삼룡이는 박 사기장처럼 뛰어난 상급 사기장 아래서 일하게 된 것이 좋기는 했다. 그렇지만 신경도 무척 쓰였다. 실력의 차가 너무 크다는 생각이 들어서였다. 그런 걱정 가운데서도 그의 지도를 받으며 열심히 일하면 배울 것도 많을 것이라는 생각도 들었다.

"쉬운 것부터 먼저 한번 만들어봅시다. 고급 도자기는 뒤로 미루고요. 이번 일은 시간이 좀 걸리더라도 완성되는 과정을 처음부터 끝까지 그대로, 그리고 빈틈없이 해볼 것입니다. 흙을 빚는 솜씨가 어떤지도 자세히 살펴볼 것이고요. 정성을 다해서 맘먹고 한번 해봅시다."

도기는 자기보다 열에는 덜 까다롭다. 흙도 서로 다르다. 그래서 자기보다 먼저 손쉬운 도기부터 한번 완성시켜보자는 것 같았다. 그러면서 사기장들의 솜씨를 확인하고 가마가 어떤지도 시험해보려는 것이 이 작업의 취지 같았다.

"이번에 쓰는 흙은 여기저기서 가져온 것이에요. 일본은 화산재가 두껍게 쌓여 좋은 흙을 찾기가 어려워요. 그렇기 때문에 아마도 성질이 서로 조금씩 다를지도 몰라요. 그런 점을 참고해서 일을 해야 할 거예요."

그의 말에서 새로운 사실을 알게 되었다. 일만 시작하면 걸림 없이 진행될 수 있도록 이미 밖에서 사전 준비가 착실히 진행되고 있었던 것이 분명했다. 아리타에서 어렵게 발견되었다는 흙 역시 아리타에서만 쓸 것이 아니라는 것도 미루어 짐작하기는 어렵지 않았다.

"흙을 숙성시키지 않아도 되것심니꺼?"

누군가가 불쑥 물었다.

"도기는 자기보다는 숙성의 정도가 덜해도 돼요. 그러나 이번 작업에서는 숙성 방법도 한번 되돌아볼 거예요. 이번 흙은 그동안 여기서 어느 정도 숙성된 것이긴 하지만요."

상급 사기장은 말을 계속했다.

"앞에서 말한 대로 이번 일은 크게 불안해 할 필요는 없어요. 흙도 크게 부적합한 것은 없으니 편안한 마음으로 하면 돼요."

삼룡이도 상급 사기장의 말을 듣고 보니 그동안 부질없는 걱정을 너무 많이 했던 것 같았다.

"한 번 더 말하지만 이번 작업은 연습이에요. 성형이나 소성에서 실패하면 그 이유를 확실히 알아내 고치면 됩니다. 중간에 실패해도 너무 실망할 필요는 없어요."

상급 사기장은 사기장들이 불안하지 않도록 안심부터 시켰다.

"성형을 해서 그늘에서 말리고, 초벌구이를 해서 유약을 바르는 과정, 마침구이 등 성형과 소성의 모든 과정을 모두 실수 없게 해보는 것이 이번 작업의 목적이라고 했지요. 흠이 하나도 없는 완벽한 것을 처음부터 만들어내야 하는 것이 아니니까 약간 실수가 있더라도 조금 전에 말한 대로 너무 걱정할 필요는 없어요. 한 번 더 해보면 되니까요. 마음을 비운 뒤 서두르지 말고 천천히 해봅시다."

상급 사기장의 말을 들으니 사기장들이 왜 이런 일을 하는지 이유를 알 수 있었다. 그리고 불안함도 어느 정도 진정되었다.

"준비돼 있는 흙으로 우선 반죽부터 천천히 한번 해봅시다. 거듭 말하지만 급하게 서두를 건 없어요. 서두르면 일에 실수가 끼어들기 쉬워요. 천천히 하더라도 실수 없게 하는 것이 더 중요하다는 것 잊지 마세요."

그런데도 불구하고 조급증이 난 사기장 한 명이 성급하게 서둘렀다. 일을 앞에 두고 마음이 급했던 모양이다.

"서둘러 좋을 것 없어요. 지나친 것은 부족한 것만 못해요. 실수 없이 하는 것이 더 중요하다고 그랬잖아요. 잊어서는 안 돼요."

점잖은 꾸중이었다. 사기장들은 일을 시작하기 전 물레와 가마 등을 한 번 더 꼼꼼하게 살폈다. 철저한 준비 작업이 끝나고 일이 시작되자 사기장들은 그동안 쌓아뒀던 흙더미에서 직접 흙을 들어냈다. 부드러운 흙을 얻기 위해서였다.

상급 사기장들은 일이 시작되자 사기장들의 손놀림을 유심히 살폈다. 사뭇 긴장하는 사기장도 있었고, 오랜만에 흙을 만져서 그런지 일이 손에 잘 잡히지 않는 사기장도 있었다.

일이 본궤도로 들어가자 삼룡이도 어쩐지 마음이 바쁘고 긴장되었다. 그러면서도 감격스러웠다. 죽을 고비를 몇 번이고 넘긴 뒤 여기서 이렇게라도 자리를 잡고 자신이 열심히 할 수 있는 일을 하게 되었다니, 참으로 다행이란 생각에 가슴이 뭉클했다.

사기장들은 물레 일을 시작하기에 앞서 부드러운 흙을 얻으려고 흙더미를 덜어 물에 풀었다. 그리고 윗물에 떠 있는 티와 잡풀을 모두 걷어냈다. 조금 있다가 가라앉아 엉겨 있는 묽은 흙을 건져내 큰 그릇에 담아 그것을 서로 버무렸다. 그랬더니 점력이 생겼다.

흙은 부드럽고 좋아야 성형이 잘 된다. 사기장들은 그 중요성을 잘 안다. 물에 풀지 않은 흙이 제대로 잘 어울리지 않을 때는 생흙 더미를 밟아 밀기도 하고 흙 안에 들어 있는 공기를 빼기도 한다. 그때의 감촉만으로도 어느 정도 실수 없이 성형이 가능한지 가늠할 수 있게 된다.

삼룡이는 오랜만에 맨발로 흙을 꾹꾹 밟았다. 감촉이 아련했다. 고향에서 했던 옛일이 어제 했던 일처럼 추억 속에서 되살아났다. 이리저리 발로 흙을 뒤집으며 계속 밟고 이기자 흙은 조금씩 더 부드러워졌다. 그리고 점력도 생겼다. 옛날에도 자주 했던 일이다.

일을 하면서 피곤한 기색을 보이는 사기장은 아무도 없었다. 그동안 하고 싶어도 할 수 없었던 일, 꿈속에서까지도 다시 하고 싶었던 일이었기 때문이다. 그런 일을 하는데 어찌 힘들고 피곤하고 귀찮을 것인가.

곁에서 지켜보고 있던 상급 사기장들도 향수가 깃든 이 일이 추억에서 아련히 떠올랐다. 자신도 한번 해보고 싶은 충동이 일었다.

"흙이 말랑말랑해졌는가?"

열심히 흙을 밟고 있는 사기장들에게 상급 사기장 박 씨가 물었다.

"쪼맨 멀었는디요. 물레를 찰라카믄 쪼맨만 더 여물어져야 물을 손에 적셔가면서 일을 해도 제대로 될 꺼 같은디요."

자기를 만들 경우는 찻잔을 만들 것인지, 찻주전자를 만들 것인지, 아니면 술병을 만들 것인지에 따라 성형 작업도 어느 정도는 달라야 하고 꼬막질도 달라야 한다. 그러나 도기를 만드는 일에 상급 사기장들은 크게 신경을 쓰는 것 같지는 않았다.

"물레 성형은 손물레나 발물레 할 것 없이 흙이 조금 더 부드럽고 말랑말랑하면서 차져야 사기장들의 뜻을 제대로 따르는 것 다 잘 알죠? 그러나 오늘 작업은 그동안 하지 않았던 일이기 때문에 손발을 풀어보고 도기라도 우선 한번 만들어보려는 거예요. 물레 성능도 한번 시험해 보고요."

박 사기장은 했던 말을 한 번 더 되풀이하고는 모두에게 잘 반죽된 흙을 필요한 만큼 흙판에 담으라고 했다. 그러나 어떤 흙은 성형을 하기에는 아직 점성이나 유연성이 덜한 것도 있었다.

"제대로 어울리지 않은 것은 없나요? 손으로 만져보고 감이 오면 제대로 된 것을 두드려 납작하면서도 두툼하게 만들어보세요. 그런 뒤 우선 흙에다 빗살처럼 가지런하게 줄부터 한번 그어보세요."

삼룡이는 박 사기장이 왜 흙에다 줄을 그어보라고 하는지 의아한 생각이 들었다. 그러나 박 사기장은 그동안 흙이 제대로 순치됐는지, 흙칼을 제대로 만지고 있는지, 흙에 선을 긋는 솜씨가 흔들리지 않고 익숙한지, 흙의 강도나 점도를 제대로 파악하고 있는지, 이런 것들을 확인하기 위해서 처음 시작하는 작업에서 이런 일 저런 일을 모두 한 번씩 시험해보게 한 것이다.

"자, 이제 됐어요. 오늘 일은 여기까지만 하겠습니다."

작업이 시작되고 얼마 되지도 않았는데 상급 사기장은 돌연 여기까지가 오늘 해야 할 작업이라면서 하던 일을 마치자고 했다.

하잘 것 없는 기물 하나를 만들 때도 성형은 꼼꼼하게 해야 한다. 대단하게 생각하지 않기 쉬운 사발의 경우도 높낮이와 둥글기의 균형에 조금이라도 이상이 있어서는 안 된다. 애써 겉모양을 잘 내 성형한 술병 속에 도도록한 돌기 하나라도 있으면 그것은 당장 으깨어버려야 한다. 도자기 만들기에서는 경험 없이 제대로 되는 일은 아무것도 없다.

"오늘은 일을 더 안 합니까?"

사기장들은 오랜만에 하는 일이어서 밤샘이라도 하면서 계속해서 일을 해보고 싶었다. 그런데 여기서 끝내라니 못내 아쉬워하는 사기장도 있었다.

"그렇습니다. 우리에게는 앞으로도 일해야 할 날이 많아요. 여러분도 잘 알지 않습니까? 성형이 끝나면 기물을 건조시키면서 그것의 굽을 깎는 일도 해야 하고 건조가 끝나면 초벌구이, 그것이 끝나면 기물에다 그림도 그리고 유약도 먹여야 하고 마침구이도 있고……, 그러니까 그 일들을 한꺼번에 모두 다 끝내려고 바쁘게 서두를 게 없지요."

사기장들은 오늘 일을 여기서 끝낸다니 섭섭하기는 했다. 그러나 상급 사기장의 말마따나 이렇게 짧은 시간으로는 이런 것 저런 것, 손을 푸는 일까지 하고 싶었던 모든 일을 모두 다 할 수 있을 것 같지는 않았다.

"여러분은 우리와 함께 평생 그릇을 만들어야 할 사기장들이잖아요? 영주님은 아무렇게나 그릇 만드는 일은 절대로 허용하시지 않을 거라고 했죠. 우리도 일을 그렇게 해서는 안 되고요. 우리가 조선 사기장이라는 것을 잠시라도 잊어서는 안 되죠."

"잘 알겠심더, 그러믄 언제부터 좋은 그륵을 바로 꾸울 낍니까?"

"지금부텁니다. 오늘 시작한 작업이 맨 마지막 가마에서 기물을 들고 나오기 위한 작업의 출발이 아닙니까? 내일은 오늘의 연속이고 모레는 내일의 연속이죠. 그러니 천천히 그리고 빈틈없이 매일 이 일을 차례대로 해 나가면서 좋은 것을 만들어 나갈 것입니다."

사기장들은 이 말을 듣자 괜히 마음이 너무 바빴다는 생각이 들었다.

"성형 경험이 많지 않은 사기장은 다른 일을 하게 될 것이고, 지금 하는 일에 사람이 부족하면 밖에서 더 불러올 것이라고 했죠? 필요한 흙은 계속 가져올 테고ー"

상급 사기장 박 씨는 보통 사람이 아니었다. 조선 사기장임에 자부심도 대단했다. 일을 이끌어가는 것뿐 아니라 말하는 것도 노련했다.

일이 시작되고 이틀째였다. 이때 다쿠가 또 불쑥 나타났다. 사기장들이 흙 다듬기를 다 끝내고 그다음 일을 열심히 진행하고 있을 때였다. 그는 흥미로운 표정으로 사기장들이 작업하는 것을 지켜보았다. 수행원들까지도 이런 일은 처음 보는 것이기에 얼굴에 호기심이 넘쳤다.

하나의 기물을 완성시키기 위해서는 단지 사기장의 성형술만 필요한 것은 아니다. 허물어지기 쉬운 그릇을 옮기고 그늘에서 말리는 단순 작업에서부터 소성 작업을 해야 하는 준비 과정에 이르기까지의 모든 과정이 끝나면 신묘한 불 조정 작업이 기다린다. 이 모두가 일체를 이루지 않으면 홀로 보는 그릇 하나지만 결코 그것을 쉽게 만져볼 수는 없다.

박 사기장은 이 긴 과정의 출발점에서 사기장들의 능력을 종합적이고도 면밀하게, 그리고 여유 있게 검토하기 시작한 것이다. 그러면서 단단한 각오로 출발하도록 했다. 일이 한창 진행되고 있을 때 나타났던 다쿠는 사기장들이 열심히 일하는 모습을 살핀 뒤 별말 없이 곧 되돌아갔다.

다음 날도 일은 예정대로 계속되었다. 전날 작업에서 연속되는 다음 단계였다. 삼룡이에게는 상급 사기장의 말이 마른 땅에 물이 배어들듯 전신으로 스며드는 것 같았다.

이날은 모두들 물레 성형을 위한 준비부터 먼저 하게 했다. 잘 반죽된 흙을 물레판에다 얹는 것이 작업의 시작이었다. 삼룡이는 오른발로 물레를 차서 서서히 돌리면서 얹어놓은 흙덩어리를 물에 적신 손으로 차츰 폈다. 그리고 그것을 서서히 둥글게 만들어 올렸다.

사발이나, 하찮게 생각하기 쉬운 접시 하나라도 모양을 제대로 내려고 할 때에는 제대로 다듬어진 흙을 조심스럽게 물레판에 얹어야 한다. 그런 뒤 덩어리 흙을 손으로 펴 바닥을 누르고 정성 들여 굽을 올리면서 속도에 맞게 물레를 차야 한다. 이 일은 흙을 다스릴 줄 몰라서는 되는 일이 아니다. 묽기가 더하거나 덜해도 기물은 허물어지거나 말을 듣지 않고 울퉁불퉁해지면서 사기장에게 반발한다.

그런 것을 휘어잡으려면 물가죽에 들어 있는 물을 계속 손에 적셔가며 그릇의 높낮이와 불뚝이를 쓰다듬어 바로잡아야 한다. 물레를 차서 돌리는 속도도 일정하고 균형감도 유지해야 한다. 그럴 정도에 이르기에는 만만찮은 시간과 노력, 특히 정신을 쏟지 않고는 결코 되는 일이 아니다.

옛날 사기골에서 작업을 할 때도 삼룡이가 특히 신경 썼던 것 가운데 하나는 찻주전자를 성형하는 일이었다. 아름다운 모양으로 만든 찻주전자가 비뚤하게 서거나 손잡이가 제자리를 바로 잡지 못한 것, 좌우 균형이 맞지 않는 것은 모두 그 자리에서 뭉개버려야 했다. 공들였던 것을 뭉개버리는 것은 가슴 아픈 일이었다. 그러나 제대로 된 것을 얻기 위해서는 버릴 것은 버릴 줄도 알아야 했다.

삼룡이가 그런 생각을 하면서 작업에 열중하고 있는데,

"잘못된 것은 마음에 두지 마세요. 버려야 더 좋은 것을 얻을 수 있다는 생각을 늘 잊어서는 안 돼요. 작은 애착이 큰 것을 놓친다는 것을 잊어서도 안 돼요."

상급 사기장은 삼룡이의 생각을 눈치라도 챈 듯 사기장들에게 이런 말을 했다. 사기장들 가운데는 잔소리가 좀 많다고 생각하는 사기장도 있었다. 그러다가 꼬리가 개를 흔들 수 없다는 것을 머리에 떠올리며 상급 사기장의 말에 사기장들은 속으로 머리를 끄덕였다.

흙이나 연장을 만지는 솜씨가 서투른 사기장은 상급 사기장의 눈을 비켜나지 못했다. 그러나 그런 사기장이라고 상급 사기장들은 그를 결코 내치지는 않았다. 잡부인 허대군이나, 재나 치우면서 허드렛일을 하는 운회군으로서도 할 일이 많다면서 늘 그런 사람을 감쌌다. 또 그런 사기장에게는 다시 기회를 주면서 가능하면 스스로 문제점을 해결하도록 했다.

김하룡 일행은 일에 익숙하면 익숙한 대로, 서툴면 서투른 솜씨를 바로잡아가면서 사기장으로서의 솜씨를 차츰차츰 원숙하게 익혀 나갔다. 그러면서 산속 생활에 뿌리를 깊게 내리기 시작했다. 옮길 수 없는 나무처럼 정정하게 되어 간 것이다.

사기장들의 작업은 시간이 갈수록 순조롭게 진행되었다. 처음 일이 시작됐을 때의 얼마 동안은 다쿠의 발걸음이 잦았었다. 그러나 일이 순조롭게 본궤도에 오르면서 그의 발걸음은 차츰 뜸해졌다.

정교한 기술, 이것만이 사기장들을 평가하는 유일한 잣대였다. 조금만 흠이 있는 기물이 나와도 그것은 머뭇거림 없이 깨뜨려버리게 했다. 그런데도 마음에 차지 않는 것은 계속 생겼다. 어쩔 수 없었다. 사기장들이 그런 것을 아낌없이 깨뜨려버리는 것에 익숙해질 때까지 제대로 되지 않은 것은 계속 깨뜨려버리도록 했다.

그러면서 그들은 깊은 산속의 별천지 오카와치야마에서 고립된 세월을 엮어갔다. 이는 상급 사기장이나 하급 사기장 할 것 없이 누구나 다르지 않았다. 세월은 그렇게 자꾸 이어졌다. 더 좋은 것을 만들기에 몰입하면 할수록 그들의 고향, 그들의 가족에 대한 소식은 점점 아득해져만 갔다.

드디어 사기장들은 그동안의 연습 작업을 끝내고 백자토로 기물을 완성시키는 실제 작업에 들어갔다. 작업 자체는 그동안의 상급 사기장들의 지도로 이미 사기장들의 손에는 익숙해진 일이었다. 그런데도 상급 사기장들은 이 작업도 과정마다 꼼꼼하게 지켜봤다.

소성 작업 때 가마의 불 조정이 잘못되면 일은 그르치기 마련이다. 소나무냐 참나무냐에 따라서 열 조절이 조금은 달라야 한다. 참나무가 열이 좀 더 높이 올라가는 장점은 있지만 숯이 덩이째 남아 일을 번거롭게 하는 경우도 있어서였다. 열 조절에 실패하면 고온에 녹은 그릇이 받침돌이나 도지미에 엉겨 통째로 못 쓰게 되는 경우도 생긴다.

사기장들은 그런 기억을 머리에서 떠올리며 자신이 성형한 백여 개에 이르는 그릇을 손에다 받쳐 들고 가마 안으로 들어가고는 했다. 가마 안에서 그것이 서로 엉기지 않도록 제대로 잘 배치하는 것까지도 경력이나 기술 없이는 쉽게 되는 일이 아니었다.

오름가마 한 칸을 만드는 데는 내화벽돌이 대략 1천 개 이상 들어간다. 그 가운데 하나라도 불량품이 있으면 그것이 말썽을 부릴 때도 있다. 소성 작업을 할 때는 기물이 열을 고르게 잘 받도록 벽돌과 기물, 기물과 기물 사이의 간격을 알맞게 배치해야 한다. 삼룡이는 그런 일에는 익숙했다.

봉통에 불을 밀어 넣으면 장작에 붙은 불이 활활 타며 차례대로 다음 칸으로 올라간다. 가마가 여럿 있는 곳에서는 화장들 가운데서 우두머리인 부호수가 이 일을 관장한다. 불이 잘 올라가는지도 확인하고 순조로우면 땔감을 계속 던져 넣고 봉당을 살피는 일은 모두 부호수의 몫이다.

그는 가마를 돌며 불의 흐름을 계속 살펴야 한다. 습기가 잘 빠져나가는지도 살펴보고 또 가마 등 가까운 곳의 불보기 구멍으로 불의 상태도 계속해서 살핀다. 이런 작업을 거쳐 '다 됐다!'를 말하기까지에는 가마의 크기에 따라 다르기는 해도 보통 20시간 이상이 걸린다. 삼룡이는 대부분의 시간을 가마 곁에서 보냈다.

가마 굴뚝에서 연기가 하늘로 올라가는 것을 볼 때면 삼룡이는 가끔 고향 생각을 했다.

순왜가 자신을 잡기 위해 사기골에 왔을 때 그는 끌목칸으로 가서 숨었다. 사람이 숨기에 좋은 곳이어서 그랬다. 그러나 잡으러 온 놈 역시 가마의 구조를 잘 아는 놈이었다. 다 지나간 일이지만 도망가던 도둑이 숨는다고 숨은 곳이 도둑 잡는 형방(刑房)의 집이 되었던 꼴이었다.

굴뚝을 보다가 생각난 끌목칸, 그동안 잊고 있었던 고향, 자신이 살았던 사기골의 옛 모습, 왜병에게 몹쓸 일을 당했던 마누라와 자식들은 이제 죽었는지 살았는지 영영 알 길조차 없어지고 말았다. 그런 생각을 하자 삼룡이는 가슴이 또 먹먹해졌다.

활활 타오르면서 위로 올라가는 불을 보며 잠깐 잡념에 휘말렸던 그는 정신이 펄쩍 들어 머리를 가볍게 좌우로 흔들었다.

초벌구이 때는 열을 모두 올리지 않아도 된다. 마침구이 때보다는 어느 정도 낮아도 크게 상관은 없다. 마침구이 때는 부호수가 보통 1천 3백 도가 될 때까지 장작을 밀어 넣어 열을 올린다. 도기는 자기보다는 온도가 낮아도 소성에는 이상이 없다. 가마 작업에서 제일 중요한 것은 열 조절이다. 이 일에 실패하면 그동안 들인 공은 대량의 불량품으로 변한다.

삼룡이는 어떻게 해야 8백 도나 1천 3백 도가 되도록 온도를 정확하게 맞출 수 있는지에 대해서는 서툴렀다. 그런데도 온도를 제대로 맞출 수 있었던 것은 부호수나 남화장이 따로 없는 가마에서 일하면서 몸에 익힌 직관에 의해서였다. 그가 사기골에서 이따금씩 대장 소리를 들으며 칭찬받을 수 있었던 것은 그런 직관이 통했던 덕이었다.

모든 도자기는 흙과 불이 만나면서 빚어지는 흠결 없는 피조물이다. 그런 기적과도 같은 만남의 조화는 초벌구이에 이어 마침구이에서도 한 번 더 일어나야 한다. 그래야 기물은 비로소 인간의 손이 빚은 신의 작품으로 완성되는 것이다.

"이제 끝 단곕니다. 불 조정을 잘해서 제대로 된 기물을 만들어봅시다."

초벌구이가 끝난 뒤 상급 사기장은 드디어 마침구이를 하자고 했다. 흙과 불의 조우가 빚는 극상의 예술품을 만들자는 것이다. 그러나 초벌구이에서 제대로 성공하지 못한 사기장도 있었다. 그렇게 되면 그들은 처음부터 한 번 더 되풀이해서 실패했던 부분을 보완해야 했다.

삼룡이는 마침구이 준비를 하면서 누가 초벌구이에서 실패를 했는지 살펴봤다. 다행스럽게도 만석이도 석암이도 싱글벙글하고 있었다. 그러나 놀랍게도 지금까지 사기장들의 대표로 고생했던 김하룡이 중간에서 실패하고 말았다. 어딘가 좀 서툴러 보이더니 실수를 했던 모양이다.

"실수는 누구나, 언제든지 할 수 있어요. 처음부터 한 번 더 해보면 돼요. 이번에는 실수를 하지 않으면 되니까요."

완벽주의자인 상급 사기장은 일을 잘 해오다가 소성 작업에서 실패한 김하룡에게 아무 일도 없었다는 듯 격려까지 했다. 그러면서 도기를 한 번 더 만들 수 있는 기회를 주었다. 그러나 김하룡에게는 실패의 심리적

타격이 마음까지 쓰라리게 했다.

자신이 이끌다시피 해오고 있던 다른 사기장들은 이미 저만큼 가버렸다. 아무리 실수라고 하지만 초벌구이를 끝내고 마침구이까지 끝낼 때를 계산하면 김하룡은 상당한 기간을 뒤로 되돌아가게 되고 만 것이다. 평소 말끝마다 '알겠지?'를 되풀이하던 그의 체면이 말이 아니게 구겨져버린 것이다.

끝내기 작업이 완료된 뒤 사기장들의 판도에는 약간의 변화가 왔다. 아리타에서 흙을 찾을 때는 앞서서 요란을 떨었던 다른 사기장 한 명도 성형 작업이 부진했고, 또 다른 사기장은 소성에서 실패했다. 가마 작업의 전 과정을 거치는 동안 사기장 몇 명이 완주에 실패했던 것이다.

어느 과정에서도 마찬가지지만 기물의 모양을 만들고 그것을 구워내기까지의 전 과정에서 쉬운 것은 하나도 없었다. 사기장의 정성이 스며들 때 흙은 비로소 사기장의 생각을 따른다. 그리고 불의 세례로 다시 태어나게 된다. 그렇게 되었을 때 사기장은 마침내 완전한 기물 하나를 탄생시키게 된다. 마침구이가 바로 그 마지막 단계다.

물론 상급 사기장이 지켜보고 있기는 했지만 삼룡이는 초벌구이를 끝낸 기물을 여유 있게 잿물에 담갔다. 잿물이란 그의 고향 사기골에서 쓰던 유약에 대한 다른 이름이다. 초벌구이가 끝난 그릇에 잿물을 먹이는 일을 시유라고 했다. 그는 실수 없는 시유를 위해 손수 잿물을 늘 자신의 손으로 만들었다.

그에게 유약을 만드는 것은 그다지 어렵지 않았다. 고향에서 해왔던 것처럼 풀을 베서 잘 말렸다가 그것을 태웠다. 거기서 나오는 재를 깨끗하게 거두어 미세한 사토 가루와 혼합하면 된다. 그것을 물에 섞었다가 초벌구이를 끝낸 기물을 그 액에 담그거나 기물에다 칠을 한다. 그래서 마침구이를 하면 그것이 열에 녹아 반들거리며 그릇을 매끄럽게 감싼다.

뜨거운 열을 맞은 그릇은 마침내 가마 안에서 차르르 흐르는 것같이 반짝이는 색깔을 표면에 덮는다. 새 옷으로 단장되어 이 세상에 얼굴을 내밀게 되는 것이다.

삼룡이에게는 이런 일이 그렇게 어렵지는 않았다. 그러나 경험이 얕은 사기장은 이 과정도 실수 없이 해내기가 쉽지는 않았다. 가마 속에서 불에 녹은 유약이 판에 엉겨 붙을 수도 있기 때문이었다.

삼룡이는 유약이 든 통에 담갔던 기물을 꺼내 즉시 젖은 헝겊으로 굽을 닦기도 했다. 이렇게 간단한 것마저 제대로 몰랐다가는 지금까지 공들였던 일을 그르치는 것은 손바닥 뒤집기였다.

유약에 아주 서투른 사람은 사기장 일의 초심자일 가능성이 있다. 그런 초심자들은 전쟁이 끝날 무렵 마구잡이로 끌려온 사람일 수도 있다. 잡힐 때 사기장이 아니라고 해봤자 그때는 그런 말이 통하지 않았다. 순왜에게 잡혀 왜병의 손에 넘어가고 다시 일본까지 끌려왔을 때는 살아남기 위해서라도 스스로 재주 있는 사기장인 것처럼 행세하지 않을 수 없었다.

흙을 제대로 모르는 억지 사기장들은 점토, 규석, 장석이 어떤 흙인가를 처음부터 확실히 구별해서 익혀야만 했다. 그렇기 때문에 일이 손에 익지 않아 제대로 일을 익히는 데에는 시간이 걸릴 수밖에 없었다. 그런데도 동료 사기장들은 그런 사기장을 음으로 양으로 열심히 도왔다. 완전 낙오자가 되는 것을 면하게 해주기 위해서였다.

"흙을 모르면 농사일도 할 수 없지요. 석공이 되려면 눈 깜박거리는 것부터 먼저 배워야지 정부터 먼저 들고 돌을 깨려고 덤볐다가는 돌조각이 눈에 튀어 들어간다는 것을 잊어서는 안 돼요. 기초를 익혀야 해요. 기초를."

상급 사기장들은 언제나 일의 바탕이 되는 흙을 충분히 이해해야 된다고 강조했다. 이렇게 흙의 중요성을 강조하며 일에 서툰 사기장들에게는 인내심 있게 일의 순서를 기초부터 차근차근 익히도록 했다.

"빨리 한다고 잘하는 것이 아니에요. 잘못된 것을 깨어버리는 것보다 실수 없이 천천히 하는 것이 더 빠르고 좋은 것을 만드는 일이죠."

실수 없이 일을 먼저 끝낸 사기장들은 서툰 사기장들보다 한 발 앞서 다음 단계로 나아갔다. 그러면서 일이 먼저 끝나면 뒤처진 사기장들을 돕기도 했다.

그러는 사이에 오카와치야마에는 낯선 젊은이들도 불어났다. 그들은 그동안 비어 있던 방에 들었다. 다른 곳에서 가마 일을 하다가 이쪽으로 옮겨온 사기장들이라고 했다. 일이 늘어나 필요한 손도 늘어났기 때문이었다. 그 가운데는 조선의 도자기 기술을 배우고 싶어하는 일본 젊은이들도 끼어 있었다.

오카와치야마에는 이렇게 젊은 새 식구들도 제법 늘어났다. 어디서 왔는지 알 수 없는 화공들까지 소문 없이 와 있었다. 열다섯 채나 되는 집에는 어느덧 식구가 거의 다 찼다. 가마 수도 늘리지 않을 수 없었다.

상급 사기장들은 여러 가지 일들을 어른답게 잘 조정해주었다. 특히 사기장들끼리 서로 감싸주고 도와주는 분위기가 되도록 계속 신경을 써주었다. 그러는 사이에 모두가 동질감으로 묶인 형제처럼 되어갔다.

새로온 사기장들까지 익숙하게 성형 작업에 들어갈 무렵이었다. 어디서 오는 달구지인지 흙을 가득 실은 달구지가 이틀이 멀다 하고 계속 세키쇼 안으로 들어왔다. 거침없이 세키쇼를 통과한 달구지는 가마단지 입구까지 깊숙이 들어왔다. 보통 사람은 도무지 들어오기가 힘든 세키쇼를 달구지만은 줄줄이 무사 통과였다.

일이 여기까지 이르렀을 무렵 그동안 잘 보이지 않았던 다쿠가 작업이 끝나는 시간에 맞춰 갑자기 나타났다.

"여러분이 바랐던 대로, 오카와치야마는 이제 일본 제일의 가마단지가 되었다. 이제부터 흙 걱정은 하지 않아도 될 것이다."

그는 지난번처럼 사기장들을 요사채 같은 곳의 방에 다 모이게 했다. 그리고 아랫배에 힘을 잔뜩 주고 목청을 돋워 말했다.

"영주님께서도 멀지 않아 이곳에 한번 들르실 것이다. 그때 기술의 정도에 따라 여러분에게 적당한 계급의 사무라이 벼슬도 내리실 것을 생각하고 계시는 것 같다."

이 말을 들은 사기장들은 서로들 얼굴을 바라봤다. 사무라이라면 계급에 따라 다르기는 하지만 일본에서는 최하위인 상민의 신분을 벗어날 수 있는 벼슬 같았다. 그렇게 되면 칼도 찰 수 있다. 그러나 사기장이기 때문에 칼은 차지는 않더라도 천대는 받지 않을 수는 있게 된다. 사무라이가 먼저 된 이상병을 보면서 알게 된 일이었다.

성도 없고 이름도 없는 존재, 일본 사람들로부터는 그냥 "어이!"로만 불려오던 조선 사기장들이 사무라이가 되면 좋든 싫든, 일본 성이든 조선 성이든 성이 하나씩 주어질 것이다. "어이!"를 면하게 되니 기분 좋은 일이 아닌가.

연설이 끝나자 그는 삼룡이와 함께 외지에서 온 사기장 몇 명도 앞으로 불러냈다. 뜻밖에도 김하룡은 부르지 않았다. 그러나 석암이와 만석이는 앞으로 불려 나왔다. 열 명은 더 될 성싶었다.

"이 도공들은 상급 도공이 인정한 우수한 도공들이다. 앞으로 이런 도공들의 본을 받아 여러분도 모두 한층 더 열심히 하기 바란다."

다쿠의 말을 듣는 순간 사기장들은 영주의 명을 받아 당장 이들에게 사무라이 벼슬이라도 내리거나, 무슨 특혜라도 있으려니 생각했다. 그러나 단순히 서로 경쟁이라도 유도하기 위해서 앞으로 불러내 칭찬한 것뿐이었다.

이렇게 불려 나온 사기장들을 격려하면서 다쿠는 평소에 잘 부려먹던 김하룡에게는 눈길도 주지 않았다. 지난번 시범 제작에서 실수가 있었기 때문이다. 일 앞에서는 그가 얼마나 냉정한 사람인가를 알 수 있었다.

말을 끝낸 뒤 다쿠는 밖이 이미 어둑해졌는데도 상급 사기장들과 함께 작업장 여기저기를 또 둘러봤다. 날이 저물 때의 시간은 바쁘게 지나갔다. 잘 보이지도 않는데 덮여 있는 흙더미 앞에서 걸음을 멈춘 뒤 수행원에게 덮어놓은 거적을 걷어내게 했다. 지난번보다 줄어든 흙을 보며 상급 사기장들에게 흙에 대한 이런 것 저런 것들을 또 물었다.

가마단지 안을 둘러본 그는 여느 때처럼 말에 올라서 어둑한 단지 아래로 내려갔다. 이번에는 영주의 사당이 있는 왼쪽으로 돌아가지는 않았다.

연습 작업을 성공적으로 끝낸 삼룡이는 새로운 물레 하나를 도맡았다. 일할 준비를 하면서 그는 몇 번이나 놀랐다. 정작 일할 사람은 자신인데도 누군가가 이미 작업 준비를 다 해놓았기 때문이다. 성형할 때 필요한 연장까지도 고르게 다 갖추어놓다니, 상급 사기장의 치밀함이 새삼 놀라웠다. 높아진 자신의 위상에 은근히 마음도 뿌듯해졌다.

그는 먼저 물레가 제대로 잘 돌아가는지부터 살폈다. 성형을 끝낸 기물이 약간 말랑말랑할 때 칼같이 생긴 도구로 기물의 밑 부분을 잘라 떼어내도록 하는 굽칼까지도 물레 곁에 준비돼 있었다. 일할 때 도구를 챙겨야 할 걱정 같은 것은 하나도 없었다.

연습 작업 과정 중에는 사기장들에 따라서 어느 정도 늦거나 빠르기는 했다. 그러나 작업의 전 과정을 모두 성공적으로 끝냈다. 한 사람의 사기장으로서 능력을 충분히 인정받아 독립적으로 기물 생산 작업에 들어갈 수 있게 된 것이다.

삼룡이가 혼자서 끝까지 완성시켜 내놓아야 할 첫 번째 과업은 높은 사람들이 즐겨 쓰는 고급 술주전자를 만드는 일이었다. 사기골에서도 해봤던 일이다. 고급 술주전자는 다른 기물보다는 훨씬 매끄럽고 모양도 좋게 만들어야 한다. 속까지도 매끄럽고 겉도 보기에 아름다워야 하는 것은 물론이다. 그러나 그로서는 크게 걱정되는 일은 아니었다.

최고급 술주전자를 잘 만든다는 것은 상당히 까다롭고 조심스러운 일은 분명했다. 그러나 삼룡이는 지난날의 경험을 떠올리며 부드러운 흙을 더 부드럽게 만들기 위해서 소매를 걷었다.

술이 나오는 주전자 주둥이를 모양 내어 만들어내는 것은 특히 신경

쓰이는 작업이었다. 보기도 좋고, 술도 제대로 잘 흘러나오게 해야 되기 때문이다. 그런데도 삼룡이는 머뭇거리지 않고 물레를 차며 흙을 주물렀다.

성형이 끝나자 상급 사기장은 아직 제대로 다 건조도 되지 않은 고급 술주전자의 이모저모를 꼼꼼히 살펴봤다. 그러고는 안심스러운 표정을 지었다.

사기장들은 언제나 소성 작업을 하기 전에는 가마 속부터 먼저 점검했다. 삼룡이도 자신들이 만든 가마지만 일을 시작하기 전에는 그 속에 들어가 내화벽돌을 두드려보기도 했다. 이상이 없는지 확인하기 위해서였다. 도지미에 그릇을 놓는 일까지도 직접 했다. 높은 열에 녹은 그릇이 다른 것에 엉겨 붙으면 낭패를 보기 때문이다. 그릇 간의 거리 조정을 잘 못해서 옛날 사기골에서 실패했던 일이 있었던 것을 여기서는 다시 되풀이하지 않기 위해서이기도 했다.

이렇게 조심스러운 삼룡이에게는 언제나 실패가 없었다. 그런데도 그는 과정마다 상급 사기장의 조언을 구했다. 꿩이 아무리 잽싸게 뛰고 날아도 매를 앞지를 수는 없다. 삼룡이는 그것을 잘 알고 있었다. 그렇기 때문에 조금만 궁금한 일이 있어도 상급 사기장의 자문을 구했던 것이다.

삼룡이와 같은 편으로 짜인 김하룡 등 몇 명은 완전히 독립된 삼룡이에 비하면 노련미가 조금은 덜했다. 그래도 삼룡이는 그들과 잘 어울렸다. 때로는 그들을 도왔고 또 그들의 도움을 받기도 했다. 자신과 꼭 같은 조선 사기장 처지인 그들과는 그런 과정을 통해서 서로 의지하게 되었고 외로움도 함께 나누는 형제처럼 되어갔다.

작업 과정에서 한 번 실패한 뒤 한동안 김하룡은 의기소침해 있었다. 그러나 시간이 지나면서 그는 그런 부담감에서 차츰 풀려났다.

삼룡이는 초심자인 젊은 일본인 사기장들에게도 가르칠 수 있는 것은 성의껏 가르쳤다. 조선을 침략했던 일본인은 미워도 오로지 조선의 도자기 기술을 배우겠다고 산속까지 찾아온 그들을 일본인이라고 무조건 미워해서는 안 될 것 같아서였다. 삼룡이는 또 조선인의 솜씨를 일본인에게 가르친다는 것은 긍지를 느낄 수 있는 일 같기도 했다.

오카와치야마에서 제대로 숨을 쉬면서 살아갈 수 있는 길은 정성을 다해 좋은 기물을 잘 빚어내는 길뿐이었다. 그런 것을 실감할수록 흙을 만질 때의 삼룡이는 더욱 진지해졌다. 특히 마침구이에 들어가기 전에는 가끔씩 화공과 함께 자신도 그릇에 그림을 그리기도 했다. 그럴 때는 전날 밤 잠을 제대로 이룰 수 없을 정도로 여러 가지 생각에 골몰하기도 했다.

그림은 화공의 몫이다. 그러나 그림이 제대로 기물을 받쳐주지 못하면 그 기물의 가치는 그만큼 낮아진다. 그 책임은 궁극적으로 사기장 몫이다. 그런 생각을 하면 그는 결코 일을 앞두고 태평스러워질 수가 없었다.

삼룡이는 가끔 그가 만든 백자 그릇에다 산 위에 솟은 달을 그려 넣기도 했다. 고향의 달이 생각나고 둥근 마누라 얼굴이 마음속에서 떠오를 때면 화공의 도움을 받으면서 가끔씩 그런 그림도 그려본 것이다. 그러나 그렇게 그려본 그림이 마음에 들지 않을 때가 많았다. 그런 것은 소성 작업에서 아예 빼버렸다. 그러면서도 그는 가끔씩 깨끗한 백자 그릇에 달 그림을 그려보고, 또 그려보고는 했다.

이런 일들이 한참 계속된 뒤의 어느 날이었다. 오카와치야마의 큰어른인 상급 사기장 박 씨가 사기장들을 모두 불렀다. 이번에도 요사채처럼 생긴 넓은 건물 안으로 모이라고 했다. 사기장들의 솜씨가 완전히 본궤도에 올랐을 때였다.

"이제부터 우리는 조선에서 일했던 옛날 방식을 잊는 것도 한번 생각해봅시다. 옛날 방식보다 더 새로운 것을 만드는 사기장으로 태어나기 위해섭니다."

뜻밖의 말이었다. 모두들 의아했다. 달 그림을 자주 그렸던 삼룡이도 뭔가 가슴이 뜨끔했다.

"아직 옛날 방식만 생각하면 거기에 묶여 새로운 솜씨를 빚어내기가 쉽지 않아요. 새롭고 좋은 기물이 태어나도록 하기 위해서는 아쉽지만 어쩔 수 없어요. 이제부터는 버릇이 되어버린 오래된 고향 방식은 잊고 새로운 것을 만들기 위해서 노력하지 않으면 안 될 것 같아요."

그러면서 그는 젊은 사기장들까지도 주욱 둘러봤다.

"경험이 그다지 많지 않았던 사기장들도 이는 마찬가지예요. 그동안 연마해온 솜씨만으로도 이제 이 나라 안에서는 사기장으로서 주눅들 일은 하나도 없어요. 자신을 가지고 용기 있게 일해봅시다. 그러나 옛것을 과감하게 버리고 새롭게 노력해야 더 좋은 것을 얻을 수 있다는 것은 잊지 않았으면 좋겠어요."

상급 사기장은 자신의 능력에 크게 자신이 없었던 젊은 사기장들에게 새로운 방법의 개발에 자신감을 심어주었다. 구태를 벗어나야 새로운 것에 도전할 수 있다면서 도전에 대한 용기도 북돋워주었던 것이다.

상급 사기장의 말을 듣던 삼룡이는 자신도 모르는 사이에 고개가 갸우뚱해졌다. 낡은 방법을 고집하는 것은 좋지 않지만, 버려서는 안 되는 옛날 방식은 그대로 이어가야 옳지 않을까 하는 생각이 들어서였다.

조선에서만 이어져오던 독특한 방법, 자신의 솜씨를 아낌없이 발휘해서 일본에 뽐내고 싶었던 방식은 버려서는 안 될 것 같았다. 그러나 삼룡이는 입을 닫고 있었다. 당장에 다른 소리를 하는 것은 상급 사기장에 대한 예의가 아닐 것 같아서였다.

22

달항아리를 만들다

상급 사기장은 세월을 헤아려가며 사기장들이 하는 일을 자세히 관찰하고 있었다. 물레 차는 소리만 듣고도 품질의 우열을 판단하기도 했다. 불 소리로 소성의 성공 여부도 가늠해냈다.

사기장들의 솜씨는 이제 일본 어디의 누구와 비교해도 흠잡을 데 없는 최고의 수준에 확실하게 이르게 되었다. 사기장들이 하는 일에 신뢰를 굳힌 상급 사기장은 사기장들에게 신선감이 덜할 수도 있는 낡은 방법은 과감하게 바꾸어야 한다고 이따금씩 역설했던 것이다. 새롭고 창조적인 작품 생산 방법을 찾아내고 싶어서였다.

사기장들은 기술뿐 아니라 정신적인 단련까지도 곁들여져 매사에 임하는 태도가 갈수록 단단해졌다. 마치 가마 속에서 불을 맞고 새롭게 태어난 명품 도자기처럼 되어갔던 것이다.

상급 사기장이 사기장들에게 거듭된 이런 격려의 말과 용기를 갖게 해준 것은 이제 오카와치야마만의 독특하고 본격적인 대량 생산 작업에 들어갈 단계에 이르렀다고 생각했기 때문이었다.

삼룡이의 고급 술주전자 만들기를 비롯해서 모두들 본격적인 명품 생산 작업에 들어가자 사기장들에게는 긴장감이 팽팽하게 돌았다. 그리고 부담감도 늘었다. 모두들 일 앞에서는 약속한 듯 신중한 자세로 변했다.

상급 사기장은 삼룡이의 솜씨에 대해서는 한 점 의심 없는 신뢰를 보냈다. 투박한 경상도 사투리에 말이 적어 처음에는 그러려니 했다. 그랬지만 얼마 지나지 않아 그의 솜씨가 팔목상대라는 것을 인정하게 되었던 것이다.

상급 사기장은 일을 시작하기 전 모두에게 또 한 번 지난날을 환기시켰다. 연습 제작 때 정성 들여 성형하고 소성을 끝냈던 과정을 기억에서 비워내지 말라는 것이 내용이었다. 깨뜨려버린 것에 대한 기억도 잊지 말고 왜 그때는 왜 그렇게 했던가도 기억에서 씻어버리지 말라고 했다.

대량 생산이 시작되자 세키쇼 출입 통제는 더욱 강화되었다. 완성도가 낮아서 깨어버린 도자기 조각 하나까지도 별생각 없이 밖으로 가지고 나가려고 했던 사람은 무슨 난리라도 일으키려고 했던 것처럼 추궁을 받았다. 흙을 운반하거나 식량 반입을 위해서 들어왔던 사람들도 나갈 때의 검문 검색은 매우 엄격해졌다. 드물게는 그들의 속옷까지도 검사했다.

사기장들은 세키쇼에서 일어나고 있는 일에는 별 관심이 없었다. 자신들과는 아무런 관계가 없기 때문이었다. 그들은 오로지 좋은 도자기를 제작하는 일에 몰두하는 것이 해야 할 일의 전부일 뿐이었다.

사기장들의 정밀하고 세련된 솜씨는 최상에 이르렀다. 그러나 삼룡이는 상급 사기장의 말에도 불구하고 옛날 자신의 솜씨를 완전히 버리려고 하지 않았다. 새로운 것을 만들 때는 언제나 옛날 것과 비교해서 그 위에 더 나은 다른 모습을 찾고자 했기 때문이었다.

일의 속도가 더해지면서 사기장들의 손도 더욱 빨라졌다. 거기에다 훨씬 정교해졌다. 그리고 아름다움을 빚어내는 것 역시 세련의 정도와 맞먹었다. 같은 편끼리 일할 때는 일사불란한 손 맞춤도 언제나 하나가 된 것처럼 움직였다. 만드는 것마다 새롭고 빛났다.

이와 같이 일사불란함이 한 덩어리가 된 오카와치야마에서는 명품의 생산량이 크게 늘어날 수밖에 없었다. 최고라야 한다는 상급 사기장의 진심은 사기장들의 가슴으로 번졌고 숱한 세월이 그 위에 덧씌워진 덕이었다.

삼룡이가 일본으로 잡혀 왔을 때는 갓 스물을 지나서였다. 그가 이곳에서 장인의 반열에 이르기 위해서 사기골에서 일을 시작했던 새파랗던 시절과 오카와치야마에서 검은 머리카락 위에 서리가 희끗희끗하도록까지의 세월이 덧씌워져야 했다.

이마리 깊은 산속 오카와치야마로 옮겨와서 척박한 산속에다 삶의 터전을 닦기 시작한 뒤 그는 단 한 번도 세키쇼 밖으로 나간 일이 없었다.

그러나 그의 상상만은 수시로 그 엄한 세키쇼 문을 거리낌 없이 들락거렸다. 자유롭게 산을 넘고 수시로 바다를 건너 사기골 옛 마을을 더듬었다. 더벅머리 소년 시절과 신혼 시절, 원만한 달덩이처럼 둥글게 배가 불렀던 아내의 모습, 아이들을 기르며 평화롭게 살았던 지난날, 아직도 자신을 기다리고 있을 가족들도 상상의 세계 속에서는 자유롭게 만났다.

그러나 냇물은 결코 바닷물을 밀어낼 수는 없었다. 영어의 몸이나 다름없는 산속 생활의 그는 상상 속의 고향에는 갈 수 있었지만 육신은 결코 해협을 밀어낼 수는 없었다. 사기골은 어디까지나 상상 속에서만 되살아나는 허망의 저쪽에 있을 뿐이었다. 결코 매립해버릴 수 없는 해협은 그에게는 이승과 저승의 간극만큼이나 넓고도 깊었다.

세월이 이렇게 흘러가는 사이에 세상에 이름도 제대로 알려지지 않았던 오카와치야마 산속에는 새로운 이름 하나가 더 붙여졌다. '비요(秘窯)'가 그것이었다. 비밀의 가마라는 뜻이다.

때때로 가마에서 오르는 연기가 하늘 위에서 흩어지기는 했다. 사람들은 멀리서 그 연기를 볼 수 있었다. 그러나 그 깊은 산속에서 구체적으로 어떤 일이 일어나고 있는지 아무도 자세하게 알 수는 없었다. 모든 일이 비밀에 싸여 있었던 때문이다. 바람결에 흩날리듯, 그래도 그 안에 가마가 있다는 소식은 민들레 씨앗이 되어 밖으로 흘러나와 날아다녔다.

그래서 바깥사람들은 오카와치야마 산속을 그냥 비요라고 부르기 시작했던 것이다.

오카와치야마를 비요로 만든 나베시마 나오시게 영주는 여든한 살이 되던 해인 1618년에 마침내 숨을 거두고 말았다. 전쟁터에서 돌아와 20년이 지난 뒤였다. 비요가 도자기 단지로 완성되고 우수 도자기 실험 제작까지도 매듭 단계에 들어 생산 작업이 한창 진행될 무렵이었다.

생애의 마지막 부분을 그는 비요의 위쪽 묘후산 바위 아래에다 자신의 호를 따서 지은 '히노미네샤'라는 사당에서 보냈다. 그가 죽자 사당의 자격이 즉시 신사(神社)로 격상되면서 '히노미네샤'는 '히노미네진쟈'가 되었다. 그리고 그의 혼은 거기에 봉안되었다.

신사는 신을 모시는 곳이다. 그러나 사당은 그런 곳이 아니다. 그래서 인간 나베시마가 죽자 그는 즉시 신으로 자격이 격상되면서 '히노미네진쟈'로 그의 영혼이 봉안되었던 것이다. 인간이 큰 업적을 남기고 죽으면 신격으로 대접해주는 일본의 특수한 문화에 의해서였다.

나베시마 나오시게 영주가 죽자 그의 아들 나베시마 가쓰시게(鍋島勝茂)가 그 자리를 이어받아 즉시 영주의 자리에 앉았다. 그러나 그는 다쿠가 잘 하고 있는 가마 일에 대해서는 전혀 관여하지 않았다. 다쿠에게 전권을 위임하고 자신은 영지를 다스리는 일에만 전념했다.

자연스럽게 비요와 아리타 가마의 최고 책임자는 다쿠가 되었다. 그는 전권을 가지고 하던 일을 그대로 계속했다. 세월이 흐르면서 그의 지체는 점점 더 높아질 수밖에 없었다. 그는 비요와 아리타를 육성하는 데 더욱 힘을 쏟았다.

비요에서 생산되는 명품이 중앙정부인 막부의 높은 사람들에게 인기가 대단하리라는 것을 그는 처음부터 예상하고 있었다. 그러나 비요 밖에서는 누구도 그런 명품은 구경조차도 할 수 없었다. 특별히 선물을 해야 될 막부의 중요 인사에게만 은밀하게 하나씩 보낼 준비를 했을 뿐 시중에서의 유통은 철저히 금지시켰기 때문이다.

나베시마 나오시게 영주는 그가 살아 있을 때 중국 최고의 도자기 명산지 징더전에 버금가는 도자기를 오카와치야마 안에서 만들어내고 싶어했다. 그리고 징더전을 제쳐내고 비요에서 생산된 도자기를 독점적으로 유럽에 수출하고 싶어 했다.

그는 조선 침략의 선봉군에 설 때부터 재능 있는 조선 사기장을 모두 잡아 올 계획을 세웠었다. 백자 생산으로 유명한 함경도 회령, 황해도 해주, 강원도 양주, 경상도 상주 청송 웅촌과, 심지어는 전라도 강진 등지의 이름 있는 가마에 대한 정확한 정보까지도 확보하고 있었다. 그러나 그 계획에 차질이 생기자 다른 지역의 사기장까지도 일본으로 끌고 왔던 것이다.

그렇게 조선 팔도에서 잡아온 재능이 뛰어난 사기장들을 그는 자신의 영지에서 보호하고 있었다. 그러다가 그들을 비요로 보냈으니 비요는 최고 기능 사기장의 집합장이 되지 않을 수 없었다. 뒤에 일본의 젊은 사기장들까지 비요의 신기술을 받아들일 수 있게 되었으니, 결과적으로 비요는 일본 도자기 기술의 발전에도 크게 기여한 곳이 되었다.

새로 개발한 기술이 이렇게 제품에 반영되어 일본 밖으로 나가기 시작한 것은 십 년이 몇 번 비요를 휘돌아 나간 뒤였다. 그러는 사이에 조선의 사기장들로부터 고급 기술을 익힌 일본인 젊은 사기장들은 죽순처럼 뻗어나 왕대처럼 되어갔다.

가까운 곳의 사기장들이 규슈의 다른 사기장들과 함께 손이 모자란 비요로 와서 일하게 되었을 때 의아한 듯 묻는 사기장도 있었다.

"쓸 만한 그릇을 왜 깨뜨려서 저렇게 버리는 거죠?"

그들은 멀쩡한 것들을 깨뜨려버리는 것이 아깝다는 듯 이런 질문을 하고는 했다.

"흙이 조금씩 다르면 품질도 조금씩 달라요. 또 질이 낮은 것을 한번 쓰기 시작하면 계속해서 그런 기물을 만들게 될 수도 있고요. 그렇게 되면 이곳은 최고의 명품 생산지가 될 수 없죠."

"그래도 저렇게 좋은 것을 쓰지도 못하게 깨뜨려 땅에다 그냥 묻어버리는 것은 좀—"

"제일 좋은 것만 고집하는 것이 우리 사기장들의 정신이지요. 남겨두는 것 하나가 깨어버리는 것 열 개보다 훨씬 귀한 것이 된다면 얼마나 좋은 일이에요."

도자기라고 하면 자신만만했던 다른 곳에서 온 사기장들도 이런 말에는 더 할 말이 없었다. 결국 그들도 비요에서 일하면서 상급 사기장의 지시대로 만들고 깨고 하는 일을 수없이 되풀이하지 않을 수 없었다.

박 사기장은 언제나 원로답게 행동했다. 그는 때때로 이렇게 말했다.

"좋은 흙이라야 좋은 그릇이 나오는 법이지요. 한 점의 도자기가 창고에 들어가기 전까지는 그것은 덜된 것이라고 말할 수밖에 없어요. 물레 위에서부터 가마에서 불 세례를 받은 뒤 창고에 들어갈 때까지 계속 신경을 써야만 좋은 결과를 얻을 수 있다는 것, 우리는 한시도 잊어서는 안돼요."

아리타 사기장들이 바위를 허물어 그 속에서 금광이라도 찾아내려는 듯 태토 찾기에 애썼던 것처럼 비요의 사기장들도 하나의 도자기 제품이 완성될 때까지 온갖 노력을 다했다. 그리고 지혜를 쏟았다. 그러는 사이에 세월도 그만큼 따라 흘렀다.

박 사기장을 비롯한 상급 사기장들은 숱한 세월의 흐름에 따라 어쩔 수 없이 백발에다 허리까지 구부정해져 버리고 말았다. 그런데도 불구하고 새로 일을 시작할 때는 언제나 형형한 눈빛의 청년처럼 보였다.

새로 일을 시작할 때면 항상 그들은 사기장들을 긴장시켰다. 때로는 직접 바짓가랑이를 걷어 올린 뒤 구부정한 어깨를 하고도 청년처럼 민첩하게 물레를 차면서 시범을 보이기도 했다. 성형하는 도자기 속에 개질박을 쑥 집어넣어 도자기의 배를 밀어내 보이기도 했다.

되돌아보면 오랜 세월 동안 이런 일을 되풀이하고 또 되풀이했다. 그러는 사이에 젊었던 사기장들은 상급 사기장의 솜씨를 그대로 닮아갔다. 심지어 어깨가 구부정해진 것까지도 닮아갔다. 오랜 세월에 실려 그들에게도 청년 시절은 그렇게 흘러가고 노련한 사기장이 되면서 어느덧 늙은 이로 변해갔다.

오카와치야마 깊은 산속에 일본 최고의 사기장들이 모여 사는 '비요'가 있다는 소문은 이마리 사람들의 입에서 입으로 계속해서 조금씩 건너갔다. 그럴수록 비요에 대해 신비감과 함께 궁금증은 더욱 증폭되었다.

그런데도 불구하고 정작 비요의 사기장들은 세상과는 차단된 다른 공간에서 살았다. 시간의 무거운 침묵에 눌려 바깥세상에 대한 관심은 말할 것도 없었고 고향의 기억마저 점점 흐릿해져 가고 있었다.

"여거서는 고향이 따로 없소. 절라도도 겡상도도 없고, 싹 다 조선뿐인께 그런 생각을 각고 우리가 여거서 힘을 합쳐서 지금부터는 조선 것보다 더 좋은 것을 맨들어야 안 쓰것소. 조선 것보다 더 좋은 것 말이요."

그럴 때마다 도자기 제품이 창고에 들어갈 때까지는 일이 다 끝난 것이 아니라고 하던 상급 사기장의 말이 그들에게는 각성의 죽비가 되었다.

　삼룡이는 상급 사기장 박 씨로부터 많은 것을 배웠다. 단순한 손끝의 기술뿐 아니라 빈틈없고 진지한 삶의 태도까지도 눈으로 보고 가슴으로 느끼면서 살았다. 거기에다 그들이 간직한 조선인 정신의 무게까지도.

　경기도 여주의 성형 방법이나 시유 방법, 그리고 소성 방법이 사기골에서의 삼룡이의 방법과 크게 다르지는 않았다. 몇 번의 실험 제작 과정에서 삼룡이는 자연스럽게 그것을 알 수 있었다. 차이가 있다면 완성된 도자기 색에서 드러나는 알 듯 말 듯한 짙고 옅음 정도였다. 그러나 그것보다 더 중요한 것은 '방법'을 깨치고 그것을 소화하는 것이었다.

　몇십 년 일을 되풀이하면서 어떤 때는 어기창이 있는 여주의 방법을 그대로 복사도 해보았다. 또 때로는 사기골의 방법을 그대로 재생시켜보기도 했다. 그러면서 그 차이를 조화로 이끌어내 새롭고 우아한 비요만의 색깔을 빚어내기도 했다. 처음에는 상급 사기장의 손을 통해서 배웠고, 다음에는 마음의 울림에서 스스로 깨치는 '방법'도 익혔다.

　새로운 것의 개발도 결국은 옛날 솜씨, 그 바탕에 기댈 수밖에 없었다. 삼룡이는 옛날의 여러 가지 방법을 조합하고 조립하는 데서 새로운 방법이 탄생한다는 것을 깨우쳤던 것이다.

　산속에 갇혀 살다 보면 삼룡이는 가끔씩 여자가 그립기도 했다. 비록 늙기는 했지만 그도 남자였기 때문이다.

　달이 휘영청 밝은 밤, 또는 마누라가 생각날 때면 젊었던 날 아이를 가져 달처럼 둥글고 풍만했던 아내의 배를 쓰다듬던 기억도 떠올랐다. 그럴 때면 혼자서 슬그머니 방에서 나와 물레를 찾았다. 그리고 백자토에

물을 뿌려 그것을 버물렸다. 그것을 부드럽게 만든 뒤 천천히 주무르기 시작했다.

백자토가 부드러워지고 그의 말을 잘 듣게 되었을 때 삼룡이는 그것을 물레판에 얹었다. 그리고 오른발로 물레를 서서히 차면서 두 손으로 백자토를 어루만지고 쓰다듬어 펴기 시작했다. 아내의 풍만한 배와도 같았던 둥글고 큰 항아리를 빚고 싶어서였다. 그러나 달같이 둥글고 속이 넉넉한 항아리는 만들고 싶다고 쉽게 만들어지는 것은 아니었다.

희고 둥근 항아리, 곱고 참하게 생긴 데다 아무도 침범할 수 없도록 고결해 보이는 항아리, 그런 것은 일본에서는 말할 것도 없고 조선에서도 누구나 쉽게 만들 수 있었던 것은 결코 아니었다.

조선에서는 가끔 원호(圓壺)라고 부르는 둥근 항아리를 만들기는 했었다. 그렇지만, 빛의 각도에 따라 평범하면서도 서로 다르게 우아함을 보이는 달 같은 백자항아리를 만들기는 누구에게도 그렇게 쉽지는 않았다.

그러나 삼룡이는 귀족적으로 보이는 고려청자, 사대부가 즐기는 백자연적과 같은 것보다는, 서민의 정이 가득해 아내처럼 원만해 보이는 달 모양 항아리 하나를 꼭 만들고 싶었다.

순수하고 맑은 영혼의 빛, 소박하면서도 고아한 기품과 채움의 넉넉함을 연상하게 하는 원만한 달항아리, 그런 것을 만들어야겠다고 생각하며 그는 물레를 발로 차 서서히 돌리기 시작했다.

교교한 달빛도 삼룡이의 마음을 다독이며 물레 위에 내려앉았다. 그리고 그 곁에서 다정했던 아내처럼 낮은 목소리로 달빛은 뭔가를 속삭였다.

가까운 듯 먼 곳 어디에선가 그동안 들을 수 없었던 훈의 구슬픈 소리가 날아와 물레 주변에서 원무를 추었다. 가족이 그리워 잠 못 이루는 상급 사기장 누군가가 깊은 밤 홀로 깨어 그리움이 담긴 가락을 텅 빈 훈의 공명통에다 불어 넣고 있는 것 같았다. 허공을 건너 삼룡이가 달항아리를 빚고 있는 곳까지 찾아와 그리움까지도 그와 교감하고 있는 것 같았다.

　아내의 배를 쓰다듬듯, 그래서 거기에다 그리움을 담으려는 듯, 온갖 정성을 쏟아 삼룡이는 우선 달항아리의 아랫도리부터 먼저 빚기 시작했다. 속을 비워 아랫부분이 둥근 절반이 되도록 먼저 빚어 올린 뒤 물칼로 절반 위 군두더기를 수평으로 반듯이 베어 잘라냈다.

　보통의 경우라면 한 덩이의 흙으로 한 개의 항아리를 빚어 만든다. 그러나 그는 항아리의 아래와 위를 따로 만들었다. 그것을 하나가 되게 붙여 만드는 어려운 공정을 일부러 택했다.

　아랫부분을 만든 뒤 그는 윗부분을 만들기 시작했다. 항아리의 입을 만들어 모양을 내는 것도 쉽지 않았다. 그것을 완성한 뒤 아래쪽 반 토막에 아무런 흔적 없이 윗부분 반 토막을 붙이고 항아리가 앉을 수 있도록 따리 모양을 둥글게 만들어 아랫부분에 따로 붙였다. 그런 일을 다 끝내니 둥근 달항아리는 중심을 잡고 안전하게 바로 앉았다.

　아내와 대화라도 하듯 아내 모습을 떠올리며 했던 삼룡이의 이 작업은 외로우면서도 즐거웠다. 아래 위를 흔적도 없이 붙여 균형 잡게 만든 달항아리, 둥글고 큼직해서 원만한 달항아리 속에 그의 외로움과 그리움을 가득 담을 수 있을 것도 같았다. 그러나 달항아리의 겉모습은 완성되어도 그의 그리움은 영원한 미완성일 수밖에 없었다.

김하룡도 드디어 모두가 부러워하는 장인이 되었다. 혼자서 처음 물레를 차고 앉을 때는 그도 어딘가 불안했다. 그런 출발이었지만 삼룡이의 도움도 있어 일을 해결해 나아가는 데에는 어려움이 전혀 없었다. 그러면서 그도 차츰 의젓한 장인의 반열에 들어서게 되었다. 처음 연습 작업에서 실패한 뒤의 좌절도 잠깐, 실패가 그를 오히려 더욱 강하게 해주었다.

김하룡이 그런 좌절에서 헤엄쳐 나올 수 있었던 것은 삼룡이가 곁에 있어서였다. 그가 좌절에 빠질 때마다 삼룡이는 그의 손을 잡아주었다. 그리고 용기를 심어주었다.

김하룡은 일을 통해 삶의 깊이도 깨우쳐갔다. 자존심이란 삶의 한갓된 허상이라는 것도 함께 깨우쳤다. 기술 하나라도 더 익히는 것이 부질없는 자존심보다 더 중요하다는 것도 가슴이 저리도록 느끼게 되었다. 그러면서 그도 역시 정정한 나무가 되어갔다.

만석이나 석암이 역시 김하룡과 함께 세월의 두께와 더불어 스스로 크는 줄 모르면서 큰 나무로 변해갔다.

그렇게 세월이 한참 지난 뒤에야 알게 된 일이었다. 사기장들이 비요에 갇혀 더 좋은 것을 만들기 위해 한창 분주했을 무렵, 또는 아리타 산속을 헤매고 있을 무렵이었다. 그 무렵 조선 통신사가 일본을 몇 번 거쳐 갔다. 사기장들은 그런 사실을 까맣게 모르고 있었다.

조선 통신사가 일본의 초청을 받아 여러 차례 일본을 오가는 사이 두 나라는 전쟁의 원한도 차츰 옅어졌다. 원한이 굳어지면 그 원한에 묶여 두 나라는 다 앞으로 나아갈 발걸음도 무겁게 된다는 것을 깨우쳤던 것이다. 그런 사실을 깨우친 두 나라는 켜켜이 쌓였던 원한을 통 크게 청산해야 한다고들 생각했다. 그럴 때 일본 측에서도 조선 통신사를 초청하며 화해의 손을 내밀었다. 조선에서 반갑게 그 손을 잡지 않을 이유가 없었다.

그 결과로 두 나라는 전쟁의 재발을 막을 수 있었다. 오랜 전쟁에 시달렸던 두 나라에 평화가 찾아왔고 조선 통신사에 의해 문화 교류도 활발해졌다. 문화를 매개로 두 나라는 서로 신뢰하는 분위기도 차츰 두터워졌다. 이른바 서로 믿고 가깝게 지내며 속이지 않고 싸우지 않는다는 성신교린(誠信交隣)의 관계가 두터워지기 시작했던 것이다.

두 나라는 백내장의 눈으로 과거만 바라보지 않았다. 백내장을 걷고 미래를 바라보게 되었던 것이다. 그 교량 역할을 한 것이 조선 통신사였다.

조선 통신사가 일본을 처음 찾았던 때는 정미년(1607)이었다. 정사 여우길(呂祐吉)은 집권자인 도쿠가와 이에야스에게 돌아가는 길에 포로를 데리고 가겠다고 제안했다. 때마침 일게 된 평화 분위기의 영향으로 일본도 기꺼이 이 요구를 받아들였다. 끌려왔던 사기장과 포로 등 1천 9백여 명이 이때 고국으로 되돌아갈 수 있게 되었다.

십 년 뒤인 정사년에도 정사 오윤겸(吳允謙)에 의해서 상당수의 포로가 돌아갔고 다시 7년 뒤인 갑자년에도 정사 정립(鄭岦)이 포로를 데리고 가려고 했다.

그러나 그때는 전쟁이 끝난 뒤 거의 30년이 가까워질 무렵이었다. 대부분의 포로들은 일본에서 가정도 이루고 있었다. 거기에다 아이들까지 자라서 성년이 되었다. 살고 있는 곳을 버려 자리를 잡고, 연고도 없어지고 가족의 생사조차 알 수 없이 흩어진 조선으로 혼자서 돌아가기를 꺼려하는 포로들이 많았다.

그러나 삼룡이 일행은 그런 사실을 까맣게 모르고 있었다. 산속에 외롭게 갇혀 오로지 도자기 만들기에만 온 정성을 쏟으며 더 좋은 것을 만들기에 몰두하고 있었기 때문이다.

그러나 두 나라에서 이렇게 문화 교류가 활발해지고 평화가 정착되자 비요에서도 뜻밖의 일이 일어났다.

일만 하고 있던 삼룡이에게 오매불망 그리워하던 조선 땅을 밟을 수 있는 기회가 주어진 것이다. 김해에서 잡혀 온 김 씨, 동래에서 잡혀 온 정 씨 등 우수한 사기장 몇 명도 동행이었다. 그들에게는 왜관을 거쳐 경상도 양산 법기리(法基里) 가마로 가서 거기서 사흘 동안 조선의 선진 도자기 기술을 살펴보는 연수의 기회가 주어졌던 것이다.

법기리는 그 지명처럼 불법을 가르치는 큰 절이 근처에 있어서 붙여진 동네 이름이었다. 거기서 만든 도자기는 일품이어서 절에서 쓰는 것은 물론 나라에 진상하고 왜관을 통해 일본에 수출까지도 하는 곳이었다.

삼룡이에게는 꿈에서조차 생각할 수 없었던 연수의 기회가 이렇게 주어진 것이다.

뜻밖의 기회가 주어지자 그는 온 밤을 하얗게 지새웠다. 30년 이상을 지아비도 없이 혼자서 고된 삶을 사느라고 이미 반백이 되었을지도 모르는 아내, 가정을 이루었는지도 알 수 없는 아이들 생각에 그는 도무지 밤잠을 이룰 수 없었다.

다른 사기장들도 마찬가지였다. 가마 일 자체는 이미 그들도 일본 최고의 수준이었기에 법기리 가마에 간다고 특별히 배울 것이 크게 있으랴 하는 생각이 들기는 했었다. 그러나 꿈속에서도 그리워하는 고국 방문의 기회가 주어지자 갈망했던 가족 재회의 꿈이 파도가 되어 밤새도록 그들의 가슴에서 철썩거렸다.

그 꿈이 혹시라도 파도에 떠밀려 가버리지나 않을까 가슴 졸였던 삼룡이 일행은 드디어 동료들과 함께 떨리는 발로 고국 땅을 밟을 수 있게 되었다. 법기리에서 삼룡이의 아내와 아이들이 살고 있을 사기골까지는 어쩌면 하루에도 갈 수 있을 거리 같았다. 그런 거리라면 그가 만든 달항아리를 들고 가서 아내에게 꼭 전달하고 싶었다.

그 항아리 안에다 아내에 대한 그리움과 밤을 새워도 못 다할 만단설화를 가득 담아 전해주고 싶어서였다. 그가 순왜에게 온몸이 묶여 사기골을 떠날 때 도망이라도 쳐서 오겠다고 했던 약속을 드디어 실천할 수 있는 기회가 주어진 것도 같았다.

첫날 밤 그는 야음을 틈타 숙소를 소리없이 빠져 나왔다.

"어디로 가는 거야?"

날카로운 감시자의 목소리가 그의 덜미를 덜컥 잡았다.

"소변이 보고 싶어서……."

당황한 삼룡이는 생각나는 대로 더듬거리며 당황을 감추지 못했다.

그의 가족 재회의 꿈은 애시당초 가당찮은 꿈이었다. 달항아리를 가지고 세키쇼를 빠져나간다는 것 자체가 처음부터 어림도 없는 계획이었고 헛꿈이었다.

안타깝게도, 그가 40년 가깝게 꿈꾸어 오던 가족 재회는 법기리 숙소의 문을 벗어나는 순간 무참히 무너져버리고 말았다. 다쿠가 동행시킨 인솔자, 그 독사눈의 감시가 단 한순간도 그들로부터 떨어지지 않았던 때문이다.

꿈속에서도 그리워했던 옛집은 하루면 찾아갈 수 있을 것 같았건만 도망이라도 쳐서 돌아오겠다고 했던 아내와의 약속은 영영 지킬 수 없게 되어버리고 말았다. 제 나라에 와서까지 완전 고립 속에 갇혀 있어야 했던 그는 결국 와서는 안 될 곳을 숨 막히는 가슴으로 찾아왔다가 맥이 빠진 발걸음을 돌려야만 했다.

23

비밀이 외출하다

바깥세상에서 보는 비요는 언제나 조용했다. 비밀을 간직한 채 깊은 잠에 빠져 있는 짐승과도 같았다. 겉으로 보기에는 그랬다.

그렇던 비요가 마침내 한껏 숨을 깊이 들이마셨다. 들이마셨던 숨을 포효와 함께 다시 내뿜으며 깊은 산속에서 금방 밖으로 뛰어나올 것 같은 짐승의 자세로 바꾼 것이다.

그러나 이런 역동적인 마당에는 백전노장 상급 사기장 박 씨의 모습은 보이지 않았다. 끝내 세월을 거스르지 못한 그는 숱한 경험만 넘겨주고 정작 나타나야 될 출발의 자리에는 자신의 모습을 드러내지 못했다. 세월에 휘어지고 늙음을 거스를 수 없어 병약해진 탓이었다.

고부 김 씨, 동래 정 씨 등 상급 사기장들도 차례대로 박 사기장의 뒤를 이었다. 그들 역시 세월을 거스르며 거꾸로 갈 수는 없었다. 다리에는 차츰 힘이 빠졌다. 손가락 끝에서도 정교함이 흔들렸다. 오르내려야 하는 가마터 출입도 힘들어졌던 것이다.

그들의 빈자리는 삼룡이를 비롯해서 이마리에서부터 함께 고생했던 사기장들과 다른 지역 출신의 사기장들이 메웠다. 오랜 세월에 걸쳐 상급 사기장들의 지도를 받으며 연찬을 거듭해온 그들이 자연스럽게 비요의 중심인물이 된 것이다.

마침내 그들은 비요의 한가운데서 세상을 놀라게 하는 바람을 일으키며 굳게 닫힌 창고 문을 흔들어 열기 시작했다.

삼룡이는 평소 말없이 자신과 손발을 맞추며 작업을 했던 김하룡과도 어느덧 문짝의 돌쩌귀처럼 되었다. 만석이나 석암이 등도 비요에서 죽순처럼 솟아 이곳의 핵심인물로 성장해 있었다.

드디어 오랫동안 굳게 닫혀 있던 비요의 창고 문이 활짝 열리는 날이 왔다. 사기장들은 모두 숨을 죽였다. 십 년을 몇 번이나 되풀이하면서 공들이며 쌓아두었던 것들이 환성을 지르며 세상으로 뛰쳐나오게 되었기 때문이다.

출고의 현장에는 턱수염까지도 허옇게 변한 다쿠도 참석했다. 그러나 창고 문이 열리는 축하 행사 같은 것은 따로 없었다. 창고 문이 열리기에 앞서 다쿠는 창고 앞에 모여 선 사기장들에게 흥분한 목소리로 일갈했다.

"우리는 그동안 최고급 도자기를 만드는 데 성공했다. 그 명품이 오늘 세상에 얼굴을 내보이게 된 것이다. 그동안 고생이 많았다. 이렇게 특별한 날을 맞아 돌아가신 영주님의 뜻을 받든 아드님 나베시마 가쓰시게 영주께서 여러분에게 큰 선물을 내리셨다. 특히 고생이 많았던 도공 스무 명에게 우선 사무라이 벼슬을 내리시기로 했다. 축하해라."

허연 수염이 턱을 덮었고 어깨는 구부정했지만 그의 목소리는 여전히 청년같이 카랑카랑했다.

"축하 행사는 따로 없다. 그렇지만 영주님의 지시로 일이 끝난 뒤 그동안의 노고에 대한 위로의 잔치를 열기로 했다. 일본에서는 돼지를 기르지 않고 돼지고기를 먹지도 않는다. 그렇지만 오늘만은 여러분을 위해서 특별히 산에서 잡은 이노시시(산돼지)로 국을 끓이기로 했다. 여러분은 영주님께 감사하면서 일본 제일의 가마에서 일본 최고의 도자기를 계속 만들어낼 수 있도록 한층 더 노력해야 할 것이다."

그러나 사기장들은 그의 말에 덤덤했다. 환성을 지를 만큼 감사하다거나 감동을 받지는 않았기 때문이다.

평생을 다 바쳐 만든 명품이 창고의 문을 열고 나오는 장면이나 어서 보고 싶었다. 다 늙고 난 뒤에야 내려진다는 벼슬이 사무라이 계급 가운데서도 가장 낮은 계급이었다. 그것도 스무 명에게만 준다고 했기 때문에 환성이 나올 수는 없었던 것이다.

그들에게 내려진다는 사무라이 계급은 아시가루(足經)였다. 사기장들은 아시가루가 제일 낮은 계급이라는 것 정도만 알고 있었지 자세한 것은 알 턱이 없었다. 그러나 그것마저도 모두가 아니고 반도 제대로 되지 않는 스무 명에게만 내려진다는 말을 듣고 실망했다.

하다못해 치안 유지에라도 동원되는 슈고(守護) 정도 계급이라면 또 몰라도 아시가루는 너무 낮은 계급이다. 성(姓)이나 하나 내려주고 일 년에 쌀 열 가마 정도나 주는 계급이 아닌가. 가족도 없이 산속에서 살기 때문에 어차피 밥은 먹여주고 있어 쌀 걱정은 하지 않아도 됐다. 그래도 그렇지, 겨우 내려지는 사무라이 계급이 아시가루라는 것에는 모두들 실망하지 않을 수 없었다.

작업이 본격적으로 진행될 무렵 다른 사기장들과 함께 김하룡도 완전 독립했다. 그는 자신의 전용 물레에서 더 좋은 기물 제작에만 열중했다. 연습 작업 때의 실패가 그의 분발을 자극했으며 삼룡이가 적극 도왔던 때문이기도 했다. 뒤이어 만석이도 석암이도, 운암골 박 씨와 김 씨도 김하룡처럼 물레를 따로 쓰면서 독립해서 작업을 하게 되었다.

지난 세월 혼신을 다해 우수한 사기장들을 길러내왔던 여주 출신의 박사기장은 얼마 전부터 비요에서 그 모습이 완전히 사라지고 말았다. 화살이 뒤로 당겨서는 앞으로 나아가지 못하듯 세월의 뒤쪽으로 물러선 그가 후진을 이끌고 앞으로 나아갈 수는 없게 되고 만 것이다.

가마 일을 할 때면 삼룡이가 해야 할 일은 많이 줄었다. 자신이 빚은 도자기를 가마가 식고 난 뒤 그 안에서 들고 나와 창고에 넣으면 그것으로써 그의 일은 끝이었다. 이런 일은 만석이나, 김 씨, 또는 박 씨쯤 되어도 하는 일이 아니었다. 마침구이가 끝난 도자기의 완성도를 확인하는 것으로써 그들의 작업은 사실상 끝이었다.

삼매경에 빠져서 한 작업을 끝내고 다음 작업을 시작하는 사이에는 얼마쯤의 휴식 기간이 주어졌다. 그럴 때면 삼룡이는 가끔씩 법기리 가마까지 갔다가 탈출할 수도 없었고, 고향에 가보지도 못했던 아쉬움이 한이 되었다. 자신을 기다리며 속절없이 늙어갔을 아내, 세상에 태어났을

지도 모르는 손자들까지 상상해보면 가슴이 저려오고는 했다.

그럴 때면 그는 머리를 저었다. 어지러운 생각을 털어버리기 위해서였다. 그러다가도 가끔씩 멍하게 앉아 있는 자신을 발견하고는 했다. 비요, 이 깊은 산속에 갇혀 오로지 명품 만드는 일에 삶의 자투리 하나 남기지 않고 다 바쳐야 한다는 것이 허무하다는 생각이 들고는 했다.

바람이 부는 날, 노을에 단풍이 물드는 때, 눈이라도 내리는 밤이면 그는 가끔씩 꿈속에서도 그리던 갈 수 없는 고향을 더듬었다.

사기골—어느 한순간도 잊은 적이 없었던 사기골.

거기도 옛날에는 단풍이 들고 눈도 내렸다. 떨어진 감꽃을 주우려고 어린 형제가 아장거리는 풍경도 가끔씩 보였다. 그 풍경 뒤로는 그리운 얼굴 하나가 뛰노는 형제를 보면서 웃고 있는 모습도 보였다.

삼룡이는 젊었을 때부터 언제나 일을 시작하면 늘 신경을 썼던 것이 반죽이었다. 조금만 묽으면 성형 도중 기물이 쉽게 허물어지기 때문이었다. 그렇다고 반죽을 되게 한다고 되는 일도 아니었다. 그렇기에 백자토가 흙이라고 함부로 다루는 일은 결코 없었다.

흙이 그의 말을 잘 들을 수 있게 되었을 때라야 비로소 그의 손길은 흙을 쓰다듬으며 다스리기를 시작했다. 그렇게 해야 흙은 만지는 사람의 마음을 받아들여 스스로 살아나 움직였다. 그리고 사람의 뜻에 따랐다. 삼룡이는 비요에서 평생을 그렇게 살았다.

바쁘게 작업이 진행될 때는 오랜 세월을 김하룡이 옆에서 거들어줬다. 상부상조였다. 만석이도 잽싸게 예새 같은 도구를 손에 쥐여주기도 했다. 예새는 손잡이가 긴 조각칼의 본디 이름이다.

불을 넣기 전 삼룡이는 늘 가마 안에서 불길이 고르게 흐를지 어떨지를 자신의 눈으로 먼저 확인했다. 이 일은 남화장이 전담인데도 그는 자신의 눈으로 직접 확인하는 철저함에 게으르지 않았다. 그리고 수분이 잘 빠져나가는지, 건조가 제대로 되지 않은 것이 있는지, 작업할 때는 언제나 개불구멍도 자세히 살펴보고는 했다.

초벌구이는 소성의 승패를 판가름하는 출발점이었다. 도자기가 습기를 많이 머금고 있으면 안 된다. 가마 안에서 변형될 우려가 있기 때문이다. 삼룡이가 이 일에 특히 신경을 쓰자 불을 담당하는 부호수도 남화장도 봉통 안으로 공기가 빨려 들어가면 불이 활활 탈 때까지는 꼼짝 못하고 가마를 지켜야 했다.

초벌구이 때는 열을 최고로 높이지는 않아도 된다. 습기 조절이 제대로 안 된 것에 과도한 열을 갑자기 줄 때는 기물이 찌그러질 수도 있기 때문이다. 반면 마침구이 때는 집중적으로 열을 올린다. 그래야 도자기의 분자들이 열에 녹으면서 서로 엉겨 제대로 단단하게 구워지기 때문이다.

이런 일은 경험 없이 아무나 할 수 있는 일은 아니다. 거기에다 초벌구이거나 마침구이거나 할 것 없이 불을 잘 다스리지 못하면 천하 없이 성형이 잘 돼도 제 모습을 갖춘 도자기는 얻지 못한다. 전문성이 필요한 일이기 때문에 가마가 여럿 있는 곳에서는 부호수나 남화장이라는 불 조절 책임자까지 따로 두고 있었던 것이다.

초벌구이가 끝난 도자기 제품이 가마에서 나오면 삼룡이는 그것들을 자세하게 살폈다. 몇 개쯤은 혹시라도 찌그러져 있을지 모르기 때문이었다. 그러나 늘 우려했던 것과는 달리 모두가 성공작이었다. 어떤 것은 불 조절에 따라 유약이 연한 분홍색을 띠기도 했다. 황토색이 스민 것 같은 미묘한 색깔이 도자기를 오히려 더 아름답게 보이도록 해주는 것도 있었다.

그것들은 사기골에서 구웠던 것들이나, 좋다고 소문났던 아리타나 가라쓰의 것들보다는 어딘가 분명 더 좋아 보였다. 더 우아하다는 느낌이 들게 하는 것도 그런 색깔 때문이었다.

초벌구이에다 먹이는 유약은 모두 삼룡이 자신이 직접 만든 것을 썼다. 유약 만들기는 초벌구이나 마침구이 때 남화장이 불조절하는 것처럼 그렇게 순간적으로 신경을 써야 할 일은 아니었다.

"유약은 미리 만들어뒀던 것인가?"

상급 사기장이 현역으로 작업을 지휘할 때 그는 삼룡이에게 이렇게 묻기도 했다. 품질이 뛰어났기 때문이었다.

"미리 맨들어나야 제때에 맞차서 씰 수가 있어서요."

그는 젊었을 때부터 유약을 만드는 솜씨가 좋았다. 이런 사실을 알게 된 상급 사기장은 준비성까지 철저한 그에게 은근히 놀라고는 했다.

"우찌 맨들었는지 모리것네……."

곁에서 보고 있던 동료 사기장이 삼룡이에게 이렇게도 묻기도 했다. 자신이 만든 유약과 비교해보고 싶었던 것이다.

"이거는 다른 거허고 하나도 다를 기 없소. 장석을 반이 좀 넘게 넣고, 석회는 장석의 반에 반, 규석은 반보다 좀 적게 섞어 맨든 기라요. 참나무 재를 섞어서 노르스름허고 맑은 잿물을 맨들어 그걸 쓰고요."

그가 만든 도자기는 초벌구이 때부터 모양이 일그러진 것은 없었다. 그런 것에다 화공이 그림을 그려주면 유약은 그가 차례로 먹였다. 그리고 수건으로 닦아야 할 곳이 있으면 조심스럽게 닦았다. 유약을 먹이기 전에 그렸던 그림들은 소성이 끝나고 보면 더욱 곱고 선명했다.

마침구이는 소성의 마지막 단계이자 완성의 단계다. 초벌구이 때와는 또 다른 신경을 쓸 수밖에 없다. 성공과 실패가 여기에 달렸기 때문에 삼룡이는 마침구이를 시작하기 전에는 기물 하나하나를 자세히 살펴봤다. 혹시라도 흠이나 있는지 확인하기 위해서였다.

가마 안에다 기물을 쌓을 때도 유약이 열에 녹거나 흘러내려 도지미에 엉기는 일이 없게 신경을 쓰지 않으면 안 된다. 거기에다 가마 안의 열이 일정한 분포로 계속해서 번지게 해야 한다. 기술적으로는 일순 산소를 차단하는 경우도 있다. 이 역시 마침구이의 기술적 특징이기도 했다.

1천 3백 도 정도의 열을 계속 가할 때면 자칫 그릇이 열에 녹는 수도 있다. 그런 것은 비뚤어지기도 한다. 흙보다도 가치가 없어 아무 짝에도 쓸모가 없게 되는 것이다. 그뿐 아니다. 녹아 내리면 옆에 있는 것에 엉겨 그것까지 못 쓰게 만들기도 한다. 마침구이 때 열 관리가 어려운 것은 이런 때문이었다.

삼룡이는 마침구이 때는 그릇과 그릇 사이에다 매화토도 뿌렸다. 매화토는 도자기끼리 서로 엉기는 것을 방지하는 데 효과가 있는 흙이다. 때로는 같은 효과를 내는 규석 가루를 그릇 사이에다 적당히 뿌리기도 했다.

김하룡과 석암이, 만석이 등도 삼룡이가 하는 일을 그대로 따라만 하면 틀림이 없다는 것을 알고 있었다. 그렇게 하면서 그들도 비요에서 빈틈없고 뛰어난 사기장이 되어갔던 것이다.

가마 안에서 조심조심 그릇을 쌓고 있던 삼룡이는 옛날 생각이 나서 작업 중 혼자서 피식 웃기도 했다. 고향에서 처음 일을 익힐 때 마침구이를 하면서 작은 그릇을 큰 그릇 안에 넣는 바람에 유약이 녹아내려 큰 것도 작은 것도 못 쓰게 만든 일이 있었다. 그래서 대장 사기장에게 혼났던 기억이 떠올라서였다. 그런 때는 비뚤어진 그릇을 갖고 싶어 하는 사람들도 있었다. 결함이 있는 것도 좋아하는 사람들이 있어서였다.

일을 끝내고 가마 밖으로 나와 허리를 펴며 바로 서다가 그는 또 아스라한 옛 생각에 사로잡혔다. 머리를 저어 이내 잡념을 쫓았다.

소성 작업이 시작되면 부호수가 맨 먼저 장작에 불을 붙여 봉통에다 넣는다. 그러면 불은 공기를 빨아들이는 소리를 내면서 살세게 안으로 빨려 들어간다. 그 불은 첫 번째 놀이칸으로 번져 올랐다.

삼룡이는 칸과 칸을 연결하는 창살 구멍으로 불이 잘 타면서 올라가는지를 남화장과 함께 살펴보기도 했다. 새빨간 불이 노란 혀끝을 날름거리며 다음 칸으로 또 다음 칸으로 빨려 올라갔다. 전에도 그랬던 것처럼 그는 언제나 활활 타오르는 불을 보면 공연히 흥분됐다.

저렇게 살센 불이 흙과 조화를 제대로 이뤄줘야 흙이 유리 소리를 내는 단단한 그릇으로 변한다. 유약은 그릇에 그려놓은 그림을 곱게 덮고 드디어 잠자리 날개를 두른 듯한 빛깔 고운 예술작품으로 태어나게 된다.

불을 넣을 때는 언제나 활활 타는 소리까지 안으로 빨아들이며 불턱을 넘어 다음 칸으로 또 다음 칸으로 계속 번져 올라갔다. 불을 관찰할 수 있는 개불구멍으로도 순조로운 불의 흐름은 뚜렷하게 보였다. 초벌구이에서 습기를 충분히 끌어냈기 때문에 소성에 걱정할 것은 없었다.

삼룡이는 언제나 끌목칸에서는 소성 작업을 하지 않았다. 마지막 칸이어서 혹시라도 떨어질지 모르는 열 손실을 걱정해서였다. 이번에도 끌목칸은 사기골에서처럼 그대로 비워두었다. 맨 마지막까지 올라와서 숨을 죽인 불기운은 끌목칸을 거쳐 마침내 굴뚝으로 향했다.

삼룡이는 활활 타오르다가 고개를 숙이기 시작한 불길을 보았다. 순왜들이 사기골을 기습했던 일이 불현듯 그의 머리를 또 어지럽혔다. 위기를 면하려고 황급하게 끌목칸에 몸을 숨겼던 일, 그사이 마누라가 순왜놈에게 낭패를 당했던 일들이 그의 머릿속을 휘저었다.

그 일은 벌써 까마득한 옛날에 있었던 일이다. 그러나 삼룡이에게는 영원히 지울 수 없는 징그러운 기억의 문신이 되어버렸다. 몇십 년이 흘렀건만 혼자 조용히 있을 때면 사기골에서 일어났던 그 징그러운 기억의 문신이 선명하게 되살아나고는 했다.

24 비요의 명품들, 수출선을 타다

비요의 창고 안에 갇힌 채 오랫동안 쌓여 있던 명품들은 마침내 깊은 잠에서 깨어났다. 짐승이 포효를 하듯 하면서 차례로 밖으로 나오기 시작했다.

감별사들은 그것들의 가장자리를 손톱으로 조심스럽게 톡톡 두드려봤다. 청아한 소리가 새벽 산속의 먼 절에서 들리는 종소리같이 맑고 투명했다. 그런 것들은 모두 포장 전문가들의 손으로 옮겨졌다. 어디에 내놔도 비교할 수 없이 뛰어난 작품들, 그런 것들은 수출 준비에 들어가게 된다.

"정성 들여 곱게 잘 싸시오."

감별사들은 나이가 지긋한 낯선 포장 전문가들에게 감별이 끝난 것들을 정성 들여 포장을 하라고 일렀다.

말이 떨어지자 포장 전문가들은 도자기 앞에 무릎을 꿇고 앉았다. 그리고 합장을 하고 그릇을 향해 잠깐 고개를 숙였다. 고개를 들고 자세를 바로잡은 뒤 익숙한 솜씨로 그것들을 조심스럽게 하나씩 포장하기 시작했다. 그들은 두 종류의 포장지로 그 명품들을 이중으로 포장했다.

속 포장지는 그릇이 비쳐 보일 정도로 얇고 반투명인 일본 고급 종이였다. 와시(和紙)라고 부르는 이 종이로 정성스럽게 속포장을 한 뒤 다시 우키요에(浮世繪)라고 부르는 일본 민속화가 요란하게 그려진 좀 두꺼운 종이로 한 번 더 겉포장을 했다.

포장 전문가들의 손을 거친 명품들은 일본 고유의 옷을 입고 곁에 쌓아두었던 오동나무 빈 상자 안으로 조심스럽게 들어갔다. 그 상자의 겉에는 일본국(日本國) 나베시마가마(鍋島窯)라는 작은 글씨가 아래쪽 왼편에 세로로 씌어져 있었다.

다쿠는 이 명품은 세계의 어느 누가 봐도 혹할 것이라는 자신감이 들었다.

한쪽에 차곡차곡 쌓여 올라가는 상자들을 보면서 그는 흡족한 기분을 감추려고 하지 않았다. 그것들을 보는 사기장들도 감개가 무량했다. 길고 긴 세월 동안 시험 작업까지 수없이 거듭하고 나서야 비로소 완성시킨 명품들이다. 그것들이 이제 세계 최고급 상품으로 세상 밖으로 나가게 되었으니 감격스럽지 않을 수 없었다.

나베시마의 가신 다쿠는 주군이 살아 있을 때 이 위업을 이루고 싶었다. 그러나 유감스럽게도 그가 죽고 난 뒤에야 비로소 그의 소망은 이루어졌다. 그리고 그 명품을 수출하는 길까지 트는 데 성공했다. 본격적인 출하에 앞서 다쿠는 막부의 실세 몇 명에게만 그것을 비밀스럽게 뇌물로 먼저 먹었다. 그리고 그 반응을 살펴보는 일도 잊지 않았다.

도요토미 히데요시의 생전의 다도 선생은 센리큐(千利休)라는 사람이었다. 다쿠는 찻잔의 귀신이라고 일컫는 센리큐가 귀신으로서 봐도 비요에서 만든 찻잔에는 혀를 두를 것이라는 자신이 있었다. 그런 것들을 뇌물로 받은 막부의 고관들이 그런 것들을 서양에 수출해 돈을 벌겠다는데 규제할 이유가 없었다. 또 비밀을 지키지 않을 이유도 없었다.

사실, 전쟁 때 잡혀 온 조선 최고의 사기장들이 만든 명품 중의 명품이 비요에서 곧 나올 것이라는 소문은 이미 우수수 나돌기는 했었다.

비슷한 시기에 태토를 찾아낸 아리타에서도 매우 질 좋은 도자기를 생산해내기 시작했다. 이것들은 시중에서 판매하는 것이 허용되었다. 아리타야키(有田燒)라고 부르는 이 도자기의 명품들, 특히 그 가운데서도 찻잔과 찻주전자를 비롯한 장식용 꽃병, 백자접시 등 일부는 호사가들의 호기심을 극도로 자극하는 것들이었다.

이마리에서 처음 오카와치야마로 올라온 사기장들은 이곳 산속에서 아리타의 사기장들과 함께 일을 해야 될 것으로 알았다. 그러나 아리타 사기장들은 올라온 뒤 얼마지 않아 모두 되돌아갔다. 기다리던 태토가 아리타에서 발견될 기미가 보이자 취해진 일이었다. 태토가 발견되면 그곳에서 해야 될 일이 그들에게 크게 늘어날 것 같아서였다.

아리타로 돌아간 사기장들은 백자토가 발견되자 고급 도자기를 본격적으로 만들기 시작했다. 그것들은 일본 안에서 높은 값에 팔렸다. 아리타 도자기의 인기가 치솟은 것은 물론이었다. 내수용이기는 했지만 그것들도 모두 조선 사기장들의 손을 거친 뛰어난 명품들이었다.

아리타야키라고 이름 붙여진 이 명품들은 높은 인기에 힘입어 판매 수입도 눈덩이처럼 불어났다. 몇 년이 지나지 않아 아리타야키는 이곳의 재정을 넉넉하게 하는 데에도 큰 몫을 차지하게 되었다.

도요토미 히데요시가 살았을 때 그에게 도자기를 상납하는 대장들에게는 반드시 반대급부가 있었다. 그 엄청난 반대급부의 효과를 나베시마는 잊지 않았다. 전쟁에서 돌아온 그는 전쟁이 끝났다고 그런 효과까지 끝났다고는 생각하지 않았다. 곁에서 보고 있던 다쿠 역시 이 같은 상납의 학습 효과를 모르지는 않았다.

나베시마가 조선에서 돌아왔을 때는 이미 도요토미 히데요시는 죽고난 뒤였다. 그러나 그의 호전적인 잔재 세력들은 아직도 건재해 있었다. 그 대척점에는 도쿠가와 이에야스가 다른 세력들을 규합해 막강하게 힘을 불리며 일본 통일의 기회를 노리고 있었다.

전쟁에서 돌아온 나베시마는 재빠르게 도쿠가와 이에야스에게 접근하면서 조선 명품 도자기를 그에게 선물했다. 그러면서 그의 눈도장에 찍히게 되었다. 상황이 바뀌더라도 안전을 확보하기 위한 보험이었다.

얼마 뒤 도쿠가와 이에야스는 도요토미 히데요시의 잔재 세력과 일본 중부 세키가하라라는 곳에서 건곤일척의 전투를 했다. 둘로 쪼개진 일본 천하를 하나로 통일해 천하를 휘어잡겠다는 전투였다. 이 전투가 이른바 일본의 운명을 가른 '세키가하라 전투'였다.

나베시마는 이때 주저 없이 도요토미 히데요시 세력에서 벗어나 도쿠가와 이에야스 편에 줄을 섰다.

이 전투에서 도쿠가와 이에야스가 쉽게 대승을 거두었다. 나베시마는 이 기회를 놓치지 않았다. 그가 도왔던 승리의 공을 되돌려받기 위해 또다시 명품 도자기를 도쿠가와 이에야스의 부하들에게까지도 과감하게 선물했다. 비요나 아리타가 본격적으로 명품을 생산하기 전이었다. 그랬기 때문에 상납품은 모두 조선에서 약탈해온 최고급 명품들이었다.

자신을 편들어 세키가하라 전투에서 목숨을 걸고 싸워준 나베시마, 거기에다 조선의 명품 도자기까지 계속 선물하는 그의 충성심을 도쿠가와 이에야스 편에서는 외면하지 않았다. 반대급부는 35만 석 사가번 일대를 다스리는 영주의 자리를 보장해주는 것이었다.

그 자리는 뒤에 그의 아들 나베시마 가쓰시게에게까지 대를 이어 고스란히 물려줄 수 있게 되었던 것이다.

오카와치야마 산속 비요에서 태어난 명품은 출하되기가 바쁘게 그 명성이 유럽의 하늘에서 펄럭이는 깃발이 되었다. 아리타의 성공까지 올라타고 상승효과까지 누릴 수 있게 된 것이다. 일본 안에서도 구할 수 없는 귀한 것들이었기 때문에 유럽에서는 더욱 유명해지지 않을 수 없었다. 그러면서 이것들은 도자기의 전설이 되어갔다.

제때를 만나 비요의 창고를 빠져나온 명품들은 유럽행 수출선에 실리게 되었다. 결정적인 공을 세운 다쿠는 사가번의 영지 일부를 나베시마 번주로부터 하사받았다. 연간 1만 5천 석의 쌀과 60명의 부하를 거느릴 수 있는 특혜도 받았다. 다쿠는 하사받은 그 땅에다 자신의 이름을 따서 다쿠(多久)라는 지명까지 붙였다.

그렇게 위상이 높아지면서 다쿠는 비요에서 열심히 일하는 사기장들을 더욱 다그쳤다. 아리타까지도 단단히 챙기며 도자기 생산에 열을 올렸다. 그의 이름을 딴 소영지 다쿠는 물론 비요와 아리타까지 바쁘게 오가면서 사기장들이 하는 일의 간섭에 부지런했다.

삼룡이가 오카와치야마에서 일을 시작한 뒤 거의 40년이 되었을 때, 거듭해서 완벽한 제작 연습을 끝낸 비요의 제품 145개가 처음으로 수출선에 실리게 되었다. 화려한 일본 종이에 이중으로 잘 포장되어 인도에 있는 네덜란드 동인도회사로 떠나는 배에 실렸던 것이다.

그 뒤 해마다 수출량은 부쩍부쩍 늘어났다. 처음 유럽으로 수출되기 시작한지 불과 10년 뒤에는 처음 수출되었던 양의 거의 4백 배에 이르는 5만 6천 7백 개가 이마리에서 수출선에 실리게 되었다.

비요의 창고에서 빠져나온 도자기는 유럽에서 하역되기가 무섭게 인기가 폭발했다. 걷잡을 수 없게 인기가 올라갈수록 비요가 속해 있는 이마리와 아리타 지역의 부의 높이도 직상승했다.

유럽 시장에서 비요의 도자기 명성이 확실하게 자리를 잡게 되자 다쿠는 비요의 명품을 일본 시장에도 내놓게 했다.

사기장들이 비요에 갇혀 이렇게 열심히 땀을 흘리고 있던 무렵, 일본으로 건너간 조선 통신사 화가와 문인, 유학자, 심지어 악대들은 문화 교류의 터를 착실하게 닦아 나아갔다. 조선 인삼과 차, 고급 도자기들도 이런 시류를 타고 일본에서 큰 인기를 끌었다. 양산 법기리의 도자기를 비롯, 여러 곳의 유명한 도자기들이 이 무렵에 왜관을 통해 일본으로 흘러들어왔다.

전쟁이 끝난 뒤여서 이 무렵에는 조선으로부터 도자기 밀수입도 잦았다. 그런 도자기 속에는 불량품까지도 끼어들어 웃지 못할 일도 있었다.

강진에서 어렵게 들여왔다고 알려진 그릇 가운데 어떤 것은 검붉은 색깔이 마치 때가 끼어 있는 것처럼 보이는 것도 있었다. 소성 과정에서 나무가 제대로 타지 않아 연기에 그을린 흔적들이었다.

다른 것에는 철분 안료를 사용해서 무늬를 새긴 철화백자 조각이 엉겨 붙은 채 들어오기도 했다. 이와 같은 것까지 수집하는 일본인도 있었다. 조선 도자기는 일본인에게 이때까지도 이렇게 관심이 높았다.

삼룡이를 비롯한 비요의 사기장들도 이런 것 한 조각까지 결코 함부로 보아 넘기지 않았다. 이런 도자기 조각에서 볼 수 있는 허점이 무엇인지 밝혀내기 위해서였다. 그리고 필요한 기술이 그 속에 숨어 있으면 그것들을 모두 받아들이기 위해서였다.

조선에서 들어온 도자기 가운데는 밑바닥 아래쪽에 글자가 선명하게 쓰여진 것도 있었다. 대감곡(大監谷)이라든지 백련곡(白蓮谷) 같은 것이 그런 글자였다. 대감곡은 김해 대감골, 백련곡은 하동 백련골에서 들여온 것들이었다.

그런 것들을 볼 때면 삼룡이는 가슴이 아릿해졌다. 그릇은 조각이 되어서라도 조선에서 올 수 있는데 어째서 처자식의 소식은 손톱만큼도 들을 수가 없는가. 가족의 생사는 까마득한데 해마다 늙어가는 자신의 모습은 스스로 생각해도 안쓰럽고 처량하기 그지없었다.

그러면서 그도 나이의 높은 문턱을 넘어서자 해가 갈수록 어깨가 좁아지면서 바쁘게 늙어갔다. 혼을 쏟으면서 만든 도자기는 최고급이 되고 그 명성은 날로 높아졌지만 삼룡이의 얼굴에는 주름살만 깊어갔다. 다른 사기장들까지도 성긴 흰 머리칼이 늘어나면서 그들의 노련한 솜씨도 젊은 사기장들에게 차츰 전수되어 갔다.

그러나 그때까지도 삼룡이는 물론, 김하룡이나 만석이, 또 석암이까지도 모두 하급 사무라이인 아시가루에 머무르고 있었다. 그렇지만 실질적인 위상은 계급에 비할 바가 아니었다. 가라쓰의 하타가마 등 다른 곳에서 와서 함께 일해온 사기장들도 아시가루가 되고 한 가족이 되면서 비요는 조선의 사기장들이 중심이 된 거대한 공동체로 변해갔다.

아리타 사기장들이 만든 것들 역시 일본 안에서는 호평이 대단했다. 그렇게 되면서 이상병은 이름난 사기장으로서 주위로부터 존경을 받게 된 것은 물론이었다.

산비탈 아래 넓지 않은 논과 밭뿐이었던 아리타, 이곳은 백자토를 찾아낸 뒤 사람들이 크게 붐비면서 번성을 상징하는 유명한 마을로 변했다. 이상병은 그만큼 아리타가 도자기 고장으로 크게 번영할 수 있도록 만든 인물이 되었다. 그래서 일본 사람들의 칭송을 독차지하게 되었다.

바람으로 된 비석

"오늘이 우리 아버지 제삿날인디……."

오랜 세월이 지나면서 사기장들 가운데 더러는 부모의 제삿날마저도 까맣게 잊고 살았다. 그러나 용하게도 그날을 기억하는 사기장도 없지는 않았다. 그런 사기장에게는 잊어버리는 것보다 기억하는 것이 고통이었다.

그날을 기억하고 있어도 메 한 그릇, 나물 한 접시를 제사상에다 올려놓을 수도 없어 그런 날은 차라리 고통스러운 날이기도 했다. 제사 음식을 마련할 마누라는 물론 피붙이 한 명도 없는 삶이었기 때문이다. 그런 날이면 사기장들은 가족과 단란을 누리며 누항에 젖어 살던 옛날의 조선 생활이 한없이 그리웠다.

빛바랜 머리카락이나 쓰다듬으며 한숨이나 쉬어야 하는 그런 사기장들에게는 제삿날은 차라리 잊고 싶은 날이었다. 기왕에 생각났으니 향이라도 피워놓을 수 있다면 좋으련만, 그것도 생각뿐이었다. 납덩어리 마음으로 향을 피워본들 그것은 향내를 제대로 피워보지도 못한 채 재가 되어 제 무게를 견디지 못하고 아래로 떨어져버릴 것만 같았다.

오래된 비요의 풍경은 이렇게 적막했다. 오직 일하는 손만 요구되는 사기장들에게 조상의 제삿날까지 챙겨줄 사람은 아무도 없었다.

"우리 부모님은 버얼써 돌아가셨을 거요. 하늘이 명을 길게 내려주신들 어찌 지금꺼지 살아 계시것소. 우리가 이렇게 늙도록 소식을 한 번도 전하지 못했으니 불효자식 가운데서도 상불효자식이 되어버렸지."

대부분의 사기장들은 이미 오래전부터 제사는커녕 부모나 처자식의 생존 소식까지도 아예 포기하고 있었다.

"어쩌겠소? 아무 방법이 없제. 내가 여기서 죽어도 우리 마누라나 자식인들 어찌 알겠소? 아무 방법이 없슨께 우리도 이 모양으로 살다가 소리 소문 없이 이 산속에서 구신이 되고 말겠지."

일을 하다가 잠시 쉬면서 주고받는 사기장들의 이야기는 가끔씩 가닥도 없는 긴 실타래가 되었다.

숱한 세월이 흘러도, 또 사가번이 조선 사기장들에 의해서 아무리 부유하고 유명한 곳이 되어도 그들에게는 자유롭게 움직일 수 있는 한 뼘 바깥 공간의 여유도 허락되지는 않았다.

일에 묶여서 그랬고, 옮겨 다닐 수 있는 자유가 주어지지 않아서 그랬다. 늘어나는 수익에 대한 특별 보상 같은 것은 처음부터 아예 생각조차 안 했다. 받아봤자 넘겨줄 사람도 없었다.

그러나 이상병의 경우는 비요의 사기장들과는 달랐다. 그는 가정이 있어 자식들에게 도자기 기술을 넘겨줄 수도 있었다.

사람들이 들끓기 시작한 아리타 한복판에다 화려하게 도자기 상점을 꾸린 이상병은 일본 천지 어떤 사람이나 자유롭게 만날 수 있었다. 그렇기 때문에 사기장 우두머리로서의 품위 유지도 필요했다. 그래야 더 높은 도자기 값을 받을 수도 있기 때문이었다.

그래서 이상병에게는 품위에 어울리게 아시가루보다는 조금 높은 슈고라는 사무라이 벼슬이 진작 내려졌었다. 그는 해가 갈수록 조선 사기장으로서의 명성을 독차지하면서 명예를 크게 누리게 되었다.

이에 비해 비요의 사기장들은 대인관계가 전혀 없었다. 오로지 산속에 갇혀 물레나 차면서 살아야 하는 신세였기 때문이다. 부를 쌓아주는 노력에 걸맞은 사무라이 계급이 그들에게도 주어져야 한다는 것은 아예 아무도 생각하지 않았다. 산속에 갇혀 오로지 일만 하기 때문에 품위 유지 같은 것이 필요하다는 생각마저도 하지 않았다.

비요에서 만들어내는 고급 도자기는 다툴 것 없는 세계 최고의 것들이었다.

순도 높은 백자에 옅은 청색의 코발트 안료로 그린 그림은 비단에 수를 놓은 것 같았다. 그런 청화백자는 어디에서도 구할 수 없는 것들이었다. 그런 것을 가지고 있다는 것은 호기심 많은 서양 사람 눈에는 동양문화를 남보다 앞서 이해하는 교양 있는 신분의 표상으로 보이기도 했다.

권력의 핵심인 도쿠가와 막부의 중신들 가운데 아직 구경도 못 한 중신들은 그런 것들에 대한 궁금증을 갖기도 했다. 품위를 높여주며 호사

취미도 자극하는 뛰어난 도자기에 그들인들 어찌 호기심을 갖지 않을 수 있었겠는가.

소문은 소문에 얹혀 아리타뿐 아니라 비요의 신비로움까지 사방으로 흘러 다녔다.

비요가 도대체 어떤 곳인가. 아리타와는 어떻게 다른가. 철저한 비밀의 장막 속에서 신비롭게 태어난다는 천하제일의 도자기를 가져봤으면. 소문은 듣는 사람들의 호기심을 한껏 증폭시켰다. 그럴수록 비요에서 만든 명품의 가치는 명성이 치솟았고 전설이 더해졌다.

관록이 쌓이며 머리카락까지 허옇게 센 박삼롱 등 조선 최고의 사기장들, 몇십 년을 그들이 만들어낸 최상의 도자기들, 서양 사람들이 사족을 못 쓰도록 우아한 도자기를 만들어낸다는 비요. 그런 비요는 바깥사람들에게는 마치 신비의 사람들이 머무는 곳처럼 비쳤다.

비밀 속에 갇힌 비요는 마침내 신화의 탄생지로 변해갔다.

그러나 그 안에서 살고 있는 사기장들은 호기심이나 유명의 정도와는 아무 상관이 없었다. 그들은 오로지 적막 속에서 쓸쓸한 세월을 늙어가고만 있을 뿐이었다.

아이들의 울음소리는 말할 것도 없었고 가족이란 누구 한 명의 그림자조차도 찾아볼 수 없는 곳이 비요였다. 사람은 살고 있지만 가족의 온기가 흐르지 않은 공간이 그곳이었다.

적막강산의 비요지만 그래도 명품 도자기 수출은 세월이 갈수록 분주하게 늘었다. 그러면 그럴수록 사기장들에게는 일하는 시간이 줄지 않았고 쉴 수 있는 시간은 앗겨버렸다.

갈매기만 끼룩거리던 이마리 갯가는 해가 갈수록 사람들이 모여드는 바쁜 부두로 변해갔다. 사기장들이 처음 상륙했던 갯가는 배 닿는 곳을 넓히기 위한 매립 공사도 늘었다. 오가는 배의 왕래도 해가 갈수록 빈번해졌다. 나베시마 영주가 저승에서도 즐거운 표정을 감출 수 없을 정도로 이마리는 바쁘게 변해갔고 다쿠는 늙음을 추스를 틈도 없이 바빴다.

이마리를 벗어난 도자기는 계획대로 나가사키의 데지마(出島)라는 곳으로 옮겨졌다. 그리고 거기서 수출선으로 옮겨 실린 도자기는 인도 고아항의 동인도회사를 거쳐 유럽으로 분주하게 팔려 나갔다. 그것은 서양 사람들의 식탁 위에서 보는 사람들의 눈을 휘둥그렇게 해주었다.

고아항에는 영국, 프랑스, 네덜란드와 같은 나라들이 경쟁적으로 진출해 있었다. 그들은 각축전을 벌이면서 동인도회사를 통해 동양과 거래를 트려고 애를 쓰고 있었다.

그랬던 그들은 일본의 도자기에 눈을 크게 뜨지 않을 수 없었다. 그래서 서양 사람들을 황홀하게 하는 도자기 수요 역시 급격하게 늘어날 수밖에 없었다. 다쿠의 예상이 이렇게 적중했던 것이다.

유럽의 보통 사람들은 당시 조선이나 일본, 중국이 각각 다른 나라라는 개념을 거의 가지고 있지 않았다. 일본에서 수입한 도자기까지도 중국 것과 혼돈해서 그냥 '차이나' 것이라고 불렀다. 중국을 가리키는 고유명사 '차이나'가 세월이 지나면서 보통명사인 도자기의 명칭으로 둔갑하게 된 데에는 그런 까닭이 있었다.

고급 요리를 담고 식욕을 북돋워주며 귀족의 식탁 위에 오른 '차이나'는 얼마 지나지 않아 맛과 멋과 교양을 상징하는 그릇의 대명사가 되었다. 고상함을 담고 있는 화려한 색감, 섬세한 문양, 거기에다 날렵한 듯 견고한 모양새, 또 어떤 것은 둔한 듯하면서도 깊은 명상에 빠진 듯한 분위기가 그들의 품위를 나타내는 표상이 되지 않을 수 없었다.

그 아름다운 그릇들을 싼 포장지의 그림까지도 감탄 없이는 볼 수가 없었다. 힘이 넘치면서도 화려하고 단조로운, 또 정숙한 듯하면서도 음란해 보이는 우키요에라는 이 일본 화풍의 겉포장지 그림은 마침내 서양 화가들의 예술적 심미안까지 흔들었다. 2백여 년 뒤에까지도 영향을 미쳐 네덜란드 출신의 후기 인상파 프랑스 화가 빈센트 반 고흐가 일본의 민속화 우키요에 수집광이 되었다는 사실이 이를 잘 말해주고 있다.

겨우 145점이 처음 유럽으로 실려 나갈 때는 다쿠의 예감과는 달리 다른 사람은 더러 미래가 불투명하다고 생각했었다. 그러나 10년쯤 지나서는 몇만 점으로 늘어났고, 그랬던 것이 얼마지 않아 비요의 창고에 쌓여 있던 10만 점 이상이 한 해에 이마리 항구에서 선적되었다.

사람들은 눈을 크게 뜨며 눈덩이처럼 불어나는 명품 도자기 수출에 놀라지 않을 수 없었다. 이렇게 반복해서 선적을 해야 되는 이마리항은 자연스럽게 사가번의 번영을 견인하는 수출의 마중물이 되었다.

꽃이 아름다울 수 있는 것은 비바람도 견뎌야 하는 잎의 인고가 있었기 때문이다. 비요가 처음으로 가마에 불을 지핀 뒤 거의 40년이란 긴 인고의 세월이 있었기에 사기장들의 기량은 극대화되었다. 그래서 비요의 도자기는 아름다운 꽃으로서 유럽의 시장에서 향기를 흩뿌리게 되었던 것이다.

도자기가 처음으로 비요의 세키쇼를 빠져나올 때는 모든 것이 미지수였다. 그때까지 다쿠 외에는 누구도 폭발적인 잠재력을 예단할 수 없었다. 그러나 그다음에 선적되는 주문량은 예정대로 다쿠의 눈을 크게 뜨게 했다. 그의 미래에 대한 예감은 확신으로 대답해주었던 것이다.

계속된 수출은 사가번의 연간 수입에다 8할을 더 보태 번의 재정을 넉넉하게 해주었다. 세월의 흐름에 따라 세대 교체가 이루어지면서 비요에서는 일손이 빈 곳도 생겼다. 그동안 기술을 익혀온 젊은 일본인 사기장들이 그런 빈자리는 차츰차츰 메꾸어 나갔다.

깊은 산속에서 은둔을 지켜왔던 비요는 마침내 오카와치야마의 푸른 역사에 그렇게 이끼를 더해주었다.

세월은 바쁘게 비요를 휘돌아 나갔다. 조선 사기장들의 모습도 세월 따라 가뭇없이 사라져갔다.

그러는 사이에 냇가 조용한 언덕 위에는 이끼를 둘러쓴 돌비석이 하나씩 늘어났다. 갇힘의 세월 속에서 쓸쓸하게 늙어간 조선의 사기장들이 이렇게 차가운 비석 하나씩으로 모습을 바꿔갔기 때문이다. 그리고 그들의 영육은 하얀 연기가 되어 흔적도 남기지 않고 세이라 산정을 넘어 하늘 저쪽으로 사라져갔다.

사람이 짐승과 다른 것은 자유롭게 희로애락을 표시할 수 있기 때문이다. 희로애락과 오욕칠정을 절제해 버리고 오로지 일에만 매달려 산다는 것은 인간의 삶이 아니었다. 그렇건만 비요의 사기장들은 그런 감정이 절제된 채 살다가 오로지 비석에 이름 하나씩을 새겨놓은 뒤 세상에서 그 흔적을 말끔히 지워 나갔다.

비석에 새겨진 그 이름마저도 부모님으로부터 물려받은 이름이 아니었다. 사무라이가 되면서 받았던 일본 사람의 성 하나, 단지 그것뿐이었기 때문이다. 그래서 돌비석에 새겨진 이름은 본인의 실재 이름과는 아무 상관이 없는 것들이었다.

사실상 그들의 삶 그 자체는 지상에서 흔적을 찾을 길이 없어지고 만 것이다.

누구를 가리키고 있는지도 알 수 없는 그런 비석에는 관심을 갖는 사람마저도 없었다. 하물며 지나가는 사람 누구 한 명 비석의 주인공의 생애에 대해서까지 관심을 갖는 사람이 있을 턱은 없었다.

사기장들의 부모로부터 받았던 조선 이름에 대해서는 일본인 현장 관리자들은 처음부터 아무 관심이 없었다. 평소 사기장들을 부를 때 그들은 그냥 "오이–" 또는 "오마에(너)" 아니면 신경을 써줄 경우라도 기껏 "도코우(도공)" 정도가 고작이었다.

그렇게 살던 사기장들이 늙고 병들어 외롭고 쓸쓸하게 죽으면 일본의 장례 풍속대로 시신을 그냥 화장해버렸다. 그리고 그 뼛가루를 흐르는 냇물에 뿌려버리거나 아니면 비석과 함께 공동묘지에 아무렇게나 흩뿌려버렸다. 그렇게 버려지는 비석에는 사무라이가 될 때 받았던 일본식 성이 하나씩 편한 대로 새겨졌을 뿐이다.

산 아래서 살았다는 뜻의 일본 사람 성인 야마시타(山下), 아니면 윗마을에 살았다는 뜻의 무라카미(村上), 또는 아랫마을에 살았다는 뜻의 시모무라(下村)나 솔밭과 관계가 있는 마츠바라(松原)와 같은 일본인 성이 비석에 하나씩 새겨진 것, 그것이 전부였다. 물론 성 아래 있어야 할 자신의 본디 이름 같은 것은 아예 새겨져 있지도 않았다.

주인이 누군지도 알 수 없어 정체불명이 되어버린 비석들은 마을 복판을 세로로 흐르는 물을 따라 내려오면 보였다. 물가 오른쪽 나지막한 언덕 위에 '조선 도공의 묘'라는 자그마한 표지판 하나가 가로로 새겨져 보이는 곳, 그 뒤쪽에 비석은 차곡차곡 버려져 쌓여 있었다. 세월이 가면서 그런 비석들이 수북수북하게 쌓이게 된 것이 이 공동묘지의 모습이었다.

세월이 그렇게 흐르고 흐르는 동안 이 돌비석들은 피라미드 모양을 이루게 되었다. 돌비석 무더기 앞에는 언제 누가 세워놓은 것인지도 알 수 없는 '조선 도공의 묘'라는 표지판까지도 이끼를 뒤집어쓴 채 세월에 퍼렇게 질려 서 있다.

돌무덤 한가운데 봉우리에는 역시 누가 언제 세운 것인지도 알 수 없는 지장보살의 입상 하나가 허공을 보면서 서 있다. 흐르는 세월을 외롭게 보고 있는 형상을 하고.

망향의 꿈을 다독거리면서 늙어버린 박삼룡 역시 '야마나카(山中)'라고 새겨진 돌 비석이 되어 '무명 도공'의 무덤 속에 뒤섞여 묻히고 말았다. 그의 육신이 화장터에서 하얀 연기로 변하고 있을 때 주인 잃은 하얀 도자기 달항아리 하나만 넋이 빠진 채 그의 방문 앞에서 입을 벌리고 하늘을 바라보고 있었다.

조선 도공의 묘.
냇가 조용한 언덕 위에는 이끼를 둘러쓴 돌비석이 하나씩 늘어났다. 비요의 사기장들은
비석에 이름 하나씩을 새겨놓은 뒤 세상에서 그 흔적을 말끔히 지워 나갔다. 비석들이
차곡차곡 쌓인 돌무덤 한가운데 봉우리에는 누가 언제 세운 것인지도 알 수 없는
지장보살 입상 하나가 허공을 보면서 서 있었다.